卷二

阿丽思中国游记

沈从文◎著

长江出版传媒
长江文艺出版社

图书在版编目（ＣＩＰ）数据

阿丽思中国游记/ 沈从文著. -- 武汉 ：长江文艺出版社， 2014.9（2021.10 重印）
（沈从文小说全集·卷二）
ISBN 978-7-5354-7425-4

Ⅰ. ①阿… Ⅱ. ①沈… Ⅲ. ①长篇小说－小说集－中国－现代②短篇小说－小说集－中国－现代Ⅳ. ①I246

中国版本图书馆 CIP 数据核字(2014)第 147599 号

策　　划：尹志勇

责任编辑：毛　娟　刘程程　刘兰青　　责任校对：毛　娟

封面设计：力志设计·王志强　　责任印制：邱　莉　王光兴

出版：长江出版传媒　长江文艺出版社

地址：武汉市雄楚大街 268 号　　邮编：430070

发行：长江文艺出版社

电话：027—87679360

http://www.cjlap.com

印刷：三河市百盛印装有限公司

开本：640 毫米×970 毫米　1/16　　印张：19.5

版次：2014 年 9 月第 1 版　　2021 年 10 月第 3 次印刷

字数：250 千字

定价：56.00 元

目录

阿丽思中国游记

《阿丽思中国游记》为长篇小说第一卷，原书无卷次标志。最初发表于1928年3月10日～6月10日《新月》第1卷1～4号。署名沈从文。1928年7月由上海新月书店初版。

原目：《序》、《第一章　她同那兔子绅士是怎样的通信》、《第二章　关于约翰·傩喜先生》、《第三章　那一本中国旅行指南》、《第四章　出发的情形》、《第五章　第一天的事》、《第六章　他们怎么样一次花了三十一块小费》、《第七章　八哥博士的欢迎会》、《第八章　他们去拜访那一只灰鹳》、《第九章　灰鹳的家》、《第十章　"我一个人先转来"他同姑妈说的》。

原目中《序》书中为《后序》。

后　序

我先是很随便的把这题目捉来。因为我想写一点类乎《阿丽思漫游奇境记》的东西给我的妹看，让她看了好到妈面前去学学。是这样的无目的的写下来，所写的是我所引为半梦幻似的有趣味的事，只要足以给这良善的老人家在她烦恼中暂时把忧愁忘掉，我的工作算是一种得意的工作了。谁知写到第四章，回头来看看，我已把这一只兔子变成一种中国式的人物了，同时我把阿丽思也写错了，对于前一种书一点不相关连，竟似乎是有意要借这一部名著来标榜我文章，而结果又离得如此很远很远，俨然如近来许多人把不拘什么文章放到一种时行的口号下大喊，根本又是老思想一样的。这只能认为我的失败。

我把到中国来的约翰·傩喜先生写成一种并不能逗小孩子笑的人物，而阿丽思小姐的天真在我笔下也失去了不少，这个坏处给我发见时，我几乎不敢再写下去。我不能把深一点的社会沉痛情形，融化到一种纯天真滑稽里，成为全无渣滓的东西，讽刺露骨乃所以成其为浅薄，我是当真想过另外起头的了。但不写不成。已经把这头子作好，就另外走一条路，我也不敢自信会比这个为好。所有心上的非发泄不可的一些东西，又像没有法子使他融化到圆软一点。又想就是这样办，也许那个兔子同那个牧师女儿到中国来的所见到的就实在只有这些东西，所以仍然就写下来了。写得与前书无关，我只好在此申明一句，这书名算是借重，大致这比之于要一个名人题签，稍为性质不同吧。

在本书中，思想方面既已无办法，要救济这个失败，若能在文字的美丽上风趣上好好设法，当然也可以成为一种大孩子读物。可惜是这个又归失败。蕴藉近于天才，美丽是力；这大致是关乎所谓学力了。我没有读过什么书，不是不求它好，是求它也只有这样成绩，我自愧得很。

说到学力，我没有读过什么书，另外我有点话。我没有读书，与其说是机会，不如说是兴趣吧。我感谢有几个我很敬佩的年长先生，在我当完义务兵四年以后，到北京呆着下来，有用物质帮助我读书的，有用精神鼓励我向学的；在物质方面，也许把钱一用我就忘记到脑背后去了，在精神方面呢，我却是能很好的把这教训保留下来：可是我小时候生活太过于散漫，我自己看我自己，即或是头脑极其健康，我已经成为特别懒于在学问上走路的一个人了。鞭策也不成。生活的鞭策就非常有力，然而我仍就是无用。要我在一件事上生五十种联想，我办得到这个事，并不以为难。若是要我把一句书念五十遍，到稍过一时，我就忘掉了。为这个我自己也很窘。生活的痛苦，不是不切身，经过穷，挨饿求人也总有过五十次，然而得了钱又花，我就从不能为明天的事打算过一次。所有的难处，又不是便能全不记到，纵然明白也不能守着某一目的活下来——在这一件事上我却又很乐于寻找另外五十个目的。脾气是这样铸定，这怪谁？因这脾气的难改，愿意了解我而终于因接近有限，仍然误解了我对我失望的，长辈是有人，朋友也有人。我可是为这个苦得很。我想我可以自己来自白一下。所谓了解当然不是自白便可以达到的一件事，不过我仍然希望用各样言语使别人多明白我一点。

我自己，认为我自己是顶平凡的人的。在一种旧观念下我还可断定我是一个坏人，这坏处是在不承认一切富人专有的“道德仁义”。在新的观念下看我，我也不会是好人，因为我对一切太冷静，不能随到别人发狂。但我并不缺少一个人的特有趣味，也并不缺少那平凡人的个性美处。真明白我觉得我是无用的人，不与我往来，那不算什么。真以为我还有些可爱地方，把我看成顶亲密的弟兄，我也知道怎样去同人要好，把全心给他好。若是并不知道我的可爱处，因别一件事生出一种误解的友谊，在另一时又因另一事生出失望；——这“爱”与“憎”都很苦了我。“憎”实基于“爱”，这在我是有一种正确逻辑；我憎我自己时是非常爱我自己的。我憎我自己的错误行为，就比一切人不欢喜我的总分量还多。但是，一种错误的轻蔑，从别个人的脸嘴上，言语上，行为上，要我来领受，我领受这个像是太多了点了！使我生到这世界上感到凄凉的，不是穷、不是没有女人爱我、是这个误解的轻视。除了几个家里的人外，再除了几个顶接近的朋友，其余许多的名为相熟的人，就没有一个说是真能由精神的美质上觉到我是怎样一个人的。爱不是我分内所有的爱，憎也不是我分内所有的憎，我是就那么在这冤罔中过活！自然这冤罔是人类极普遍的一种事，不去追究它，则自然就胡胡涂涂过去了。不幸是我又做不到。想懵懂过了，学懵懂过了，然而结果我见我另一种求妥协人生方面的意志，惨败于一样小小事的推究下，只作成了痛心人生是可怜的机会。我像是生来就只有为人轻视的机会的一个人，而误解的爱憎又把我困着，使我无机会作一个较清静的人。我不明白为什么我生下地来，凡一个人应有的一分骄傲与夸张福气，到我身上却找不出！到认识明白我所活的只是给这样所谓同伴误爱误憎，我除了存心走我一条从幻想中达到人与美与爱的接触的路，能使我到这世界上有气力寂寞的活下来，真没有别的什么了。已觉得实在生活中间感到人与人精神相通的无望，又不能马虎的活，又不能绝决的死，只从自己头脑中建筑一种世界，委托文字来保留，期待那另一时代心与心的沟通，倘若是先自认人生的胡涂是可怜，这超乎实生活的期待，也只有觉得愈见其可怜吧。

就是作文章，又有谁个能够明白我这人一丝一毫？因为是单觉到把这世界放到一个人的思想上也认为生是可恋，为维持这思想体魄的活力，把作成文章的卖到可以拿钱的地方，没有钱，文章作成也不把，我是平素又为许多人认为“文丐”之类的。到最近且得到一种警告，说像这样子也有杀头的机会，只要是什么人一得志就要免不了。以我这素不知所谓派别党系的人，且得到这种警告，也就可知中国人故意把文学与政治与情感牵混在一块的意气排揎可笑可怕！说是杀，也许是说来玩玩吧。至于误解了我，把我加上“文丐”名字，为出之于不相识的勉强说来是同道的人口中，这说话的动机又不外乎想把自己抬高为纯艺术家，这算不得一回什么事，所以我是但愿在这一辈艺术家市侩口中，永远维持到他的轻蔑，助成他一种神清气爽机会的。但是因此一来又有几个朋友不以为我是专在报酬上计较的人？索性是这样也好。这还来附说一句，这本书，通计我写来花了整十天功夫，这日子的说明没有要人夸说我是什么天才的野心，倒只是怀着说出以后买我这书的老板因为所花时间短促就出低价的惧心；——文丐实在是免不了此。若有人正想从这方面、那方面、行为上、言语上、找出我是一个足以寄托他的鄙薄的人，那是前面的一句话又实在是一种顶好证据了。

在这本我承认失败的创作上，我要介绍给其他愿意看我的文章的朋友们，是这个算我初写的一个长篇。这个长篇的试作，也许仍然可以说是值得一读的吧。

从文在上海之善钟里

第一章　她同那兔子绅士是怎样的通信

阿丽思小姐，自从游历奇境回家后，还是念到那很有礼貌的兔子。在她姑母格格佛依丝太太所给她的一本圣经上，她曾这样的写了一行字：——

> 朋友：我愿意到中国去看看，请你引导我一下，这是你高兴的事吧。

把这给兔子的信写在圣经的最末一页白纸上，是因为忘了那兔子的通信地址，而阿丽丝小姐的父亲，又告过她说是上帝对小孩子的邀求从不曾拒绝过一次的原故，才偷偷悄悄请神为写这封信给兔先生的。她还在信尾上签了自己受洗时的教名，好使神知道是她的请求。

一礼拜了，全无回信。每每在晚间上床以后，私下不让其他姊妹知道，她把那一本小册子重新的一页一页的翻看，想从这书中发现神给写回的信息。都没有。都没有，那就是自己的信写得含糊，神派人找那行踪不定的兔子找不着了，于是她又来在那信前面注上那兔子的服装脸貌像在广告上寻亲戚一样，写得非常详细明白，她算定，这一来，在两天以后总有消息了。因为她相信爸爸不扯谎，爸爸在另一时固曾说过上帝也从不诓人，既是那么一个正直有权的人，委托他办这一点小事，当然也并不算麻烦了。

时间是在耶稣诞日过后约二十天，阿丽思小姐在早晚祷告时的诚实，还非她的妹妹所能及。因为是听到过姑母说故事时说过，在圣诞后四五个礼拜，便是中国人过年的时候，是中国大人小孩顶有趣的时候，要游中国也以这个节为最好。且这小姑娘老记着中国人作揖磕头的风俗，担心一过了年就不能见到了。

在另一方的我们，实在也愿意上帝差派的传达副爷早早找到那大耳朵朋友。我们是知道在中国这个时候，国境南部正在革命，凡是一个革命的政府成立时节，总是先就要极力来铲除一切习惯的。一切的不好制度在一种新局面下都不能存在了，一些很怪的风俗也因此要消灭了，还有一切人全是成了新时代的人，新时代的人则大概同欧洲人一个模样，穿的衣服是毛呢制的，硬领子雪白，走路腰肩不钩，说话干脆：再没有戴小瓜皮帽子的绅士了，再没有害痨病的美人了，再没有一切东方色彩了，那纵到中国去玩一年两年，也很少趣味。可是兔子近来很忙。

信是接到一个礼拜了，两个礼拜了，想回信，少空。因为兔子本来正预备着到中国去一趟，到处托人打听到中国的方法，与到中国以后各处行动的手续。

有一天，兔子先生正在对一面镜子打领结，想乘到天气好访一访住馍馍街的老朋友哈卜君。藉此可以问问哈卜君近来到中国比前两年情形有什么变更。这哈卜君是到过中国多年，且极近的三个月内才回国的。

领结总是打不好。这只能怪这朋友太爱漂亮了。一面是因了自己的生活闲散把这漂亮习惯养成，正如其他许多人一样。一个人，在这类不满意的事情上来发自己的气，打一点东西，也是很多的，打了便反悔，才近乎人情。适间的响声，便是这朋友因了领结打得不雅观，把一面用象牙作背的座镜摔到地下的结果。然而到目击镜子成几片大小不整的尖角形东西时，又有点悔起来了。脾气坏到这样，这是自己也难索解的。俨然有一种力量在胸中时时涌，这力量用着顶高尚的教育也克制不来，兔子先生为这事很苦。

他坐在那里对与地面碰碎又用手拾起拼好的碎镜出神，每一片镜中都有一个自己的影子，就嘲笑自己的脾气，“还是年青的脾气啊，”“还是啊，”“免不了要这样啊！”他用着一个有知识的兔子的笑法大笑起来。领结的事暂时自然放在一边去了。

当天下午四点时，哈卜君家客厅中，大理石的太师椅上，有这位朋友在那儿坐。哈卜君按照中国方法，用龙井茶款待客人，装茶的碗也是中国乾隆磁器，碗起青花，有龙。

“这个，不用糖，苦的。”兔子试了一口就摇头，他吃的东西像药。

“哈，朋友，我告你，这是中国方法，就是你要到那个地方的吃茶方法！我知道你喝不惯。但得好好学习。喝惯就好了。”

兔子同哈卜是老朋友，他们的称呼是用小名的。在这儿我们才知道兔子叫“傩喜”。以后说傩喜似乎方便一点，也亲昵一点。（别个老朋友全是那么喊叫！）傩喜听了哈卜君说的茶是中国办法，虽然觉得苦也勉强尽了一盏。随即又见哈卜君搀水到茶碗中去，不懂解。他问：

“这是怎么啦?”

“这个也是所说的中国方法。茶叶第一次的好处冲不出来，要第二次才好！中国人讲究吃茶的，第一道所冲的还不喝。这你可以试试。”

于是傩喜又试呷了一口。美处仍难于了解。不过看到朋友很觉得有味，也就顺便作领悟了的样子，找出许多不相干的话来赞美中国人吃茶的美处。

傩喜问到去中国是不是同去美国一样。这使哈卜君发笑。

“不。你要去中国，就把船票买好去就是了。到了就上岸。随便住。你到中国比到这里还自由许多。中国人讲礼貌得很，他们打他们的仗，决不会伤了你什么。中国土匪又都是先受过很好的军事训练，再去作土匪抢人的，所以国际礼貌也并不缺少。你的国籍便是你的很好的护照，其他全不会为难。若是在不得已情形下要打官司，在中国上海以及很多地方，都有你本国审判的衙门替你断案，你当然知道这官司是很好打的。还有你应当晓得的是一到了那里，我断定就有人请你演讲，关于这事我可以帮你点忙，我送你一本巴巴诺博士的著作，这里面全是法宝，照到这意思去把中国文化夸奖一番，就有许多人说你是好人了。”

“据说现在革了命，怎么办?”

“傩喜，我告你，照我办包不会错。革命是看那一个打仗打赢，一时谈不到这上面的。这是中国人性格。这容易感动容易要好的性格也就是中国文化。这性格是中国一个圣人把中国人全个民族的精神捉在几个字上贴紧了的，这个已经据说贴了三千多年了。”

他们又谈到去中国的西洋人，为懂得念佛，则尤其是可以得到中国上流社会敬仰。哈卜君说来是一种顶正确的经验，可是这位老朋友总以为不大可信。就相信了一半，要去学也以为很难。

谈话谈到七点钟，哈卜君却叫同他旅行到过中国的厨子开饭出来，这饭自然是中国饭，一切碗碟全是中国货。

一碗狮子头，一碗虾子烩鱼翅，一碗红炖肘子，一碗葱烧鸭子；这是四个碗。一盘辣子鸡，一盘鳝鱼糊，一盘韭花炒肉加辣子，一盘虾仁；这是四个盘。还有八个围碟则为臭豆腐乳以及牛角辣椒酸泡菜等等。还有一个大蒸盆，是三鲜加十二个整鸡子的。点心则为油煎粑粑同银耳羹。饭是吃白米饭以外还预备得有炸酱面。这算是一席纯粹中国筵席。挟菜用筷子，这给了傩喜先生惊奇以外的欢喜。用鼻子去嗅桌上一切菜，都有一种从不曾闻过的味道，他还以为这些菜有几种是专拿来嗅的，如像豆腐乳之类。

哈卜君，看到菜全上了桌，也不说请，就看到傩喜先生不知道拿筷子的方法那种为难情形直乐。本来这是很有趣。菜虽颜色不同，傩喜先生却不知道一样名字。只以为那蒸盆便是人人所说的“中国杂碎”，他先以为中国人吃饭必定是只一种菜，这菜便是“中国杂碎”，就又疑蒸盆以外是日本菜。

“老朋友，有这一味‘中国杂碎’也够了，何必又弄出许多日本菜？”

哈卜君就只笑。老朋友要故意窘人的神气傩喜也看出了。

傩喜先生用一只手拿一只乌木筷子试攫取那蒸盆里的圆鸡蛋，看看挟着了，又滑掉，就索性用筷一戳，把鸡蛋戳得。然而不敢吃，他把它放在自己身边的空酒盅里，望着那热气蒸腾的鸡蛋不说话。

“老朋友是真苦了。”

“你以为我不到过中国就不懂拿这东西规矩吗？”

到哈卜君为他解释用筷子的方法，以及把菜名一一点给他时，他才明白这桌上全是中国菜。

“那吗，朋友，我还得到这儿来好好学习一个礼拜！”

“不，”朋友哈卜君说不，“到中国去不学拿筷子也成。如今讲究吃大餐，用刀叉的很多了。这吃大餐并不觉得舒服，中国人是处于同我们西洋人一样好奇的。吃饭也不过是一种顶好的玩意儿罢了，所以我们今天不一定要每一件菜上桌时主客各得喝一杯酒。”

于是他们随随便便的用菜，喝了两杯高粱酒，又吃了点炸酱面。当到要吃饱时哈卜君说到鱼翅是中国人的上等菜，傩喜先生就又多挟了几筷子鱼翅吃。

把饭吃完了，傩喜先生又为哈卜君所指点着看了许多中国的艺术。如像一张纸上用朱砂随意画上一个球房中工人样的丑脸相人拿一把剑头上飞一蝙蝠的“钟馗”，或者坐一个船在水中垂钓的隐士，或一个跛子神仙，哈卜君皆从旁作一种解释。看完了许多画又去看中国的古板书。待到把哈卜君宝物普遍领略过一番以后，回家途中的傩喜先生，已是俨然游过中国一次了。

第二天，阿丽思小姐便得到这样一封信！

可敬的小姐：我是在好久以前就得到你的信了。我为了忙着竟找不出一个回信的空闲。这事我希望是可以原谅的一种罪过。

关于到中国去一层事，我也正有此意思。我的忙便是忙到调查到那地方以后的一切。如今是全明白了。如果是你相信我这人诚实的话，我是简直已经可说到过一次中国了。这全得敝友哈卜君的大力。他那里简直就是一个中国。

如今我是正筹备我的费用，一俟有把握，便当飞电相告。

(再：送信的人问我要酒钱，我已经把过他三镑了。我把这事问过哈卜君，据说这个神的当差的大概是到过中国的。)

你的忠仆约翰·傩喜

这使阿丽思小姐很高兴。不过觉得送一次信是三镑酒钱，一天祈祷上帝帮忙的人在地球上又不知有许多，虽说这是中国的规矩，然而似乎总太贵了点。从这事想来，在中国当牧师的当然也有好多法子瞒到上帝找钱，不像爸爸的穷了。

但是她又想起邮局也要用钱买邮票的事，何况一个神的差人不把多一点酒钱怎么好看。

第二章　关于约翰·傩喜先生

在阿丽思小姐的上一次奇境漫游中，所说到的约翰·傩喜先生的性格，有些是已经被记述这个旅行的人弄错了的，有些则简直疏忽了。在此实在有提一提的必要。

傩喜先生是正直的兔子，有着乡下绅士的一切美德，而缺少那乡下绅士的天生悭吝，这是应当知道的。像这兔子的人格，近来在一切的绅士中，已是成了稀有的而渐渐成为新式绅士引为笑谭的一种“人”格了。

他是年纪有了四十五岁，有些智识却不及其一半年龄。爱洁净是凡为一个孤身兔子绅士的习惯，但这个他却在爱身体体面以外且爱行为的体面；这一点事上是值得引起那些刻薄的绅士非难的。傩喜先生遇事爱体面，把一年所有的收入，一千二百镑金洋，全花到一种不明不白的耗费中去。只是一个孤身老头，却不想娶妻，也不同一些有钱寡妇来往，（这是其他绅士顶不以约翰·傩喜先生为然的一种。）拿来钱就花，这似乎是不免应该在一种社会批评下得到不好名声的。然而约翰·傩喜先生却不顾虑到这些事情上来。自己所欢喜的，还是仍然作下去。喝一杯儿酒，到老朋友处谈谈闲天，有戏看遇兴时也看看戏，想到别处城里去玩就一个人带了钱包走去。爱漂亮的动机，就只是爱漂亮，也不是像其他绅士收拾打扮是为的到佃户家去同佃户女儿作乐。碰到穷人要他帮助的，总是答应下来，看这人所需要是什么事，设法去帮忙。无聊时节爱看一点小说，这小说也不拘是十四世纪或十九世纪的，不拘谁个名家的小说，都能够在一种意外情形下博得这良善的兔子一点眼泪，（他无事就把那个和平正直的心放在一本书上，让这一本书的一些动人情节动人语言摇撼着，揉打着，于是他就哭了又笑。）烟是不吸的，酒是刚才已经说道，喝也只喝一点儿，实则就是这一点儿也就能够把这兔子成为更可爱的了。

我们知道，凡是像这一类型式的绅士，在同一情形下，不但是为人私下议论说是“好”或“不好”，且有人疑心到他头脑是有了病的。约翰·傩喜先生也就免不了此。然而这在三种批评下，人人却很愿意同这个绅士发生一点关系，因为只要同他发生关系总可以占便宜又是谁都明白的一件事。所以我们也可以说在约翰·傩喜先生背后说他坏话的，不过是想在他身上叨光不得，或所叨的光不够而起的一种责难罢了。

他住的地方，不能说是城里，也不能说是乡里，原是介乎两者之间的。当日选择到这个地方住家，大约就是一面为的进城方便一面下乡又容易的原故，那是猜的。他凭为生活费用的，不是田地，不是房子，又不是挖窖发的洋财，这钱只是一个不相识的人平空给他的。这不相识的人给他这一笔年金时已经死去了，到后所委托的律师慢慢的才把他访到，访到了以后，问明他的姓名底细，经过许多地方人证明这便是那位不相识的死者所欲给遗产的约翰·傩喜先生，于是他就把这钱一年一年的领用到如今。他为这个也从不向人去骄傲过一次，他心中即或想到这件事，以为这个是一件平常事。把一些用不尽的钱送一个虽不相识却为人正直的面生人，也应当。说到这奇怪年金来源，似乎又得顺便把这个兔子以前的身世叙叙。

先是穷，穷到自己也莫名其妙。自己是一个光光的身子，如其他光身汉子一样。没有爸，没有妈，像是远房叔叔伯伯之类也找不出一个。谁也不能说明他的来到那个镇上是什么一种原因，自己则当然更不明白。

他第一次晓得他的身体不是天所有，也不是一个父母所有，是自己所有，——说是自己所有就是说知道肚子饿了应当要去自己找东西吃时，他是只有六岁。为什么又晓得是六岁？那又是一件不可解的事了。当他第一次感到要找东西吃时，他到镇上一个饭馆子门前，见到有两匹狗在那里争一块面包，约定下来谁打赢谁吃，面包就放在他的面前请他作证。

狗是当时就打起来了。

他看着这一对狗尽打，明明见到另一个爬不起来了，谁知却永远得不到解决。他是想着只要不拘一个谁打败，他便可以把这面包送给那胜利的狗，回头向胜利的分一片儿充充饥的。天夜了，可还不能得到解决。他真是有点儿慌，在打着的狗自然顾不到这个。

"喂，要打就快打完一点，朋友，你把他那一只脚啃一口不就把他拉倒吗？"

他见到这个方法已为另一只狗注意，就又把其他所见到许多有隙可乘的一点主张供献给两匹狗。可是到话一为他所说出以后，这方法也就已无用了。他又为帮助一只狗擒另一只狗的一个顶妙的方法呐喊，可是他呐喊时同样却也给了另一个狗的力气。他自以为是尽力在帮助那一个占上风一点的狗的忙，却料不到那势弱的狗经他一喊也以为是一种友谊的鼓励而奋起了。若是这地方他没有在场，也许早就解决了，有了他在此则两只狗一面为一种英雄虚荣所驱使更不许让一点儿步。

"两位朋友，请你们听我一句话再打如何。"

承认了，那两只狗口角流着血站在那里等约翰·傩喜先生的话。他先把他的名字介绍给这两个英雄。随后说：

"我饿了，你们为了我的原故可以早早解决一下吧。"

"真对不起，"那白狗说，"我们不知道朋友是空肚子的。"

那花狗建议说这面包让约翰·傩喜先生一人吃，但为了一种光荣应请他一面吃一面看他们打，到底谁是"最后的胜利"。因为在那时节即有了胜利即公理所在的话。

"好极了。"那白狗是答应了，不让花狗桩子站稳，扑过去就咬。

他们又打起来了。约翰·傩喜先生因为吃了面包已不必替肚子发愁，就看他们在一种很幽美的月光下为这光荣猛战。

他第一天的食物是这样的挣得的，已经算一页半神话的历史了。不过这情形到后来仍常常有的，可是能够因此得面包的却不是约翰·傩喜先生。

第二天他记起昨天得东西吃的方法，以为或者以后永远可以像这样吃那两只为光荣而战的狗留下的面包，就到各处去瞎撞。想即或不遇到这两位朋友，有别的狗要打也可以在那儿作一会证人。他还断定这是在一个地球上无时不有的事情，只要遇到就可以叨光。一个人的职业是全类乎这样的尝试选下来的，每每会为最先的一个幸运肯定了自己方向，这方向不十分绝望则尚可以继续走去。可是我们正直的约翰·傩喜先生，走了一整天，虽凭了一种信心勉力抑制到要放东西到肚子里的欲望，从早晨到下午，见到别一个小兔子是并不要作证人也可以吃面包的。他看那别的小兔子，将整个的大梭子形面包倚在大门边嚼，他又疑心这是那两匹狗在他家屋里打着，所以面包便归那小子吃了。他想问问那战事到不到了结束，就走到一个正捧着面包低头啃着的小兔子跟边去：

“先生，我想知道那两匹狗打架到底那一个赢？”

“不知道你说的是什么话。”

他以为是自己太含糊了，就又详详细细的说一番，且把昨晚上的事叙了一个大概。

“不知道，不知道。”

明明白白是这小子啃着的又是与昨天自己吃的一样的面包。一样的面包有两种法他可不信。听到说不知道就更以为是知道不愿意告了。然而他并不发气。

他又软软的说：“朋友，告我一下也不要紧，横顺你这个时节是已经有面包了。”

“你这个流氓，谁是你的朋友？我是议员的儿子，我面包是我爸爸给我的。你若果还懂得对人尊敬是有好处，那你就应当对我拿出所有的谦卑才是。”

“那昨天两只狗给我的好处可并不要我说是应谦卑。”

“那因为他是狗，我却是议员的儿子。”

他心想：既然是应当不同，这个时节天又已快黑，还不知那一对狗在什么地方，也许即或找到了他们，他们又已经有了证人，如今这一边既说是谦卑一点可以得到好处，就谦卑一下也成。

他随就问谦卑是如何办法。那议员儿子，要约翰·傩喜先生喊他为少爷，是照办了。又要他向他作一个揖，他也照办了。又要他说四句颂扬这尊贵的代议士的能干，以及应蒙神佑的话，他可说不来。因为在这个只有一日吃饭经验的兔子，还没有机会把谄谀学到。他说：

“那我可不会。”

“我可以告你。这些话实在是你们光棍应当学好的。说得越好你也才越有好东西吃。”

“有好东西吃我愿意你少爷告我这个。”

这少爷，先是把约翰·傩喜先生适间说的这一句话一个“告”字纠正为“教”字以后，才开始来教这光棍说了一套吃饭知识。所说的颂词是一种韵语，四个字一句，这少爷，是傍在他爸爸的身边听别的人在议员面前说时学来的。约翰·傩喜先生自然就照到他所教的说了一遍。于是他们两个分吃了面包。约翰·傩喜先生第二天的食物是用一种谄谀换来，于是他知道恭维别个也可以得东西吃了。

第三天他挨了一整天的饿。他先去各处找寻第一次运气，不见到。又实行他昨儿打那少爷处学来的本事，不幸所见到的并不是少爷，纵恭维也不能得到好处。看看到夜了，仍然是无法。他却奇怪“昨天”和“今天”和“前天”怎么会不同，他开始认识生活到这世界上是怎么回事了。饭是同样的饭，却有许多方法吃。活到世界上，要学会许多方法才好。今天这个不行又改用那个，则才不至于挨饿。然而他想到的是至多有五个方法大约也可以得到每天吃饭的机会了，因此他忍了一天饿去到各处去打听这另外三种新鲜方法，为的是他认为五种方法已得到两种。

以后的日子，每一天使他多知道一样事，他才明白可以吃饭的方法还在五十种以上。然而约翰·傩喜先生却在明白这个以前，先找到一种工作，已单在用这一种工作度着新的每个日子了。

先是他去各处问人怎么样可以活下来，有些人就告他当这样子活，有些人又告他说当那样子才对：每一个人似乎都有一个不同的为人方法，可是用这方法问那本人讨一点东西吃时，却全没有像以前所遇到的那议员少爷慷慨。

他说：“那我很谦卑的喊你为老爷少爷，又为你念那很精彩的颂词，就给我一块面包吧。”

那个人却说：“若果你是乐于这样慷慨，我倒很高兴照你所说的办法给你恭维一番。”

他因此才知道有一类人是因为家中面包太多，就可以拿来换一点别人的恭维。恭维倒是随处可得的事情，也才只家中面包多的人愿意要。

这里说到的约翰·傩喜先生，显然是只好饿死了。然而在饿死以前，凡是一个挨了饿都能不学而能的，便是偷，抢：最先挨饿的人类，多半只知道抢，不知道偷，偷大约是人类羞耻心增进了以后，一面又感到怎么办稳健一点的智育发达以后的事。说到约翰·傩喜先生所采取的方法，当然是一种顶率真的方法——他去抢。

是第四天的事。他走到路上，望到许多小兔子，拿了一个大梭子形烘得焦黄的面包啃着，有些还一只手拿牛肉一只拿面包，这边吃过一口以后又吃那一边的东西。他羡慕这些人能够碰到有好处的地方去，却不明白那是从家里拿的。“家”，这个他便不相信。若照到那另外小子告他说是每一个人都应有一个家，家中又应有一个父亲，一个母亲，一个姑母，两个姐姐，一个妹妹，一个神科学生的哥哥，那怎么自己又不有？若说是每一个家中厨房里都作兴放了不少面包，还有别的厨柜里放的便是牛油，奶，火腿，熏鸡，以及吃来很苦的白兰地酒之类，那为什么别人送了另外那一个小孩子吃却又不轮到自己？总之虽然许多小孩子都如此说，他总不相信。他信步走去到一个很大的人家后门边，见到有一个小女孩在一个草坪的凳子上吃东西。

他走到那个比他略小的女孩子身边，问那孩子是打那儿捡来这一段香肠。

“是自己家里厨房的。”

“多不多？”

“这个多得很，还有火鸡呢。”

“火鸡好不好吃？”

“那味道比这个还好。”

他听到味道很好，引起这兔子肚子中虫是来回的窜。他搓着两只泥手，说：“你这少爷可不可以为我到你厨房去取一点火鸡肉来？”

“那你是想吃火鸡肉了，——我的名字是玛丽·瓶儿，不叫作少爷，——你想不想？”

“是吧，好吃的东西当然想。实在不得得一只火鸡脚也好。”

“火鸡脚我可不欢喜，我吃过。”

这女孩子却天真烂漫同兔子讨论到一切口味，一面且细咬细嚼的啃着那一段熏得极红的香肠。

约翰·傩喜先生就看到别人慢慢的吃，他一面幻想起一只熏得通红的火鸡，嘟嘟嘟的叫着走到自己身边来，他就把脚分开像一个打拳师的站法，想擒到这火鸡时很快的拧下一只腿或翅膀之类。

“你这个站法很特别，瞧，我也会。”于是那玛丽·瓶儿也学到约翰·傩喜先生的站法，站到离他不到五尺的远近。香肠的香就不客气的送到约翰·傩喜先生的鼻子边来。当到女孩喝着要他看这一种站法时，他才从香肠的味道中滚出。

他笑那女孩站得很好，那女孩说他就是那么站起俨然同谁打仗的样子。他们俩就对这个站的奇怪方法笑着。

那女孩在吃了一小口香肠以后，又想起一件事情，就把香肠递过去，要约翰·傩喜代替拿着，好学那形势。

“这个，是我们家奶妈装猫儿吓我们时顶爱做的。”这女孩为了学这个可笑的形式，把两只手放到腮边，用大手指扣着口张得很大，眼睛皮用二手指按捺向两边分，成一种猫脸，且吼着要咬人。

我们饿得可怜的朋友，却禁不起手上拿着软软的东西的诱引了，他想尝一口儿试试。他把它举到鼻边去闻那好受的味道，正在这个时候他真禁不来了，就要咬。

“咬你！”这正像是那女孩要帮他警告香肠的话，实际上是女孩自己作的猫像得意的话，所影响的是正要当真把香肠咬一口的约翰·傩喜，见到女孩已看他动作，从心中发出一种羞涩，只能故意也张大起口，作为吓香肠的神气，说了一声“咬！”不消说是并不咬下了。

那女孩倒并不留心这些事。她见至约翰·傩喜在那里吓香肠，吓过后，却问约翰·傩喜愿不愿意把她这段吃过的香肠吃一口。

“你试尝尝看好不好？”

于是在这种劝请下，他尝了一口。他慢慢的嚼。这是一种又甜又咸简直说不出的好味道。这东西吃到口里就似乎是一些小虫各带了一身香气满口钻。他慢慢的咽下，咽下以后是贪馋的望着这手上还拿着的东西。

“好不好？”

“好极了。我从不吃过这个。”

“难道你家中不准你吃这个？”

“不。”

“那你在家中今天吃些什么？你不说，我就猜得出，必定是火腿面包，我闻过我那哥哥，他从别处宴会回来，吃了这个我就可以从他嘴巴边闻得出。”

“……”兔子是不知道说些什么为好。

“你欢喜吃奶油龙须菜不？我可不欢喜。”

“是的，我也不。”

“欢喜在你面汤里用一点胡椒末不？那个用多了，就会使人打喷嚏。”

我们帮他说了吧，委实说，这个时候不拘什么约翰·傩喜全不论，他要一点不拘什么硬朗的东西咬着。许多的菜名，他连听也不听到说过，更不懂欢喜好不欢喜好！

这女孩却全不明白站在对面谈话的小子，是挨了一整天又加上一早上的饿的一个人。她还同约翰·傩喜引出许多关于菜蔬的批评，说她第一欢喜是那几样，第二又是那几样，决定不吃又是那几样。真瞧不出年纪小小倒是一个对于吃东西顶有知识的小姑娘。

末了她又请约翰·傩喜勉强再吃一口试试。他当然是照办了。

他见了人家在一本册的同他谈天，且引出许多贵重菜名，竟想找一个机会说一句自己饿了的话也找不出。

忽然听到那屋里有琴声弹起来了。不久，又听到一种顶柔和的女人声刻在那甬道上“玛丽，玛丽”的喊，这一边是“嗳”的尖锐的答应着。她把那一段香肠接过手来，一面又向约翰·傩喜笑，说：

“瞧，我娘又要我练习明月曲了，我真怕，——你要不要这个？我想丢了。”

约翰·傩喜不再答应话，就把那段香肠抢过来了。香肠有了着落的玛丽姑娘却同这小子笑笑的点了一个头，就把白衣裳的小小身子消灭到那甬道里。

他是这样抢来一段香肠的。

约翰·傩喜先生怎样得到一种固定的生活，这是又在这一次抢香肠的故事以后许多天的。他终日到一个镇上去试行各样得食的机会，没有得则又饿一顿也不要紧。天生的是这一副很强健的身体，又正是热天，各处可以睡，且肚子是那么小，虽到极饿时也不必两个梭子形面包就胀得他小肚子发胖，当然也就能像这世界上许多挨饿的孩子们仍然维持活下来了。有一次，这是算他最后挨饿的一次，饿极了，他不知道怎么办。好心好意问其他的人要一点吃的，别人却赶他跑开。他走到那卖熟食铺门前去，望到那玻璃窗里整个的烧鸡，整个的鸽子，还有更小一点整个的麻雀，都像很好吃。

他上前去说：“这个你们既不吃，把我吃吧。”

“滚开，你这小光棍！”

他还怕别人是怪他不谦卑，于是又变更了调子软软的去央讨。到头还是被人用嗾狗出来的方法赶走了。

无办法的他，当真去抢是决不会作的。他只有在一个空园坪里草垛上哭。谁知哭却哭着一个救命的人来了。那人是一个小地主，打这儿回家过身，听到草垛上有小孩哭声就过来看。第一眼看到的是兔子那一双大耳朵。照相法上说来，大耳朵是有福气的相，这兔子第一眼便使这人欢喜。

他问他是怎么样来的，说不知道。他又问他关于他以前的事，也不知道。约翰·傩喜除了好好的用一种像出身高贵的声调把自己的姓名告给那人外，记到的就是自己要饭的几件事了。那人见他可怜，且从那一双大耳朵上疑心这是一个流落的贵族，就告他若果是愿意跟到他家中去，他可以找一点工作。

“我饿了！”

那人又告是每天可以作照样的小事，也照样的吃很好的牛肉面包时，约翰·傩喜就像一匹小羊一样乖乖的跟这个人到这个人家中。

每日作的事是极平常的事，抹一抹窗户就成。天气好，则放那两匹山羊到野地去乐一阵。每到星期日，则换了新浆洗的衣衫随到主人到镇上的小礼拜堂去听讲。命运是这样安排下来，且在一种吃牛肉面包的环境下约翰·傩喜且把学问也得到了。那主人是孤身人，孤身而爱洁净的习惯，也如所剩的一点产业一样，便传给了如今的约翰·傩喜先生。

那主人是在约翰·傩喜二十六岁时死的，到约翰·傩喜二十九岁时，则已经得到那不明不白的一千二百镑年金，已成了镇上一个绅士了。这绅士到陪伴阿丽思小姐旅行时，与先前所不同的，不过是下巴的胡子长短颜色两样而已。

第三章　那一本《中国旅行指南》

这里，我想把约翰·傩喜先生的所得《中国旅行指南》一本书详详细细介绍给一般想旅行中国的西洋白种人，这个我相信是可以给一个没有到中国来过的白种人很好的指导。不过道理为篇幅所限，却只能随便说点。

这书是在约翰·傩喜先生到馍馍街五层楼上哈卜君处谈要去中国旅行以后，过了三天，哈卜君耽心他老朋友的此次旅行，特意亲自把这手抄本极可珍贵的书捎来给他的。

哈卜君把书赠给傩喜先生时，说："好友，拿这一本到中国去，那是比请三个向导还似乎可靠一点，好好保重得了。"

书面签的字是：——

> 敬以此书赠老友约翰·傩喜君：时老友正欲游其梦中之中国云。

书上第一条便是说关于小费的事。

第一章第四条：——

> 遇到你迷了路时，问警察也不能知道（这是平常的事情），你可以随便抓一个人，说：阁下，请你把我引到我的住处去。他说这个我可不知道。那你可以说：你是本地人，连路也不知道？——到这里，方法就有两种：一种是你送他一点小费，他便很高兴为你作这件事；另一种则是你告他你是英帝国的人

民，他们知道尊敬。英国在使中国人增加尊敬上，作了不少的事业，在中国境内杀了不少中国人，且停舶在中国长江一带的炮舰顶多，中国官已经告给中国人民应当特别怕英国人了。

同章另一条：——

拜会中国的官，或有曾作过官的名人，你到那里去投一个片子，假如那门房说不在家了，你若是相信这话，就回头，那下一次来准又会不到。即或是你先用信或电话相约，指定这时候去找那个伟人，到门房时请他引见，他也可以用“老爷不起”“老爷会客”一类话抵制你。遇到这事你便应当记起小费的事情来。你不记起他不会提醒你的。这因为应属于客人知趣不知趣上面，不知趣则他提醒你你也不明白。

你知道这事了，你就看看这个要会见的是一个什么样的人。这人若是作过总长一类的，你可以在你名片面贴上值一块钱的票子两张，（也有五张的，这并无定规，不过顶好是用中国的有信用的银行钞票，免得掉换。）一面口上说：“劳驾劳驾。”他虽在先说过是老爷出去了，也许老爷在他们眼睛打岔时又转来了。也许是老爷从大门出从后门入，故他们先以为不在家，至于先说的是老爷还不起床，那当然是他们进去为你们催老爷去了。说有事，则必定事是刚刚办完。这是应当感谢门房的。回头你见了老爷，你可以不必提到这事，提当然不要紧，不过照例不提。

这门房得过你的小费的，下一次他就同你要好起来，可以不“买票”也成。然而你应当懂出钱的时候，最好不必让他先送你钉子碰，送不碰钉子处名之曰“里手”。

同章另一条：——

住旅馆，住公寓，住家，遇到过年过节，你得赏你下人的钱。中国一年十二个月，有三次是非赏小费不可的。这成了规矩。外国人到中国也免不了。一次是端午，一次是中秋，还有一次是过年；有时他们在耶稣诞日也很有理由的要小费，这个可免则免，不可免也应当送。他们每天的工作，是靠到这三次四次的赏号，拿来打牌赌博的，你如无小费送他，他便只好看别人赌钱。说不定因此他可以偷你一点东西，就把这无小费作理由，是无法的。

买东西时用同样的钱，你自己买可以多一点，要他们买则有时少一半，这你不能奇怪，因为这也是规矩。他们在你货价中提取了一些，不让你知道，是全中国作伙计，厨子，帮工，都认为应当（这是一种额外小费）。

同章另一条：——

坐船到别一个地方去，譬如说从上海到天津，坐不起大菜间，只能坐官舱，你顶好是先告那招扶你的茶房，说回头送几块小费。他便按到你小费多少来帮你作一切事。不先告他，他们都非常聪明，知道从衣服脸貌上看出你是什么样的人，假如你穿得不好，他便可以不大理会你。那么以后你纵出小费也无用了。不过先说的总是应当在他估的小费以上，才有便宜可占。

又，在另一章上，讲到在中国的西洋人想作中国官或作事的，有几条也非常切要。可惜的是连顶切要的也不能全引证出来，这里只举几个小例。

第……章第二十一条：——

若是见到中国阔老，谈话谈到生活情形时，你说你对于中国打麻雀牌很想学学，能使他高兴。又说愿意看中国戏（注意是到北京只能说“愿听中国戏”），他也认为你是想领略中国艺术的好白种人。你说你欢喜在初一十五吃观音斋，这个也是很好的话，这话为太太知道更好。

在中国南方的伟人会晤下，你说话应当记到在骂两句北方军阀后夸奖一番这一方面的工作，到北方去则谈话中能引证得《论语》上的话越多越好。

作中国政府的外国顾问，实际上应当作成一个外国清客身分，能读熟《论语》，《孟子》，《孝经》，《礼记》，《太上感应篇》，还不算全材。越懂得中国文化多越好。能陪到高等官吏常常吃一点花酒，也是作客卿升官发财很要紧的事。

别人请客，帖子上写五点钟，你最好是八点再去。若照到帖子上的时间去，那多半是连主人也见不到。即或是在主人自己家里，慢去一点也无妨。在中国，请客作主人的，多数先学得一种等候客人的耐性。这性质在久住中国的外国顾问中也养成了好好习惯的。

一个旅行中国的欧洲人，固然不一定全是来作官经商的，抱了玩一玩的意见自然也很多。要怎么玩得尽兴，中国的习惯也应当多知道一点。于是这书的第七章告我们的事是一些琐碎的杂事。这里仍然是选出的一部分。

第七章……条：——

到中国的应当在本名教名以外取一个别号，如像落迦山老农，或莱茵河散人，或居士斋主等等，至少是要懂得这个。中国人是稍稍有声望的人都有这别号的。还有人为神仙代为取名的，大致从扶乩而来，可以到北京红十字总会参观，那里有很多神仙，且有不少作过总理总长省长的信士，这信士的法名都应当知道清白，好到那个地方称呼，不至笑话。

男人的姓名，最好译成中国音，找中国姓氏谱有一本《百家姓》书，此书上还附有郡名，一见姓名且可以知道所从属郡氏。从前孟禄，罗素，到中国时，人家姓孟姓罗的都乐于同这两位先生“联宗”；联宗是比拜把子还亲密的。又如高尔基先生的名字，顶好不过，读来非常顺口。女人则在本姓名加上以“廿”或“王”或“女”符号，更为醒目。其实最好是在中国顶熟习的“婉贞淑芬”等等名字中去找相同的音为雅致合俗。

关于这个若不能明白，不拘向中国什么人请教，他们都能供给你三十个以上通俗名字的。若求其顶合式当然须要去拜访中国的译小说的文学家，他们对名字是十分懂得合乎国情的。找中国文学家那极容易，送个不比外国那么小。有些人你可以在初次会晤下问他是什么主义文学家，他告你时可不会红脸。

中国地方以乞讨为职业的人，算世界上第一多。他们在你身后追着赶着，说出很好的祝福，这颂词且多数用韵，自由从口上编成，如古世纪乞丐诗人一样，你若是乐于听他，就慢送他一点钱。不过太慢了也许他把祝福的话用完了，尾音却是诅骂，这看地方来，有些地方是如此的。

有些地方乡下人，又作兴一到过年就上城讨钱的，这也成了规矩。

许多地方开铺子作生意的，一到初一十五便在柜台上摆一个钱簸箕，这里面有小铜子和银角子，这钱是专为给乞丐的。凡是作乞丐的还有一种副业，便是什么地方死人结亲，他们去打执事。到那时候他们穿的是一种绿色红色的衣裳，这衣裳上面还绣的有花，是中国前清衙门的副爷穿的到冷天时平常本来用报纸围身的，他们这个时候就不再发抖了。

若是想研究中国人不好看的脸色有多少种，你只要走到各处都不让他们叨光，就可以见到。

中国人骂人是各地都不同的（这里足供一个专门研究家讨论，兹节去）。

想同中国新的青年知识阶级认识，你问一个在欧洲的明白欧洲某文人的生活的朋友，拿一个那文人的相片来，签上赠你的名字，一到中国后，只要见到不拘某一个教授，让这教授见到这相，明天他就会为你宣传出去，大家都请你演说。你演说只把外国一切最新发明全归功给两千年前的中国人，他们就都欢欢喜喜的散去，认为你是同黄色人同情的白种人。总之你到中国说中国好，这马屁是容易拍的。你不会拍就在中国人面前骂骂你对欧洲人不满意的地方，也算很懂事的白种人了。

你这样一同中国知识阶级接近，又可以见到现下中国的文学家，这文学家就是发表过国际上的宣言，说外人轻侮中国人，且名义也是说他是“文学家”的。就此又可以看看中国法郎士，中国拜轮，中国……也是一个在最近想了解中国的欧洲人应当会面谈谈的。

到中国应当明白中国人对女子的新旧观念，好在同一地方对付两个人。凡是穿洋服的你都称他为中国新时代人物，他便欢喜，且很有礼貌的同你攀谈。但有时你对一个顶时髦的人讨论到中国古文化也能津津有味。这察观在你耳朵，你听他说一句话就可以明白。但不拘是新是旧，中国人都善于赌咒。赌咒是自己说了谎以后请神作伪证人的。中国的兵队，都知道怕外国人，土匪也如此。

在中国许多地方，每一天都要杀一些人，普通人可以随便看这个热闹。官厅也能体会这民众的希望，一遇到杀人，总先把这应杀的人游街，随后把人头挂在看的人顶多的地方，供大家欣赏。外国人且可以把这个随便照相。

中国人，近年来，辫子同小脚，可惜是不大能在大市镇上见到了。但拖辫子的思想是随便可以见到的。要见这顶高深的文化不一定要去找有胡子的人谈，年青人也能很好把这文化保留到思想上的。

顶会赌博的人应推中国人。他们把打仗也维持到赌博上面，投资的全是外国人。有钱多的欧洲人，是知道中国伟人谁可以某一时上台，比在跑马场买马位还看得准。

先疑心自己是已俨然游过中国一趟的约翰·傩喜先生，读完了这一本《中国旅行指南》，才明白是中国还有许多事情。到看到这样一册厚厚的书，全说的是中国事情，关于动身倒似乎是问题了。他虽然信得过哈卜君的话，说是欧洲人到中国去比到本国还自由，但看这书的第一章，把中国小费规矩就说了两三万字，他对于此行的路费倒踌躇起来了。本来的路费并不一定要花多少，但到了中国以后小费倒是一笔大数目。究竟要用多少小费，这书上又并未曾载明。也许还有最近才有的规矩遗漏不曾载上。然而他是决了心要去看看的。

他一面记起到中国去姓名应译好或纠正的事，就又走到哈卜君家中去讨论到他的姓名应如何改变，并问问这书中自己不了解处。

“这个为难得很，你书上说应翻好才行呢。”

“那我倒忘了，”哈卜君说着，走到写字台边去乱翻，翻出一个薄纸本书来，“来，我们请这个师傅。”

原来这就是一本中国《百家姓》，上面且有英文，拉丁文，俄文，三种的比较名词，傩喜先生是认得到拉丁文的，就把自己的姓去按照笔画检寻。过了一阵。

“我想，就姓王好了。”

“这个我赞成。中国现在有个王尔德，是大家全知道的。”

姓，那就定为王，郡名为“三槐”，无问题了。到姓已定妥时就研究名字。名字在另一本书上也有。为了应当选中一个顶好的，傩喜先生要哈卜君自己去作事，不必再理他，好让他坐在那紫檀嵌大理石的太师椅上专心翻找。傩喜先生是那么张起两个耳朵，端端正正坐在那大椅子上，把舌头在嘴巴边舔着，目不旁瞬的作这一个工作的。每一个名字在他都拿来过细称量一番。

——“阿狗?”不好。这里注明是小名，且指定是第四阶级的。

——“国富?”不好。这是军人，店老板。

——“金亭?”不。

——“长寿?”不。

——“……”怎么都不见绅士名字7

绅士的名字笔画都很多，这书为中国式的排列，所以先是找不着。

…………

翻了半天还是找不到傩喜先生认为满意的名字。他到没有办法也懒于再找时，喊他的朋友：

“喂，帮帮忙，帮帮忙，我真不知要怎么着!?”

朋友哈卜君，是已在那琴凳上打盹，为傩喜先生喊醒的。于是他们两个来翻。

又翻了一阵，讨论了一阵，还是不成。

“那你意思怎么啦?”

“我意思就是这样，照老法子，用我这一个混名。”

“你是说在名片上印‘王傩喜’三字么。”

“嗯。”

“也好。”哈卜君只答应也好。他不明白傩喜先生的用意。傩喜先生在某一页上会翻出一个“傩喜”的名，下面注的小字是：此名为中国某总理在家时小名，“傩喜”意谓还一次愿为傩神所喜而赐云。那是真再好也没有了。但他可不把这意思告给哈卜君知道，怕朋友有意取笑。

把名字取定以后，他又问了不少关于到中国以后的方法，这些方法多数是那《旅行指南》一书上面讲过的，但他不明白，非哈卜君一一讲解不成。到后问到小费，朋友说：

“这个，至少预备同你此行的旅费一样多，那成了。”

“你是担心超过旅费的。既只要这样办那倒无问题。”

今天傩喜先生已习惯于喝那中国龙井了，他喝了两碗茶，又把哈卜君的中国点心吃了一些才回家。

当夜在床上，他又把那《中国旅行指南》细细的看，到睡后却做了许多荒唐不经的梦。

第四章　出发的情形

傩喜先生在给那个附有告给阿丽思小姐神的差人要酒钱的信以后，约莫经过四天五天，他又给了阿丽思小姐一个信。这信说是到中国去不日可以出发，在出发之先请她把一切预备很好。

“这先生才是有趣，我要怎么预备？”她这样想着就好笑。人家教她预备，她不明白到中国去玩一趟也得预备一些什么事。她以为要走就动身，就要预备，真说得怪！她先就根本不打量预备告给家中的人，又不愿预备再问姑妈格格佛依丝太太什么话。她恐怕一早张扬就会走不成。若是弟弟妹妹知道了这个，全争着要去，那谁来负这个照料的责任呢。

她又想：“难道是坐船去吗？”也不对。就是坐船用两个人划，一个有胡子的梢公掌柁，自己就规规矩矩坐到这三人船的中舱，这个也不是要预备的事。坐船她自信是不会晕的，她曾同爸爸坐过船到过海中。

然而傩喜先生的信上又明明白白说是要事先预备。

为难了。她不信兔子这话是一句真话，恐怕写信时照例说的，因为写信的话每每不是这人心上要说的话，这是她明白的。但傩喜先生就像先也料到这个，在预备两字旁边打了两个双圈。为这两个小圈害得阿丽思小姐姐费了两天的思想。

无意中，在姑妈说故事的当儿中，她说，——

“姑妈，假若我们要到中国去旅行，也要带什么必需的东西么？”

这个格格佛依丝太太，关于到中国去手续其实一点也不明白，她除了说神话故事上的中国以外，她就不明白中国是神比人多还是人比神多的一个地方。但照例每一个问题从小孩子这边提出，她总有一种答复，有一些材料供给这些孩子，她于这件事上就引用游小人国的方法，说最好是带一支蓝色铅笔同一册日记簿子，因为好在说话不明白时候用字母谈话，又好寄信回家。

阿丽思小姐听到这个才了然，只点头。到姑妈问她是不是有意思要到中国一趟时阿丽思小姐只含含糊糊答应一下，就走到爹爹书房中去了。

她知道到中国去是带一点纸笔之类方便得多的，就不让第二个人知道，悄悄从爸爸书桌上取了一支小蓝色铅笔，扔在自己的衣袋里。又把自己所有的一本黄纸日记簿，——这日记簿是姑妈格格佛依丝太太在圣诞节赠她的礼物，上面画有金色中国的福字寿字的，——也从箱子里取出好好放在枕头下面去。于是她自己以为是一切已经预备得很好，所差的就是动身日子了，就泰然的等候傩喜先生的驾到。

在往日，阿丽思小姐家中的姊妹兄弟，上床先后是应论年龄大小挨秩序来的。上床由姑妈格格佛依丝太太照料。顶小的一个弟弟最先打发。其次轮到是六妹。其次是五弟。又其次，就到她。虽说有时在上床以后也不能即刻睡着，且能听到顶大那个姐姐上床时姑妈的祝福话，但好歹这成了规矩。每一个人上床以后，姑妈就会把毛绒毯子搭好，又在被盖四周用手按揣一遍，轻轻的说“神保佑你”，于是睡下的便一声不作闭了眼睛让格格佛依丝太太在额上接一个吻，于是一天所有吵闹吃喝哭笑都离开了自己，于是这一天算完事了。

阿丽思小姐，近来为了那“不日可以出发”的一句话，可只想早睡。本来缓睡一点似乎可以说是权利，但她往日争这个权利，如今却连本分下的权利也愿放弃了。缓睡一点常常会从格格佛依丝太太方面拿出一些东西来吃，如像糖栗子，风干核桃，芝麻糕，橘子之类，这东西多数是五妹以下无分的，然而这个阿丽思小姐也甘心不吃了。她只愿提早一点睡觉。关于这事情，谁也不明白她心里是什么。不消说这也很少为爸爸注意，因为爸爸一天事也多。阿丽思小姐，但愿意提早上床，我们自然明白。睡得若是太晏，让那兔子来时老等，真是很对不起人的一件事！

她想早睡，总是央求弟弟妹妹先上床，因为在这家中一切规矩仍然不能破。她又要求格格佛依丝太太把每个故事缩短一点，为的是听完故事以后的弟妹可以上床。为达到这个目的，在第三天晚上时，她又设法催到姑妈把故事缩短，可为姑妈看出了。姑妈见到阿丽思变了脾气，人只想早睡，关于睡的事情一点不像往天的捣乱，就疑心，因此在她上床时就问她，——

"阿丽思，"格格佛依丝太太说，"你是怎么啦，这几天是有病了吗？今天又累了吗？"

"不。"她同姑妈说，"姑妈，我不。我们早睡点，不是都可以在床上各作一个长长的好梦吗？"

"是都是。不过要作好梦并不一定是要睡得早。"

"我心里想是睡早一点机会多一点。"

"姑妈可是只睡一点钟也作了许多好梦。"这也是的确的。这中年良善的妇人，白天把一本《安徒生童话》拿起为阿丽思小姐妹读着时，自己就常常忽然成了一笑菀豆或卖火柴的小女孩儿！

"我怕耽误了事！"

姑妈听到这孩子说痴话就好笑。姑妈心上明白，以为必定是阿丽思把白天姑妈为说的游大人国小人国的故事记在心上，所以想早睡好到小人国去参观了。格格佛依丝太太是在小时候也作过这梦的，懂得一个小孩子底心是怎样的天真，就说，——

"乖孩子，我明白你意思了。"她一面为把一床羊毛毯子搭到阿丽思小姐足部，一面只点头，"可是不要招凉，伤了风是很难得到好梦的，你一打喷嚏，他们就会吓跑了。"

"姑妈你明白吗？"

"是呀。明早告我那个红头巡捕是怎样的款待你，且为我问他的安，说格格佛依丝太太也记念到他呀！"

格格佛依丝太太还托到阿丽思问那小人国的红头巡捕好，阿丽思小姐才知道姑妈说的"明白"所明白是怎么会事。

她说："姑妈，我不是去那个地方。那只有让彼得弟弟去，你请他为你问候那个善良的包红帕子的巡捕好了。”

“好，那我就请他。你是不是要去会锡兵？”

“也不是。”

“那是要找俄国的皇子去了！——”

“唉，不是不是不是。姑妈，这个我不告你！”

“告我也好，我好托你就便为我问候相熟的咧。”

“那你拢来。”她要姑妈拢来是怕其他姊妹听到这话。

格格佛依丝太太依到阿丽思小姐说的话，把身子弯弯的到她床边去，让阿丽思咬到她耳朵悄悄的告她是要到什么什么地方去的话。

这良善的太太听了只点头，一点也不以为奇怪。当阿丽思小姐说完了要去中国一趟时，这个太太就说：“那就为我问那兔子先生的好。又为我问穿黄缎绣花龙袍终日坐在金銮宝殿不说话的中国皇帝的好，你一到那里，是准可以见到那个年青皇帝的。”

“好，姑妈，你晚安！”

“好，乖乖，你也晚安。”

那一边就又为三姑娘打发到别个梦里去，这一边，就把眼睛闭上等候傩喜先生的来临。当到那一方面格格佛依丝太太刚安置到阿丽思的二姐时，兔子绅士已经在同阿丽思小姐脱帽行礼了。

阿丽思小姐眼中的傩喜先生，是完全与上次两样的。这时傩喜先生把脸刮得干干净净，穿的衣服是一身最时行的英国式旅行装束，这衣服是用浅灰色细呢作成的，真极其美观。脚下是薄底子的旅行鞋，薄到像看不见有鞋底。胁窝下挂了一个黑色望远镜盒子，一个黑色小照相匣，以及一个银色的铅质热水瓶。当到傩喜先生手上提了那个很大的皮包，见到阿丽思小姐，着忙甩下头上那顶便帽行礼时，若非亏得傩喜先生头上那一对高高举起的大耳朵作记号，阿丽思小姐已分不清楚对她行礼的是什么体面人了。

“傩喜先生，哟，好极了！”

“是，小姐你好！”

他们就很亲热的握手，且说到过去的一切。

阿丽思小姐同到傩喜先生，似乎就是这么出发了。他们是从花园中走的。

"傩喜先生，我不久还才同我姑妈谈到你啦。"她随即又告他这个格格佛依丝太太是怎么样的一个好人，每天为她姊妹学故事，每天晚上还又来照料到一个一个的人睡觉，……

"喔，这太太也知道我吧。"

"岂止知道。我告她，说是我们将同伴到什么地方去，她还说要我为她问你好，问中国的皇帝好呢。"

"这真是非常安慰，得这良善的正直的老太太惦念。回头我还请小姐说，这一旁，苏格兰一个乡下兔子，也愿意上帝给这老人家康健！"

傩喜先生是这么客气的说，致令阿丽思小姐不知道说什么为好了。

他们俩一直走就走到一个海边，这海的另一旁岸上，大致就是中国吧。

到上了船以后她记起了她的日记簿还在枕头下："傩喜先生，我想转去一下，我忘了东西！"

她随即就告傩喜先生所遗忘的是些什么。她还说这个便是记到来信上的话把来问姑妈，姑妈格格佛依丝太太告她到中国去应当预备的。

"这不要；要写信，中国地方不愁缺少外国纸张。我朋友还告我说在此买不出的货物到那边也有，一切有！"

"那'预备'我就不明白了。"

"我意思是要你预备'走'，怕你忙到别的不能脱身。"

"喔，那就不要那个本子了。"

"对了。"

这只开往中国的船，似乎就只等候他两个。他们一上船不久，一会儿，就听到甲板上敲打铜锣报告船开了。

船慢慢的在大海中，如一匹大象的走着，这船就把阿丽思小姐同傩喜先生一直运到中国的码头旁边。

上了中国口岸的阿丽思小姐，已给傩喜先生为改成阿丽丝小姐了。关于这个事情，阿丽思小姐却并不奇怪，因为姑妈格格佛依丝太太的丝字是合自己一样的，她倒以为如此一来更像这个太太的侄女了。至于为什么傩喜先生要为她换这一个名字，那是他记起旅行指南上说的话，不过他却不同阿丽思小姐讨论到这本奇怪的书。本来到中国玩玩。又不一定是考察什么，就不用这本旅行指南似乎也行的。

第五章　第一天的事

这是说落脚到中国一个码头上以后住在茯苓旅馆的阿丽思小姐同那体面兔子绅士第一天所经过的事。

约翰·傩喜先生一个人老早的出了门，这是不是为一种私心，想要骗开这年青小姐作一点私事，可不容易明白。但他是在九点钟离开这茯苓旅馆的大门，一直到十二点还不见转身的。这事怪。阿丽思小姐又不好意思先顾自个儿打算吃饭，因为傩喜先生临出门时又说是一定要回家来陪阿丽思小姐吃这一顿午饭的。到时既不来，就老等。

老等总不来。阿丽思小姐去望那钟，原来那钟也好意的停了摆，在那里等候傩喜先生的，所以经过阿丽思小姐看过四遍，那指分的针却老在那 8 字下戳着！

她怕是傩喜先生忘了所住的地方马路名字，故当到记起回家吃饭的话时要回来也不能回来了。她又担心傩喜先生人上了点年纪，穿马路时或者已经给一个汽车撞倒，这时傩喜先生的身子就正躺在医院的床上，哼着呓语，头上斜斜的缠的白布，床旁站着包白帕子的中国女看护在悄悄的议论傩喜先生一对耳朵。

那旅馆中的当差的——这是一个同傩喜先生年纪差不多的人，只除开一对耳朵阿丽思小姐认为其余是同傩喜先生一模一样的好人的——见到阿丽思小姐一人又不愿吃饭，只干急，就偷偷的做了一件好事。他到一个好地方去，探听傩喜先生的行踪方向，回头走进阿丽思小姐房中照规矩的行着礼，同她说：——

“外国小姐，我想傩喜老爷……傩喜先生决不回来吃饭了。”

“不会的。”

“会。这地方各处地方人全有，别是遇到了往日朋友，被朋友扯他玩去了。”

“不吃饭是不要紧，我是怕他初初到贵国来路上陌生或者出了岔子。”

“你外国体面人到此是决不会出岔子的。”

“我见到这地方汽车多……”

“倘若是傩喜先生坐车碾死一个人，也只要五十块钱就可以打完这个官司。”

“傩喜先生难道只值得五十块钱吗?”阿丽思小姐听到侍者说只要五十块钱顶命，就想起不舒服。她是把话听错了。

当差的，见到阿丽思小姐误会了他所说的话，忙又补足说是所谓五十块钱的，乃是对外国人到中国地面碾死中国人的办法，当然傩喜先生是不在此例。

“那总太贱了，小孩子不是只要二十五块吗?”

当差就不再作声。因为他是明白在一个外国人面前，关于钱，许多事都应说得比中国实情贵一倍，好从中取利叨光的。然而这件事则他知道是许多外国人都懂的规矩，且这五十块抚恤在他也就是一个大数目。一条命，虽说一条命，中国许多地方的人命，就并不比猪狗价高！有灾荒地方，小孩子作兴用二十两大秤交易，至多也只有七分钱一斤的行市。大部市上专卖人口，除了年青的女人值一百两百外，其余还多数是无市的。他自己就不很相信真可以卖五十块钱！

想到这些的那老当差，就痴痴的站在阿丽思小姐面前不动。

阿丽思小姐记起当差说的傩喜先生决不回来吃饭的话，就问他此外这个地方还有些什么热闹可看。因为她是明白傩喜先生来中国原就是看热闹的，以为也许傩喜先生一早一个人出门，是存心到这样好地方去，因为太好玩了就忘了回旅馆了。

“可以玩的地方是多着啦。”那当差就为阿丽思小姐数出三打本地好处来，如像到中国庙里见中国人对菩萨磕头求保佑发财，在当差又明知是外国人所欢喜参观的一类事。末后他又把这问题扯到傩喜先生身上去，“或者他老人家也是去城隍庙去了。我刚才就到一个瞎子处打了一个卦，问问那瞎子，傩喜先生所去的方向，他说在东方，城隍庙原是在东方!”

“那瞎子是见到过傩喜先生吗?”

“他是瞎子!”

“那怎么回事?”

“这个怪。他眼睛瞎，心眼儿可光光的。他凭了一个卦盒，凡事皆知。灵极了。他说的是决不会错。他刚才就告我傩喜先生决不回家吃饭，不会错!”

末了为了要证明这瞎子心眼儿不瞎，这老侍者就在阿丽思小姐跟前学了不少故事，设若遇到乖巧的人，会疑心这是那瞎子特派来拉生意的。他又说这一条路上，这一个旅馆中，许多外国住客，就都如何信任这瞎子，失了什么东西找不到盗时，就问他，他便能够指出这偷东西的人，或是厨子，或是车夫，以及这东西所去的方向，结果就有人因此可以找到那偷东西的。他且说相信这是吕洞宾投胎。

阿丽思小姐，经这侍者一番话，像学《天方夜谭》的有趣，就把傩喜先生忘掉，专来讨论这先知了。她曾听到傩喜先生谈过是哈卜君处就挂有中国人的神仙相，名字也似乎是吕什么。她想这个神仙眼睛会瞎，倒是一件奇怪事。

她说：“你中国神仙全是瞎子吗?”

“那并不一定。听说是神仙都是眼睛光光的。有些还有三个眼睛，中间那眼睛在脑门上，睁开时就放绿光，财神爷是这样的。只有一个神仙是跛子，走路一蹶一蹶用杖扶持到，名字叫做铁拐李，佩起葫芦各处卖仙丹，据那瞎子说他们是会过面的。”

过一分钟阿丽思小姐却想到了要见见这个瞎子神仙，她说：“你明天引我去看看那神仙，好不好?”那侍者不消说是就略不迟疑的慨然承应这义务下来了。

她去看看这瞎子的意思，是想借此见识见识，并且有机会可以问问中国一共是有多少神仙，并且问问中国神仙为什么不到西洋去保佑人。

“你名字是不是阿福，听差?”

照阿丽思小姐的问，那侍者恭恭敬敬把腰弯着，说：“也可以叫阿福，也可以叫二牛，请外国小姐随便喊。”

“有两个名字倒方便。”

“小姐，这是下等人，若是上等人，作兴五个名字的。”

“那二牛，我们明天就同傩喜先生去看神仙，这个时候你把饭开来，让我吃好了。”

那侍者就到厨房去了。

阿丽思小姐，一旁吃饭一旁想起许多有趣味的事。她想到见过了那瞎子，就可以打听天上地下一切鬼仙菩萨上帝的姓名住址，以及其生活情形，瞎子不肯相告就送他一点钱，关于送小费的事是傩喜先生曾经告给她过的。她只想把这些神仙名字完全记在心里，则回家去就可以同格格佛依丝太太学这个经验。且以后遇到爸爸再要说是世界上只有一个神的话时，便可以把这些有根有柢的神仙数给他老人家听，看他怎么说。为了使爸爸以下家里人全相信自己的话是当真，她又想到自然是在拜访那些神时，顺便要一个名片，这名片必附带印有这神在中国管理的事务，到连神的职业籍贯也分分明明，那爸爸或者还可以另外作一本神学书了。

在阿丽思小姐吃饭的当儿，那二牛是还很恭敬的在一旁站立装饭的。阿丽思小姐又问他这地方可有什么地方可以玩一下，且解释是女人可以玩的地方。

“那到跳舞场去。”

“还有?”

“有戏。”

“有戏?”老实说，阿丽思小姐是不能相信中国人会演戏的。但同时她承认到中国看一切也都像看很有趣味的戏。中国人的走路步法，在傩喜先生口中，曾说过是全为演戏步法的，可总不很使阿丽思小姐相信，中国人在生活以外还有戏。

二牛说：“中国的戏才叫好！唱着跳着，人的脸上全涂有颜色，或白粉，还打着，用真刀真枪乱杀乱砍!”

“那好看是一定了。”

“当然喔。许多人咧。你们外国小姐也欢喜看这个，全是坐包厢。这戏就是为无事可作的有钱男女人演来开心的，你小姐也真可以去试看看……戏是用男人装扮女人，装得很好，凡是充这类脚色的，都长得好看，男人欢喜女人也欢喜。说话也是作女人声气，越尖越出名。他们站在台上唱，旁边有一个人拉琴。口干时，就有一个人走拢来喂茶。遇到打仗，也有人在地板上安置棉花垫子，决不会摔伤。他们……多着好处咧。”

阿丽思小姐听到这话先告给二牛说戏是她住的国内也有，又承认恐怕不及中国这样有味。

“我也这样想，”二牛说，“中国是好的，一切是，聪明点的外国人都是这样说过的。”

把饭吃完话却说不完。天生的二牛这样的人，来作茯苓旅馆的外国客人侍者，这就是一种巧事。阿丽思小姐，初来到此地，傩喜先生既不回来，一个人又不敢出去玩，就只好要这老人说白话给她听了。她问过许多所欲知道的事，就是说关于她想了解中国一切好玩的事，这老侍者都能一五一十为阿丽思小姐谈到。问他什么为“热闹”，他就明白怎么算是热闹事，且怎么热闹又是可以同外国小姐说的，就倒坛倒罐的为阿丽思小姐说。话是一种不夸张的话，这人记性又特别好，所以说来娓娓动听，使阿丽思小姐听得非常专心。一个外国游历的人来到中国，许多中国国粹就是在这样情形下介绍给知道的。倘若这外国旅客遇到的是这样一个人（这样谈话的天才自然是极容易找），那住中国一个月，不必出大门，所知道的也可以作成两三本厚书了。

她心想：“这全是很好故事。这故事比起姑妈格格佛依丝太太说的中国故事还要好！”

二牛的话是一直谈到傩喜先生回旅馆帮傩喜先生脱衣时才止的。这绅士，一见到阿丽思小姐就致歉，说是不能如所约定时间返回，害得这方面老等，很不好意思。但当时阿丽思小姐问到他究竟到些什么地方“白相”时，这和气兔子就打着哈哈笑。一面搓手一面笑。念着那句阿丽思小姐不很明白的旅行指南上一句话，“猪头三”“猪头三”，约翰·傩喜先生今天出外去，显然是吃过一点小亏了。

傩喜先生究竟到些什么地方才如此迟迟转身？神仙也似乎猜错，经过傩喜先生一说，阿丽思小姐以后就不曾去拜访那瞎子了。原来傩喜先生所去的地方方向，这时算来应是在正西，恰恰与二牛说的那神仙给探听出来的正东是相对。

傩喜先生出门原是只打量沿到马路上走，走到不能走时就坐电车回旅馆，所以不用旅馆中为预备好的汽车的。在出门约有半点钟左右，他就采用中国绅士的走路章法，摇摇摆摆在那顶热闹的一条大路上走着了。

许多人！

就同这些人擦身挨去，在他也是一种趣味。眼中印着各式各样的中国人，口中念着老友哈卜君所赠的旅行指南一书上如像“若说在北京时每一个人的脸都像一个老爷，则来到上海所见到人的眼睛全像扒子手”的警句，是傩喜先生在路上的行为。把所见所触来印证那本旅行指南，在傩喜先生是觉得哈卜君非常可以佩服的。旅行指南说的：

> 在上海的欧洲人，样子似乎都凶狠许多，远不及在他本国时那种气色。大概在此等地方，是不能够谈到和平妥协字样的。做生意的全是应当眼尖手快，不然就倒霉。“吹牛皮”（原注：说大话）在这地方是不可少的一种东西，从卖药上可以知道，也许还应当移到政治上去。

傩喜先生只不很明白吹牛皮是什么，就是看那原注也不很明白。他又稍稍对于另外一句“在中国，老实一点的人同欧洲老实人有同样命运，得时时刻刻担心到饿死”的话不能承认，好像是没有根据，这因为是他自己认为自己也是一个应当说是老实的兔子，却并不挨饿的原故。并且这忠厚可爱的兔子，他所走的是欧洲人从欧洲运来红木、水泥、铁板、钢柱、建筑成就的大路，一时见到的也是这大路上，通常的一切，当然要有小小怀疑了。这样的大路上，死亡并不曾缺少，那是给车轧死的，并不曾见到过有一次一个挨饿汉子倒在这大路上平空死去！

因为走得慢，就可以见到一些人从他身后赶到前面去，男女全都有。凡是衣裳后幅发光的，傩喜先生就知道这个人是机关或学校的办事人。凡是衣衫顶入时的女人，傩喜先生就知道这女人是卖身的。（这些女人就把在她前面走的人臀部当镜子，一面走一面打扮。）凡是……欧洲的例子，拿来放到中国仍然有许多是适用！只到处听到咳嗽，到处见人吐痰，进一家商店去，见到痰盂多是很精致的中国磁器，然而为方便起见，吐痰人多数是自由不拘的把喉中东西唾到地板上，这个似乎是中国独有的一件事了。

走了有不知多少，也看不出多少中国来。商店所陈列的是外国人的货物，房子是欧洲式样，走路的人坐车的人也有一半是欧洲人。若中国是这个样子，那倒不如就呆在哈卜君家一月半月为好了。

傩喜先生想起旅行指南来，这本书可惜又不曾带到身边。然而旅行指南上说的问路方法的话他还记得明白，就同一个巡警去说，要那巡警给他指引一条到中国去的路。

“先生，这是中国！”

“不对。我要到那矮房子，脏身上，赤膊赤脚，抽鸦片烟，推牌九过日子的中国地方去玩玩！”

于是这路旁巡警就为傩喜先生指定一部往这地方去的电车，要他到车所走的尽头处再下车，就可以见到他要见的事。于是就到那纯粹中国地方了。

所给他惊异的是不见什么地方有过一次龙或龙状画物。且一切也不如他所设想的难堪。只是哈卜君所说：“中国人的悠遐的脸子倒随处可见。到这些地方来天就似乎低了些。似乎每一个人只在行动上小心，为的是道路所给的教训。中国人每一个人在他背肩部分都有一种特殊曲线，如像欧洲的鞋匠一样，然而在中国则背越驼表示他是上流阶级，因为这线是代表享福，并不如欧洲人代表劳苦的。”哈卜君的话是多么精粹！

然而傩喜先生还是不满足。就数着这些上流人的数目，也像很没有意思。新的需要是吃喝一点中国东西，可是一连走了三家铺子，都说只预备得有牛奶咖啡蔻蔻，如像到哈卜君家中喝的中国茶反而不卖。

“老板，那我请你指给我一个得中国茶吃的地方。”

“若是您外国先生一定要，那就到这里坐坐，我去倒来。”

这是傩喜先生学得用换钱来问路的方法，谁知道小钱铺老板却这样和气。傩喜先生当然就不会客气，把那老板为倒上的一杯茶喝了。味道同哈卜君家中一个样，并且碗，也是一个样，把碗举起细察碗底也并不缺少那“乾隆年制”的字样，傩喜先生就赫然一惊。中国人的阔气竟到这样，一家小兑换处也用的是古磁器，真不是傩喜先生所想到的事！他又想或者是为款待他，这老板才如此，但又明明白白见到那茶碗，是还有三只陈列在铺子上的。

傩喜先生就不忍把这个茶碗放手了。把茶喝到一半，他说，——

“老板，我想问你这个东西是值多少钱一件！”

“近年来磁器价大了，这是去年买的，还花三角一个！”

“三角？”那个商人就又答应正是。这次听准了，一点不错，不是三磅或三块美金。一个作钱铺生意的人，是决不至于把各样钱的名目说得含混不清的。

“——三角！

——三角！

——三角！”

奇怪透了。在傩喜先生心中，以为哈卜君如此宝视他的茶碗，至少这茶碗总值三镑。三镑与三角，在这件东西上估价，是如何一个滑稽数目！他不信。那老板是一个北方人，如我们所常说的憨子一类人，见他不信就慨然说可以相赠。傩喜先生则在一种谦让下，把四块钱换来了这四个起青花的“乾隆年制”茶碗。老板又告他这是假的，然而到中国来的许多外国古董家，就并不对这个假而稍示惑疑，傩喜先生当然更不在乎此了！

一面得了四件古董，一面得了四块钱，这交易是两面皆感到非常高兴，因此他们又来谈别的话。话由傩喜先生问及，这老板便如茯苓旅馆那个名叫二牛的侍者同阿丽思小姐谈话一样的，一五一十说，终于说到这地方的好玩事上去。

“……先生，我告你，要玩全是可以玩的。”

“是的！我们就是来中国玩的！”

“其实，”这老板又忽然想起了一件适间忘记谈到的事，“其实我以为你们外国人到中国来，还有一桩顶热闹的事可以看，只不知道你先生对这个事也感到兴味不？”

“我想只要热闹我都愿意看。”

这老板听到傩喜先生说只要是热闹全都高兴看，且就愿意看看这个热闹，倒并不出奇，因为其他的外国人都似乎愿意看的。若说不愿意看，那这老板倒以为是傩喜先生不懂这热闹，所以说不了。

他随即就为傩喜先生解释说这热闹是“打仗”。

这个倒不知道了。傩喜先生说是打仗可以看，倒以为奇怪，并不曾听到人讲过，也不曾从那本旅行指南上得到解释。实则旅行指南曾提到这事，傩喜先生把这一章忘掉了。

当傩喜先生告那老板说是这话倒不曾听人讲过时，那老板就说：“别的人也许不知道，这是近来作兴的。你们外国先生全爱看这个。我相信陪你来的那个小姑娘对这个也不会怕看。”

接着是他为把最近几个中国地面打仗打得顶热闹的省份谈下去。这老板，且从报纸上，采取了不少打仗区域变更的材料，供给傩喜先生。又把自己所知道的类乎械斗的事，告给傩喜先生。这个人的脾气，正是应当列入茯苓旅馆中作侍者的那二牛一类的人的，他这说法在他自己就认为是一种顶合礼的贡献！

关于打，傩喜先生有不明了的地方，是中国人这样平空打起来，到底是真打假打？他把这个话问及那钱铺老板，所回的话是谁耐烦打来好玩。

“那为什么——”傩喜先生就想知道。

“提到为什么，我不很清白了。似乎是赌得有种东道，我猜的。若不是两方主子赌得有东道，那么打赢了都领饷，这饷就不晓得打那儿来了。”

傩喜先生承认这商人的猜想。他因为记起历史上记述罗马人当年要奴隶到戏院子去比武，人同人拿剑相刺，或是同到一群狮子虎豹打架的事，那时在戏场上，似乎就有许多尊贵绅士，体面绅士太太，坐到那用皮革绒类作成椅垫的座位上，作兴把这种事来赌一种东道的。他想起这情形就不由得为古今异地人类趣味相差无几而好笑。

“先生，那你外国也总有过了。”

“有是有，在书上。但总不会有这里人多，我相信。这样大热闹事是恐怕只有你中国人来作，别的国家谁都办不了的。”

“是吧，人少了也很无味。人少一点就打不下去，更难得看了。”

他们到后就谈到去看打仗的方法。如何的由中国官为备车，如何的去看，如何的望到子弹来去飞，又如何的去估计这死亡数目：在商人，是一种诚心的话，在傩喜先生也是一种诚心的听——只是这个商人却并不曾陪到谁去看过这战争，傩喜先生也不想去看这个。傩喜先生的耳朵，其所以如此特别大，也许在容受别人的话一事上，多少有点意义吧。

待到把时间记起想离开这钱铺，时间已经十二点了。

——她还等着呀！

他想起了早上同阿丽思小姐约下来的吃午饭的话，就忙同这商人告辞，拿起商人业已为他包好的四个茶碗就走。

到旅馆，说“猪头三”“猪头三”，不过是在追忆从前到哈卜君家去喝茶，那茶碗所起的尊敬为可笑，就说起旅行指南上把“猪头三”翻译为“乡巴老”的话笑着说着罢了。

一个下午他们就为了互相报告今天各人所听到的中国人说的中国事，以及鉴赏这四个有龙的中国古磁消磨过了。

第六章　他们怎么样一次花了三十一块小费

他们俩很早的起来，想出去看看。因为早上这个地方是空气要干净一点，这于约翰·傩喜先生则尤为需要。他的需要很好空气的脾气，也如需要很体面的衣服一样，从环境能够达到他的需要时就养成了。为什么说这脾气是能够达到这个需要的环境时才养成，这便是说约翰·傩喜先生是一个连在希望上也很可称赞的正派人。我们是知道，有许多许多人，生活还不是一个绅士时，也就搭起绅士架子充数的。我们又知道有些人是生活安安定定按照着一个时代习惯变成悲呀愁呀的人的；——约翰·傩喜先生可是到能作绅士时才作绅士，又如像在小时到饿了才去学找面包吃的方法情形一个样。他如今要干净空气，那就很早的起来，不然，就照到中国绅士办法睡到十二点起床，也很可以。

“傩喜先生，”那时阿丽思小姐正在穿一件绒短褂，她说，“可不可以坐汽车坐得远一点儿?”

他说：“我很愿小姐把这意思说得明了一点。”

阿丽思小姐是希望同约翰·傩喜先生到乡下去，当这个希望经阿丽思小姐解释明白时，不消说这一边的傩喜先生就赞成了。

他们下乡。

把车子开得很快，是为的可以早到一点。

清早上的世界，只是一些在世界上顶不算人的人所享受，这大约是一种神的支配。把上流人放在下午，放在灯下，来活动，来吃喝，黑暗一点则可以把这些爱体面的绅士从黑暗中给别一个看来成为全是体面的脸，说谎话时也可以把说谎话的脸色给蒙糊不清。一面让另一种下等人，在这样好好的清晨空气下，把一切作工的，贡谀的，拉车的，……等等的精力充分预备停妥，到各样办好，于是那些上流人就可以起床了。神的支配使人类感到满意的，实在这事应算一种。当然此外还有很可感谢，如像……

到出了热闹地方时，时间将近八点钟。

那早上的冷风，是湿的，是甜的，又是像其中揉碎得有橘子薄荷等等芬香味道的。阿丽思小姐为这个享受乐得只在车上跳。兔子先生是一面好好的顾全到车子在这石子路上进行，一面把鼻子扇开着嗅着，一面口上又哼哼唧唧在唱一支土耳其看羊人的曲子的。

路上全是一些蜣螂，好好的，慢慢的，各推了一部粪车在那里走着。

“傩喜先生，我说你瞧这个，多好玩！”

“他们是这样整天玩的。”

“我想你把车子开得慢一点，我们同那前面一个斑壳蜣螂并排走，我要同他说说话。”

就是这么办。他们的车子就同那一只蜣螂粪车并排了。

她，阿丽思小姐，看到那蜣螂一副神气，就是作工时流着大颗的汗的神气，就同傩喜先生说：“这个我们那儿也有。”

“不，”那蜣螂否认了以后，且补充说，——

“你们那儿有，是我们那里传过去的。”因为这是一个深明国故的蜣螂。

“我可不信。”因为阿丽思听格格佛依丝姑妈学故事，就学到蜣螂推车的话。

“我们这儿人说的！”那蜣螂愤然的把这证据搬出。

“是谁？”

“走吧，别耽误时间！”另一个蜣螂就来打岔。

于是那蜣螂就不再说一句话顾自弯起个腰推着粪车走了。

“他说我们那儿推粪也是中国传过去的呢。”

傩喜先生是也相信许多很好的文化全如那蜣螂所说搬过去的，就不同阿丽思小姐分辩，只点头道对，又打着哨子把车开走了。

他们的车子，开到不知道有了多远。凡是城堡，凡是房子，凡是一切一切市上的好东西都不见到了。越离得远空气也越好。最先的空气若说是橘子的味道，以后就是蜜味道，再后是……傩喜先生的车若不是触在一样东西上，还不知要到什么时候才止！

他们的车子是为一堵斜墙挡着了，正想退，把车倒开回到宽处来，从那墙的一个缺处露了一个瘦瘦的脸。

这脸虽然瘦，可是却为傩喜先生第一次看到顶和气像人的脸。虽然从这斗然一现中使他记起了旅行指南上面说的“匪徒”的话，但这和气的脸却给了他一种对付匪徒的勇敢了。

“怎么啦？”

“不准走！”那尖脸汉子，忽然变戏法一样把脸一横，拿了不知一件什么东西直逼过傩喜先生这边来。

傩喜先生并不怕。就因为第一次他见到过这个和气的脸，他信是当真这人所有的本色脸子。第二次是假装的。

“朋友，怎么啦？放下你的棒子吧。这里有小姑娘她不大欢喜别人作丑样子给她看，回家恐夜里作梦。”

这汉子却忽然又恢复了先前样子，颓然的退倚到墙边，棒子是也掉在地下了。

“我瞧你先生是瘦得很，怎么不吃一点药？兜安氏补药我吃过，像很好。”

那汉子对这话一点不懂。这不明白处正如约翰·傩喜先生那一次找食物遇到那玛丽·瓶儿姑娘同他讨论口味时一样。

“怎样不说？”阿丽思小姐先是惊吓，这时却见到对面这尖脸汉子可怜的情形来了，“你是不是那个蜣螂打发你来作那个刚才我们讨论的事的证据的人？”

那人说是。其实他不知道答应什么。但听到这外国小姐说是不是，他想或者是说“请安”一类事，就答应说正是蜣螂打发他来的。

那人就走到傩喜先生的车边来，如一匹瘦狗，身上用一些布片包作一条很有趣味的棍棒形状，手像一些细竹子作的，但颜色却是蜡黄。

他说："我饿了。"

"那你怎么不去吃饭？"阿丽思小姐奇怪这个人说的话有趣，"你是才来这里找不到馆子吧。"

"不是。"

"那是不欢喜他们作的口味了。"

"也不是。"

"那是——"

"我没有钱。"

"没有钱他们不把你吃？"

"是的。"

阿丽思姑娘更奇怪了。为什么一切吃的东西要钱才能吃？若说要钱买，那许多人家养的狗她们打那儿得钱？她就从不曾见到一匹狗身上有装钱的口袋。她家中的狗同到吃蔗伯伯家的牧羊狗，全是没有钱口袋，也不拿过钱，东西却是可以随便吃。其次是即或说狗是为人优待，像到人家做客，但是人人都有钱，为什么这汉子又无钱？结果她想必定是这人舍不得用，所以才饿。

傩喜先生对这个可了然得多了。他明白有些人是一生下来就有许多钱，有许多人又一辈子不会剩一个钱的。他又明白有些人不作什么事可得许多钱，有些人又作许多事仍然无钱。他又明白钱这东西不单是可以吃饭。譬如说，你有钱，要一个父亲，马上就有二十个人来说他愿作这个事业。你要太太，要儿女，也办得到。拿钱去送人，人就恭维你，这恭维言词且可以由你自己选择。总之有钱活着很方便，这个是约翰·傩喜先生从自己生活上考究得出的。

他听到这人说是没有钱，就同情他，问他为什么原故就没有钱。

"这谁知道？"

"那你自己总比我知道一点。"

那人听到傩喜先生说，才慢慢的来想怎么样就这样穷的原因。不提起，当真似乎自己也早把这为什么穷的事忘记了。然而他想起的仍然是不明白。

他说先是有钱，是能够把那个钱买饭吃，到后钱完了，也就没有一个人送他饭吃了。

“你怎样不找一点事作作？”

“找了。”他记起所到各处找事的情形，“全不让我作。听他们说招兵地方可以吃饭，我就去，饭是吃了，到后把仗打完又不要我了。我又到外国人办的工厂作工，到后又不要我了。我去各处请人给我一点事作作，他们倒全很慷慨，立刻给我事情做；可是却无饭给我。我问人什么地方可以有饭吃，他们说你有钱就成，也不拘什么地方。我又问他们作什么可以得钱，他们说出许多方法，譬如说作经理可以，作总长可以，作教员可以，……很多很多。可是我要他们让我作一下经理，他们却不愿。我说，那就小一点，给我一个教书先生吧（我字是认得到读过书的）；他们也不愿。我又看到他们家中养得有狗，养得有雀子，我就说，让我算一个狗，好不好？他们笑。先生，我是这样就只好作讨饭的了，讨饭倒是一件方便事，我不知道你先生信不信？我讨了两年——或者是十二年，我记得不清楚，在这一段时间中倒觉得比当兵好些。感谢那些老爷，你喊两声他总扔给你一个钱。可是近来讨饭也讨不到了。各个老爷走得很快，追不上他们。那些人家的大门边又不能呆。街上讨乞的又多，因为多则怕送不得许多钱，就全不送了。虽然不得钱，冬天又冷，我不明白我就活下来了。我要活，我也不明白为什么要活。到昨天我走到一个地方，捡得一张报纸，上面有文章，写明说是给我们穷朋友的，我就看。看了才知道活不了时我们还可以死。我就照到他那方法来作，如今我想我是已经抢了你，你把我杀了好吧。”

傩喜先生可为难了。他说：“原来你是要死？”

说：“是的，劳您驾杀了我吧，我真当不来了。那书上说得好好的，说您外国老爷也很愿意帮中国人的忙，为杀中国穷人，我看您先生必定可以作这事，所以我在此抢您。”

“那你并不把我抢！”

“那这书上也说并不是要抢了东西。不然你把我当作共产党杀了也好吧。”

“我可对不起，忘记带刀了。”

“那在那个文章上又说不一定是刀，您外国先生有枪！劳驾吧，这一点点小事，帮个忙，像修路搭桥一样，菩萨会保佑你的。在那文章上说英国人则尤其对这个义务乐于担任，您先生不是一个英国人吗?”

傩喜先生窘得了不得。他记起旅行指南上赌咒一条，就连忙赌咒说自己只是属于苏格兰一个小镇上的兔子，可并不是英国绅士。

这两个人都为这事不能得到解决搓着手。阿丽思小姐还算好一点，她记起她小绒褂里还有两包朱古力，见到这两个人情形，忙说：“是这样，这里有点糖，请这位先生吃到一下，充充饥，回头再商量这事情吧。”这算一个办法，于是不久那两包朱古力糖就在那尖脸汉子的白牙齿下啃成细末随同唾液咽到胃中去了。

傩喜先生一面望到那汉子吃糖，一面设计，想跑，不成。想当真就杀死了这个人，又的确无一把刀或一把枪在身边。想——想不出。可是他却想起那汉子身边的那张报纸了，他说：“既然你是按照那文章上说的办法找死，来，把文章给我瞧瞧吧。”

那汉子略一思索，就从那胁边破布里寻出了一根纸煤子一样的东西。他用他那蜡黄的手战着抖着展开这一张东西摊给傩喜先生看。

“您先生认得到这个?”

“认得这个。”于是他就接过手来看。这是一篇随感录样的文字。凡是随笔，傩喜先生就明白这题目也许是很浪漫的不切于实际的。

那一段文字，前面题目写的是：——

给中国一切穷朋友一个方便的解决办法之商榷

署名是一个挨饿的正直平民。下面是那内容。——

正月初二我饿了一天。这是简直可以说是一个荒唐不经的事。因为在此时我不应当挨饿！然而人是真饿过了。

为什么要挨饿？无米，无油，无钱，就是那么饿的。

也不是要故意装穷，要人怜，故如目下穿洋服住很阔房子自称无产阶级的时行名人。又不是装穷怕绑票，畏别的亲戚朋友“边匡。”[①]只是穷。穷就非饿不可了，穷了没有法子吃饭，我是能泰然处之，只要当得下，不至于过不去，找不出要人怜惜以及平空悲愤的。因为我的生活目的是在吃饭以外还用一用思想，不至太吃亏，则纵间一两顿不吃饭，从许多别的幻想上也就俨然享用过一餐了。在别一个地方，同样是生就两只方脚板，两只手，一个满是白色成粒的牙齿的口，挨饿而至于死的，岂少人?！就在住处附近（住处是善钟里），一样的是人，没有法子得饭吃，一家束手坐，空了肚子来过这个年，也总有。我们全是人！有饭吃，那倒可以说个也许不是人了，这证明不必举例。相反的，是因为人若按到一个人的本分活下来，就多数要经过几段挨饿的日子。如果作工才能吃饭，有许多人是一辈子不应得有饭吃；然而这类人都吃的是很好的饭，因此我们好好的人却全挨饿了。怎么样要饿饭，把这个去问问那据说管理着一切人类的命运，人类的良心的主宰吧！设没有回答，只是一个永远的沉默，那这就是一个回答了。

我挨饿，居然到这个地方来也会发生，这事为朋友们知道也许又有不解处了。为什么挨饿是我自己也不很明白的。只知道，房子中剩下的是一半瓶煤油（这个倒可以作自尽用），剩一点儿蒜，剩一点儿盐，其他可吃的全无，可以去买这类东西来吃的钱是一个不有，时间又是新年，就只好不吃饭了。我在这样情形下挨饿是当然不算出奇的。

借钱，是“借”，又并不是别人欠我的债，当然我们即或有着那向各处敲诈勇气，也决没有强制人给我一个吃饭机会的蛮气。我不明白，我的事。既已如此清楚，但说到这里时眼中还仍有泪。这眼泪，似乎是为那作工无可作，挨了饿以后，人糊涂了，去到要去的地方去，勉强作出吓人的凶狠样子，希望借此得一顿饱。而又终于为人捉到把头砍了的汉子流的！在这个时候，我记起我平生曾见过的将到四千的在这种情形下结果以后的血污肮脏的头。这头是在用刀切下以后，用绳子，或木笼，好好的系上，悬挂在那有多人走过的地方，好让那过路的行人昂起活头来欣赏这死头的。颜色是惨白的肉与紫色的血相对比，久一点又变成蜡黄，或深紫。意思是使人看，知道这个叫法律的尊严，与弱者的最后。这办法，又是中国各处都会作，便简便，有时还有外国人来帮到办这事。这样事，以及把肚子破了，取肝，取胆，我是当真见过有四千次以上了。亲眼的，于是使这眼睛常常为这些头颅流泪。

其实见到这类头颅，眼睛多是闭得很好，脸也很少比这人生前还多苦闷的皱纹，一个人望这个东西太久了一点，也许是所感到竟是“与其那样不如这样”的吧。

在尽力要使自己活下，各处找工找不到，居然尽过最后的力得到了的是死以后的恬静，于社会则也算尽过了“极力减少挨饿分子”的义务，这事又似乎是一件在个人国家两方面都有着很大的利益，而应在各处反共的省份内都可以用一种学说来奖励的事！

也许有人说，好是好，不过这一种事不一定是大家全愿意。（我们是知道有好些人是受得有很好的文化熏陶，宁愿老老实实活到世上到处乞讨像一只无家的狗的。）又奖励这事必定还要消费国家或个人许多钱，（虽说中国目下的兵是如此多，在大地方警察又这样办得好，奖励人去抢劫总有法子把他们捉来杀死，不必怕影响社会治安。）但为了国家的财政及个人的私富着想，还是提倡旧有文化，让他们能够安安分分活下来，苦下来，且可以设一两个粥厂，帮助一下他们，使他们常在要死不死要活不活的状态下好。是的，这个对。

资本家，富绅，以及作官从打仗上赌的东道赢了钱的退位督军省长，见穷人一般的在好马路上走路，有时且追到讨钱，嫌恶不嫌恶？像是虽然嫌恶却也很愿意这类人在世界上不缺少，也不很舍得这类人全死，大约这算是“人道”，“人道”不止为国粹之一，实为世界的。“人道”是什么？是开纱厂的可以发财，开矿的可以发财，办慈善事业的则在为人颂扬以外仍然发财，政府有公民拥护，军阀有打仗的兵，社会上有姨太太丫头，娼妓，有——

一切全有，是挨饿人对人的贡献。

中国挨饿人贡献了中国历史的光荣。中国全盘的文化，便是穷人在这世界上活着而维持下的。

耽心中国文化沦亡，各处有人在，此即所谓爱国之士，遗老中有人，军阀中有人，少爷小姐以及革命同志中也并不缺少：他们忘食忘寝于文化之失坠，很可感。我们应感谢这关切的还有外国人。日本与英国则尤为尽力。在这样一种同心协力和作帮忙的情形中，还要耽心中国文化不能保留，真太过虑了。照这几年情形看来，实则中国旧有文化因不必耽心难于保留，恐怕还会有不少新兴文化发生，这新兴文化且决不会与固有文化冲突，大有相得益彰之妙！

为了文化的保留：留一些旧的穷人，造一些新的穷人，这工作是遗老与军阀两种人分担。在革命胜利了的区域，也仍然并不缺少关心这文化的人。此时的法国，已成了纯民主国家，在自己国里是纵恋恋着那帝国专制时代的文化，也不能公然在国内行使的，于是到中国来就在中国地面上建筑公园，在公园门前来写上“华人与狗不准入”的字样，把轻蔑侮辱给我们中国人受，于是在这样轻视中国人下法国皇族光荣的文化遗绪就保留着了。我们还能够有余力替别一国人来保留这文化，则当然许多自己的也一个样的有意无意捏着了。使我还不很明白的是连年打仗，到底打仗死去的穷人，与因打仗而穷下来的人，两相比较在数字上是那一方多？若事实是为得了外国最新式武器，打时仅只花钱多，死人少，则我对这个不必耽心。至于把年青人平空杀死若为乱党则不一定是穷人，不很要紧。但是对盗贼，则似乎杀得太多，也与文化多少总有点关系。在其他方面（就是说打仗的方面）果无此项新穷人产生，老穷人倒以少杀为妙；这是我对文化上一点小小贡献。

至于穷的挨饿的朋友们，我想，我们既没有饭吃，我们想别的方法来作这维持文化的工作吧。我们在物质方面是叨不了光，只好从精神上享受一条路着想了。所谓精神上的路，是我们想法子完成我们穷人生到这世界上的义务。作工，为绅士当牛当马，那是当然的。还有的是怎么来想方法把世界修饰得美一点：本来不好，来作得好点；本来穷，怎么想法来富。

我们全都知道有多少好风景地方，全给我们穷人弄脏了。多少大路，因为我们走得太多，则别个就不愿意出钱修；有多少戏院子公园，没有我们到那里去闹，则一切全收拾得很好。国家为管理我们这些无知无识的人，设了无数的官吏，这个每年不知道要耗费多少钱。为了怕我们偷窃上流人东西，把这些尊贵人多添一种小心。为了恐我们抢他对他不敬，所以遇顶好的天气时也不敢坐汽车去乡下享福。每一家外墙，本不必花许多钱筑得很高，也是为了怕我们中人有莽撞的随便进去。为什么近来富人行慈善的一天比一天少？这个便是因为我们太多，我们人多则凡是从前使富人听来神清气爽的恭维话，这个时候已经失却效用了。为什么要牢狱以及特意花很多钱去外国定制电气杀人机？那也是为我们才有这糜费。为什么害得那类上流人常常在口头说诓话骗人？这个实则却是为对付我们才要。……

总而言之，我们活到这世界上，无一处不在增加他们上流人麻烦。我们人多的地方就常常害得那些国家高等官吏患失眠症，绅士也为这个有同样苦楚，很难于好好睡觉。我们无一处不是罪人，这原因是我们穷。既然这样的对不起同在一块儿的中国上流人，我们实应当研究那顶合宜的方法处置自己！

第一，我们可以全体加入到别一个国籍去。这个事，容易办，现在到中国上海地方，不拘那一国我以为都有这一种慷慨。只要我们愿意，就如朝鲜人作日本奴隶，印度人作英国奴隶，那样的请他们索性再多尽一点义务，作我们主人，他们全都能明了我们是文化顶高的国民，我们为他们牛马，这为两边有利的请求，我想决不会遭他们拒绝。我们可以为他们作站街的巡捕，或者作为保护他们商业的陆战队，再不然外国人也总能大大方方为我们在中国地方建筑大大的工场，好好的利用我们的力量生利。

第二，是我们饿死好了，饿死时虽然免不了要花他们慈善家一笔很大的殓埋费用，但这只是一次的总数，很有限，且特为我们而设立的慈善机关以后便可全撤，又如北京红十字总会那类机关，也可以省却那些总长督办省长老爷们代我们为在济公活佛面前碰头了。还有那欢喜在打仗上赌东道的中国伟人，欢喜在中国打仗政局变动上投资赌博的欧洲资本家，也可以像在中国跑马一样，欢喜在春秋二季打，就在二八月开仗，倒不必费神出告示打通电说是为我们的原故了。

第三，是上面两个方法同时都牵涉到别的一些小事，不好办。譬如英国对中国人，虽有这种慷慨心，日本则正在极力将他们国民在"轻视中国人"一点上好好的加以训练，至少在最近便预担负东三省这方面这个义务。然而办不到的是即或将女的留下，供给上等中国人作姨太太丫头娼妓，只是恐怕因此一来以后打仗又无人；打仗无人则关乎英日以外的德、美、意等国卖武器借款的利益，当然这事就办不去了。且照第二方法则饿死似乎需要相当时间，时间一长就会生出别的问题。在实行全部分饿死时有工作的把工一罢，那又得劳国家上等官吏捕押我们，以及劳动外国兵舰上的陆战队上陆示威了。

我说其三是我们还是去各自设法让他们把我们杀死，将头颅献给尊严的法律吧。这个事，横顺到这时节是极容易作到的事。也不一定要我们拿刀拿枪去大模大样费神找死，容易之至。比如我们是一群，就是全徒手，一群的徒手，走到外国巡捕房前去，别人就不吝惜子弹来用机关枪扫射我们。到中国官家机关去，他们也可以用一种理由把我们一一牵来杀死。我们若果还记得上年英国人在中国各地方为我们作这个义务工作，杀了我们的人数目，以及在近年为北方南方政府所杀的成绩，就可以知道要找死是最好没有这个容易了。唉，我不相信除了这个以外还有更好法子解决我们生于这世界上的挨饿人的最后问题。

或者说，这个不是反畔么？是；然而不是。我们所要的是取反畔形势，找寻我们要找的死。我们徒手去勉勉强强装作强横样子，那里会当真就反？我们既是饿了这样久，差不多全是踉踉跄跄剩三分人样，那方面，是无数的精壮的兵，与巡警，加以这边徒手白梃去同火炮机关枪作斗，我非常相信在很短时间我们就可以达到那个“恬静”情形。

我诚心如像那个作育婴刍议的主教先生全为爱尔兰民族着想才作一个这样忠实稳妥条陈的。其实就照到那个主张，把我们中国所有的挨饿父母养的孩子，好好的如那个方法到在生下以后两周年杀死，来按着腌火腿法子，揉上一点椒盐之类，过一月两月，时间已够了，就拿出来用很公道的价钱卖给中国上流人以及对于中国感到友谊感到趣味的外国人，何尝不是一个办法呢。如此的处置中国穷孩子，我敢断定凡是目下口口声声说要同中国“共存共荣”的黄色人，以及其他白人，只要这小孩子腌盐时留心一点，莫肮脏，莫损失固有美观颜色，则当无不愿意花一点钱买中国小孩子肉吃的。我们若果实行这个办法，因穷小子太多，恐怕在未曾为他们吃出味道以前销路上不行，则选出一部分是以为他们作童工的留下；在中国上流人方面既有了姨太太、丫头、娼妓，在外人方面又留有童工，……唉，真可以说是一个顶经济的办法！

…………

约翰·傩喜先生在一种很闲淡的情形下把这个挨饿人的建议看完。他首肯。虽然平素无吃小孩子肉的嗜好，但承认这算一个极合经济原则的办法。

他说：“这上面还说到腌小孩子的事，怎么你不先腌你的孩子看看他们要不要？”

“不。”那尖脸汉子说，“我不有小孩，所以不能办。”

“那你是愿意死了。”

“不是愿意死，是愿意活：活不来，所以我信他的话，找一个人杀我。”

傩喜先生非常抱歉的说可惜他不能按照他希望做。他要那汉子相信，就在衣袋里各处抓掏，以示连一把裁纸刀之类也不曾带来。但是也不好意思把车开走不顾这汉子，仍然是像先前那么很为难。

阿丽思小姐，却不明白约翰·傩喜先生所看的是什么东西。她听到他们谈到腌小孩子的话，却疑惑是中国一种规矩。她去问傩喜先生究竟是什么回事，那兔子却回说这不是小姐明白的事。然而她非明白不可，就去问那汉子书上写的是什么话。

那汉子见给他糖吃的阿丽思小姐说得很好的官话，像不认得中国字，就一一为阿丽思小姐说这是从什么地方捡拾得来以及其上面所告的话。末了他用一个悲惨的调子，同阿丽思小姐说："很为难的是所遇到的这位先生又偏偏不愿意杀我，这倒又教我得等候另一个人去了。"说完了时这汉子就走到那斜墙下重新隐藏起来，从墙这一边看，就全不会料到那一边还有人在。若果不豫知道是他才从这一处隐藏过去的，在墙的这面的阿丽思小姐，就见到这一段墙，也不过以为是一段平常荒废的墙罢了。她想这汉子或者这时就在那墙下哭泣，但这是猜想，隔了一层薄薄的墙什么事也不容易知道！

"傩喜先生，我们打倒车转去了吧。"

他答应说是，那车子的后部便突突的冒出汽油的烟，且渐渐向后退了。

"怎么，又向前？"

的确是。约翰·傩喜先生故意又把车子朝前开了，到墙前停止以后，他大声的喊那尖脸挨饿汉子。说："出来吧，我问问你。"

那汉子还以为是要来杀他了，爬起来先露一个又和平又惨冽的脸。

"来吧，朋友。不是我到墙里边，便是你到墙外边，咱们才好讲话。"

那汉子就如他所说走出来。

"我问你，你就当真把我这衣服剥了，所有的一切拿走，顾自坐汽车到别处去，是不是一个好主张？"

"这那儿能够？"

"你信我是诚心就能够了。我看到你走，不作声，到你走远时，我同这位小姐再走路转去，阁下以为何如？"

"也不成。他们警察会捉我。"

"我不让一个警察知道我被抢！"

"那他们一见到我这样子仍然不放我，警察是比猎狗还训练得好的。"

“真是，除了当真找一把刀在他咽喉上割一下以外就决无好法子了！”约翰·傩喜先生想到这事就为难得不得了。本来他对中国人的要小费规矩是懂得的，只是平空送人的小费，则又是一件侮辱人的事情。他最后想起一个送这人小费的事情了，他请那人帮忙把车推到大路上去，好就此送那汉子一点小费。

他说：“朋友，那是真无法了。只好你为我把车子推到大路傍去，咱们来作一笔生意吧。”

那汉子就动手。

结果在这件小工作上他得了这个外国人三十块钞票。他说这个太多了，拿去用仍然会为人说是偷来的或抢来的。

约翰·傩喜先生不再同这个无用处的汉子答话，把车子开动，一面向这汉子点头说劳驾劳驾，车子是飞快的离开这汉子走了。

到家是已经十二点钟。他们旅馆中的侍者，开出很精致的午饭来时，傩喜先生告他不要火腿香肠一类菜。这体面绅士，他疑心这大旅馆里就已经用过把小孩子腌盐这类腊味了。

今天出门所得的，只是确定了中国人打仗是赌得有东道，除了为这中外有钱人来打以外，这仗火是本可以不必打了。因为今天从穷汉子所见到那文章上，会有比昨天那钱铺商人更明了的解释，说中国打仗的事，傩喜先生把这件事就记到日记簿上去，还说是旅行指南忘了这事。不知道只要翻翻老友哈卜君的那本旅行指南，上面早早有更详细的记载了。

第七章　八哥博士的欢迎会

有一天，从一种世界语报纸上阿丽思小姐看到欢迎八哥博士的启事，启事作得很动人。启事上说八哥在目下中国鸟类中是怎样的难得的一个人物，于社会政治经济——尤其是语言学文学如何精湛渊博伟大，所以欢迎他是一种不可少的事。参加这欢迎会的也全是一些名望很好的人物。阿丽思小姐，想乘此见识见识，所以先看开会的日子。日子便是在今天晚上，十点钟开始，地点是一个大戏院，她知道这地方的方向，就是问巡警时巡警不理也不会错的。

“傩喜先生，我以为我们今天可以去一个顶有趣味的地方。”

“什么地方？”

她把这报纸递给傩喜先生看。她想今晚上显然是要早吃一点晚饭再不要又像前一次失败了。

“我不能够去，昨天不是蒲路博士约我们到家中吃八点的便饭吗？”

“这个我已经拒绝了。”

“那我是好像不去不大好意思。”

阿丽思小姐心想一个人去也成，她就同傩喜先生约下来，说她决去看看那个盛大欢迎会，让他到蒲路博士家去吃饭，若是落了雨或者他先回，则用汽车来接她。

傩喜先生是认为这样办也很好的，就不在这件事上多所讨论了。

虽然是不答应陪阿丽思小姐去参观那欢迎会的傩喜先生，到时候可仍然送阿丽思小姐到那个戏院才独自沿到马路步行返家。为什么定要步行？这里有一点秘密，是一个凡是存心预备了到一处有好酒好肉的人家去吃饭的公有秘密，纯中国式的，傩喜先生是这样走着到家了。

这里说这个盛大的欢迎会。

一切的热闹铺排，恰如其他的大典的铺排。会场中有好看的灯，有极堂皇的欢迎文字。这文字，阿丽思小姐已在报纸上面读过了。又有在欢迎文字上绘有八哥博士的像的，是一个穿青洋服留有一点儿短髭须的青年，样子并不坏。

没有开会，会场已挤不下了。有许多是来看这热闹，如像阿丽思小姐一样心情。有些则为想听听这个善于摹仿各地各族方言的博士而来的。又有些是来玩，闹，如像麻雀之类。

这里有各种各样的鸟。凡是中国产的鸟全有。他们各以其族类接近疏远，互相作着亲密或敷衍的招呼。因为是开会，穿着全是比平常整齐多了的服饰。他们按着一种很方便的礼节，大家互相来点头，且互相用目作一种恶意的瞪视。大家是一种简直分不出是什么声音的喧吵中度着这开会以前的时光。台上站得有今晚主席猫头鹰先生，相貌庄严，可怕的成分比可爱的成分多，与平常时节猫头鹰一样。

“先生。我不认识这个主席！”她摇着那隔座的一个灰色鸟的膀子。

这是灰鹳。像正在悼亡，一个瘦瘦的身材上，加着一些不可担负的苦恼。然而这忧愁的鸟，望到与他交谈的是一个外国小姐，他就告她这主席是什么样的一个人物。

作主席的恐怕台下有听不懂他说话的，又请出一个燕子来当翻译。这翻译是一个女的。到过北方又到南方，作翻译的才干当然是并不缺少了。并且作翻译的是女人，则听者纵不全懂，从一种咿咿宛宛的曼声中也可了解了一半了。

阿丽思小姐，各处的纵目看，就看到在记录席上一个穿灰色短褂的大汉子。

“鹳先生，这个我很想知道。”

“那是土鹦哥。用七种语言说明这欢迎会的意义，便是这位所作的。你瞧着，那是一个很老实的鸟，缺少美观衣裳的，常常有一颗又聪明又正直的心；这就是。”这大嘴忧愁的灰鹳，随即又感叹似的为这个常是帮人作书记的汉子抱屈。阿丽思小姐觉得这个鸟的身心必定是为忧愁啮坏了的，所以凡事悲观。然而要找一句话去劝劝他，又想不出一句适当的话，就不再同他说，再过廿分钟，时间已到了。

主席站在主席台前，未发言以前先是整理他的花格子呢外衣。

在台下一个座位上，有竹鸡轻轻的说：——

我们主席品貌真好，
单看那头简直就是个猫！

阿丽思小姐，听这话听在心里，又去看那个竹鸡，竹鸡见有外国女人觑他，就不开口了。

只听到一个禾鸡笑竹鸡，说：——

这样的话也说得出口，
还亏他在竹子林里不怕出丑！

阿丽思小姐就替这竹鸡难为情，然而竹鸡倒不在乎。

时候到了，由铃铛鸟摇铃。阿丽思小姐心想，这倒比爸爸的礼拜堂打钟好听多了。

把铃摇毕后，就见到会场忽然纷乱一阵又忽然沉静起来。

主席猫头鹰，先在讲台上用粉刷子擦着黑板，用背对会场的来宾，似乎是在展览他的衣样。过一阵，才掉身来致今晚开会的词：

我们今天是非常荣幸，
就因为所欢迎的是八哥君；
这八哥君是一个语言博士，
用语言发表主张我们是同志！

下面就拍手。关于拍手我们是很明白，有些地方是专雇得有人来捧场的，又有些人是一赴会场就以拍手为表现义务的，这个地方当然两种鸟都有。

主席就让那些拍手的最后一个声音静止时，再从从容容的继续下去。

从议员到瞎子算命，
一张口可以说是万能！

啄木鸟是个哑子，
命里是作更夫到死。

我们为什么要叫？
问问喜鹊可知道。
他因为善于观察人颜色，
人人便都很乐意送他饭吃。

任何人有祸患来到，
我同乌鸦君便能相告：
虽因为多嘴人骂我们缺德，
我们嘲笑人的本领可了不得！

又是拍手。且众鸟中有把帽子掷起多高表示高兴的，主席在捧场中是懂到让别人尽兴的，就又待着。待到那会场中急于要听下文的鸟打哨子制止那掷帽子吆唤的以后才再开口。

喜鹊君有口受人欢迎，
我有口却也还能够弄人——
八哥君才识渊博，
使我们更应当相自愧末学！

八哥君，那是不用再多介绍了，
他可用一千种语言唠叨！
这唠叨不比田中蛤麻，
一开言包你要打哈哈。

诸位且安安静静，
坐下来听个分明：
我在此还应感谢作我翻译的燕子，
她的话是纯粹的动人的吴语。

又拍手，为后面的一句话拍手。

猫头鹰先生，用一种韵语把欢迎词说完后，见拍掌的也拍够了，却不见八哥博士出头。事情很奇怪。然而阿丽思小姐，因此就有机会去听在台下对这欢迎词的批评的话了。

一匹云南公鸡像个官样子，见到燕子就不高兴，在那里同一个同乡说：

那奶奶翻译声音真好笑，
所翻的全是些江苏声调！
我们又不是来看戏，
要这奶奶来台上扭来扭去！？

南京鸭子，是一位中年太太，如格格佛依丝太太那样年纪，却心广体胖的，对这批评就加以批评，说：——

苗子，你们那里懂这中间的窍？
只晓得高声大气的叫！
可惜这奶奶是瘦了点，
怕是三天不吃过两顿饭！

关于瘦，有拥护的。水鸥，湖北长江岸旁生长的，她说：

嗤，因为你是别人把饭喂，
你也就永远不知道米价贵。
若是燕子身体与你一样胖，
人人不是应当每天吃“板燕”？

南京鸭子：

我听不惯这轻薄子的轻薄话，
有谁讽刺到我我可要骂！
若说肥不是有福，别说我，
怎么许多一品夫人又像肉坨坨？

水鸥不敢作声了。不做声，是那怕老太太发气。凡是老太婆，说话都非常固执，且话极多。阿丽思小姐从家中女仆就知道了，故悄悄踹了水鸥一脚，水鸥因此就不作声了。

在另一边有麻雀的叫。麻雀声音好像到处一样的，就只波波喳喳似乎连自己听不懂自己的话。

麻雀：

瞧，杜鹃，那主席一双怪眼！

他这人坏到就坏到这上面：
说话时骨碌骨碌，
瞧人时眏眏溜溜。

说一口假仁假义的话，
好使你见了一点不怕。
有一时他信也不告，
一嘴来会把你头啄掉。

我见过朋友太多了，
全没有这东西会笑；
笑时只叫你发寒热，
还笑你无事忙哭得精疲力竭！

杜鹃：

我自觉心里非常可悲，
我纵想回家也无处可归。
别个嘲笑就尽他嘲笑，
我脾气总不能因怕笑除掉。

小鸽，穿新白佛兰绒领褂的，衣的式样正像阿丽思小姐的五妹，坐在阿丽思前两排，看到猫头鹰，有点怕，想回家去了，说：

哥，去得了，去得了，
我担心半夜天气要不好。
天上雨纵不会下，
担搁久了家中也要骂！

鹧鸪是小鸽的堂兄，他说：

行不得，行不得，
听完讲演回家也赶得及。
明天早上若无风，
叔叔婶婶必在天空中。

小鸽：

不。去了吧，去了吧，

这里是真叫我坐不下。
大家是吵得这样凶，
又不是打仗打赢了争功！

坐在平排的喜鹊就挽留他们。因为喜鹊记到主席的话，很快活。喜鹊说：

坐一坐，坐一坐，也不妨。
左右这时无事何必忙？
莫使我们好主席扫兴，
这时节也不是我们应该困！

乌鸦，被误解，很不满意主席的话，就同喜鹊说：

他夸奖了你却笑了我，
我心里可是真不好过。
尤其是他把我误解，
我的心可并不比他为坏。

小鱼鹞，笑。

我们的大哥多会说，
骂了人家人家还是乐！
瞧那傻子捧场捧得真妙，
怎么不跑到池边去把尊样照照？

喜鹊：

小伙子你别依恃仗人，
他也并不是你远亲近邻。
你样子就再标致再好，
也不过到水边多洗几个澡！

白鹭发气了。因为吵得很凶，一面也因为吵到关于洗澡的事。爱干净是讲卫生，是不应当给人挖苦的事！

白鹭说：

我奇怪这里这样吵闹的凶，
我耳朵会为这嘈杂声震聋。
小姐，什么地方可以玩玩？
我想我在此久了心里真烦。

阿丽思小姐，见这个白鹭很有礼貌称她为小姐，就脸红。她可学到他们的说法，试说了两句。她说：

先生，这里我原是一个陌生人，
问我的地方景致全不在行！

灰鸥轻轻的在阿丽思小姐耳边告她：

小姐的官话可真说得好，
不过把一个尾音用错了。

她想起了“行”字应读“杭”字才对，就腼腼腆腆的又说：

我很惭愧我说话不经心，
感谢的是为我纠正的先生！

灰鸥：

外国人从没有如你给我们礼貌，
这件事在小姐却不要笑！

白鹭又问别一个请他们告他可以玩玩的地方。

我这心真为这吵闹厌烦，
什么地方我可以去玩玩？
我一天不玩便要生病，
空气坏不病人我真不信！

百灵听到这话就讽刺的说：

我不问足下贵干便可以猜，
从帽子从衣服我看你是个老爷。
你虽然不一定是个洋学生相，
你服装可是巴黎的时新模样。

白鹭：

你这小子口小倒很会说话，
可惜我素来便不爱同人口打架。
我算怕阁下退后一脚，
你有本事你随我步行过河！

百灵就不作声了。但一会儿又对那书记加以攻击。这大概是太会开玩笑了的原故吧。他把那老实的鸟刻薄了又自得得很。他同他那同座一个黄雀说：

瞧，那穿灰色大褂的土鹦哥，
道貌俪然的在那儿坐，
我明白他是想拜谁个的门，
哈，再过三天咱们也当得师傅成！

虽听到了，却不做声。土鹦哥是老实到太老实了。凡事是一件到无抵抗的征服时，也无味得很，百灵鸟于是打了在打盹的白鹤一翅子。

呔，阁下怎么来这儿打盹，
昨夜陪太太陪到五更？
我瞧你先生是有点儿虚，
快快去配一副参茸丸补脾！

丹顶鹤为百灵闹醒了，睁开眼看是百灵，就又把眼闭上，自言自语的说：

同这小杂种在一块，
真没有一小时可以自在！
这便是主席说长于语言的实可羡企，
这语言用处便在此事！

百灵：

嗓子可真好，唱戏怎么不会？
我若有这身本事不富也贵。
不唱戏我就去做官，
做官的相貌全与阁下一般！

黄雀同百灵，是坐在一排的。他们是朋友。至于为什么在阿丽思小姐眼中也看得出，那就难于解释了。然而当真他们是一对同性恋的，大致是有同样聪明伶俐而又同样小身个儿，所以就很互相爱慕要好起来了。黄雀比百灵知道丹顶鹤情形许多。他帮忙百灵嘲弄那白鹤。

黄雀说：

老头儿我知道得清清楚楚，
这是个光棍并没有后。
他因了样子好看受人尊敬，

却专一为人供养在花园里混。

口口声声说不日要归山，
其实行动总离不了花园。
徒生有那一副俨然道貌，
还诓人说将来会成仙得道！

阿丽思小姐，不明白黄雀说那瘦个儿的话的意思，软声软气问坐在她上手那个苍鹤。她说：

什么叫作成仙得道我不懂！

那苍鹤：

这便是我前辈唱高调之一种。

阿丽思小姐：

他是不是个和尚终日念佛？

苍鹤：

嘴巴长，不一定便会啄木。

啄木鸟可生起气来了。

我啄木是我自己选来的工作，
主席说我你可不配说！

阿丽思小姐见到因了自己的话引起了啄木鸟的质问，恐怕他同苍鹤吵下去，很抱歉，就引疚的说：

这误会全是我外国人的错处，
我不该把话问这位中年老头子。

灰鹳又轻轻的在她耳边说：

别处地方的小姐你话又走了韵，
“子”同“处”我们湖南人读来不顺。

她说：

那么我换韵，把“处苦”押在一处，
我不该因这话使老丈受苦。

阿丽思小姐瞧瞧灰鹳，见到灰鹳点了一下头，很感激灰鹳那样子惨惨的，就想起她家中的那位舅父。她不知道这个人的不爽快是不是也因死了妻子去喝酒的结果。她问灰鹳：

先生，我想知道的是你有怎么苦？
我又要知道你可爱的先生住处。
我有一个舅父他的苦是死了妻，
他发愁喝着酒喝到成癖。

灰鹳见了有人同情他，注意到他的“苦”“处”，就伤心伤心的叹气。他说：

我只是一个正直的庸人，
既不如锦鸡好看也没有配天鹅野心。
得一个最贤惠的女人作妻，
我这愁为她死也发到成癖。

她死去留下了三匹雏鸟，
大冷天我一夜温暖他们到晓。
天落雪也得为这些孩子找饭，
单身汉虽勉强真作不惯！

阿丽思：

那你怎么不再娶一房太太？
难道是你这样找太太也找不来？

灰鹳：

一者是我们族类有这规矩，
二者是她们都嫌我太阴郁。

阿丽思：

我想去看看令郎行不行？
我不知这事你让我能不能？

灰鹳：

这在我是应当说很可感谢，
只怕是到那里没有怎么款待。

阿丽思：

我这人顶是随随便便，
去玩玩也不必弄茶煮饭。
到明日我邀一个朋友一起，

这朋友名字是叫作傩喜。

到灰鹳家去参观，且去看看那三个小孩子，阿丽思小姐是高兴极了。她就谨谨慎慎把灰鹳为她写就的那张地名门牌号数纸放在衣袋子里去。她相信傩喜先生一到了这忧愁灰鹳的家中，就能立时把那一家原有失去了的欢乐空气恢复转来。她且思量这一去应当送一点什么礼才是事，然而想不出一种合宜的礼物来，就只好保留这计划到回家再与傩喜先生商量去了。

忽然，噼啪噼啪只听到那匹站在屋顶上打望的公鸡拍翅子，喝着说：

我们所欢迎的鸟来了，
一个小伙子收拾得真俏！
他穿的是黑衣服白色衬衫，
眼睛似乎是近视眼一般！

主席猫头鹰先生，听到是八哥博士来了，忙又用有毛的手掌去整理大髦的呢，这是平平的抹着，是一种优雅的手法的，从这种从容不迫中也可以看出主席是个受有很好的教育的人物。

主席见台下听到八哥博士已来纷乱的不堪。就弹压：

请各位莫吵莫闹，
免得为别一个尊贵来宾见笑！

台下立时便有一种质问声：

那主席话有矛盾，
我们得把主席问问：
究竟是说话好——不说话好？
不作声岂不是为来宾疑我们哑了?！

灰鹳轻轻的同阿丽思小姐说：

说来宾所指的便是指小姐，
你先时真不应该站起。
这主席我可不大高兴他，
他本领就专是掉枪花。

阿丽思：

那可怎么办，

会又不即散!

我又不会说官话,

要我上台可真不好下!

主席:

安静点,安静点,安静点,

博士来时我们且把万岁喊!

八哥博士的头已在那众鸟中露出来了。

群鸟:

万岁噢,万岁噢,万岁噢!!

在万岁之中,八哥博士跳上讲台了。只听到各样翅膀声振动。八哥博士先不作声,只咖咖的同各方面打着招呼。且点头。身是小个儿身材,但精神很佳。他在讲台上跳到这边又跳到那边,似乎不知在那一个地方顶好。阿丽思小姐就觉得这博士太活泼了点,样子倒以为比在场许多鸟还好。她以为他即刻会就要说话了,谁知他先不说。

博士不说话,便有在台下批评这态度的声音;不知是谁说:

这小子大模大样,

但生就便是个穷小子相;

跳来跳去心只是不安,

又不是请你来在台上打加官[②]!

然而从此种责难下,博士却忽然开口了。是用一种顶柔顶软谄媚的声音。这声音不是燕子,也不是鹰,也不是天鹅,也不是莺:燕子是纯粹的苏白,鹰又是秦腔,天鹅则近乎江西布客的调子,莺是唱小旦的青衣腔。这里的声音全不是。明白流畅,是比鹦鹉少爷还更普遍一点的,且所说的是全平民的话,不打官腔。伟人的恶习惯,在这个鸟身上全不能找出,因此先是预备在会场中捣乱的百灵之类,也不得不平心静下来了。

在一种极良好的会场空气下,八哥博士先打了一个比喻。

一个诗人的态度是些什么?

是一种安详的沉默。

在静中他能听出颜色的声音:

在动中他能看出声音的颜色。

话稍停，便听到台下对这话所起的影响。苍鹰，谈英雄主义的脚色，他是对八哥博士的话完全同意了。说：

真不愧为名句难得。

鹦鹉平时专学人说话，就推己及人生一点疑心：

我疑心是抄袭而来。

丹顶鹤，是修仙的，便说：

此言也实可以悟道。

鹈鹕，小心眼儿的，不很服气，他说：

那全是骂我们心躁！

八哥博士继续说：

大洋中一汪咸水似静实动，
我胸中一颗热心实轻似重：
这只要微风一压，
便将见波涛屋大！

灰鹳点头，或者这只是点头承认这话的离奇不经。在许多鼓掌声中阿丽思小姐也随到他们鼓掌。阿丽思小姐听到一种抽咽，就抬起头看，看到那个先前同水鸥斗嘴的南京母鸭正在流泪，流出来的泪一滴到那老太太衣襟上便凝结成一团，因为泪中全是油，天气冷，一出眼眶便凝结了。为这两段话便可得这太太一小茶杯油，这在阿丽思小姐为那八哥博士设想倒很以为是合算。不过她担心那老太太多听到几回讲，会要消瘦下来，所以又想劝她以后不必再来听讲了。至于眼中流得出油在阿丽思小姐看来倒算不以为奇怪，如许多怪事一样。她以为也许"妒嫉"以及像刀子的锋利的东西，也能流得出的，她把这问题问过灰鹳，灰鹳只说你若相信我眼中曾流过忧愁，当然也相信你自己的话了。这答话就是说阿丽思小姐的猜想并不错，她是的的确确从灰鹳眼中看出他心上忧愁的。

不久，八哥博士又说了，大约是见到了南京母鸭的样子：

诗人从他的心上流出真情，
凝结在文字上便成了纯金。
慈祥的伯妈真心啜泣，

那眼泪凝结在衣襟上便成了——油渍。

全体是哄堂。连白鹤也笑。在没有把下文说出以前，便全了解了。

有些声音就喊着：打打打。又有些喊打打打那喊打的。又有些喊抓出喊打打打，那喊打的。一窝蜂，闹得不得了。主席圆睁起一对大绿眼睛，搜索那叫喊的鸟，又一面极力咆哮着把声音镇压下来。真是一件莫名其妙的热闹！

南京母鸭还不明白是怎么回事，一面在用一条白色手帕擦拭衣襟上的油渍，一面问隔座的杜鹃：

这是说一些什么？

大家却只这样的乐！

杜鹃：

老人家，您哪实在是可以去得了，

在这里别个鸟全拿您取笑。

有年青的小子在的地方不可玩，

您哪家还是回家去耐耐烦烦！

南京母鸭就听劝出了会场。阿丽思小姐，看到她出去，在鸟群中被别个挤挤挨挨的情形，还想过去问问她住址，可是又想起明天要到灰鹳家去，后天有别的事又不能出门，就算了。

八哥博士是知道在群众中爱嚷爱闹的，全是一些小杂种鸟类流氓，平空捣一下乱，见到拆台不成也就平息的。果然是这样的闹一阵后不久，就有一匹鹞子把一匹山麻雀揪出去了。会场中是仍然成了原有的沉默。似乎个个全都在这静中听出八哥博士所说的颜色声音。阿丽思小姐，是也在场作着这样一种体念的。可是她只听见老野鸡扯瘩[3]时喉中带痰的声音，没有听到过别的。从这声音上也看不出什么颜色。她记得到野鸡是火红色，那这声音也就可以算是火红色的声音了。

八哥博士用粉笔在大黑板上写了这样的字：——

恋爱的讨论

又不即说话。因此全体来宾都把视线移到主席身上去。主席是正像一个到路上捡得了一件东西那么心中涌着欢喜把这欢喜后放出一小部分在脸上四散四窜的。

孤鹭：

我们生一个口两个眼，
这就是神告我们要少说多看。
我以为凡是“讲”恋爱的鸟，
眼睛在这鸟身上未免太无意义了。

水鸭子很同情孤鹭这主张，他附和的说：

好朋友，我能认你为同志，
一天玩玩倒很可以过得去。
只是我为你身体太瘦担忧，
一个思想家对健康多疏！

孤鹭先是轻轻的不让水鸭子听到的说：

他们以为你嘴巴不很好看，
扁嘴巴作谄谀倒很方便！
我笑他们只是终日无事忙，
像蜂子辛辛苦苦为他人作糖！

水鸭子还以为孤鹭不曾听到他满是同情的话，故重复用一个韵：——

但我每每看到老兄就代为担忧，
康健事实不应如此粗疏！
我有种出洋旅行的志，
可听说太瘦了便不能去。

孤鹭：

我身体是一种天生清相，
作山人的白鹤君便与我同样。
我宗派是婆罗门宗派，
作苦行自有我心中自在。

鸳鸯听到孤鹭吹牛皮，且话的骄傲近乎矫情，骂孤鹭声音小。公鸳鸯说：

我们有的是甜甜蜜蜜结合，
不是你光棍梦想到的快乐！
只要能互相爱爱得久长，
闭起眼抱着睡天塌地陷何妨？

孤鹭：

光身汉也有光身汉的好，
我们是洒洒脱脱起来的早。
我肉麻鸳鸯的哥哥妹妹，
除睡觉全不看看世界！

水鸡，是平素与鸳鸯称同志的。一面是非常懂得孤鹭行为，就帮鸳鸯的忙，说：

那坏蛋不娶妻只是诡辩，
我明白其所以永远为光身汉。
他每日只知道蹲在水边等白食，
在鸟中再没有比他还要懒疲！

孤鹭：

没有妻，没有子，我们行动多闲散，
高雅生活那里是你们所过得惯？

丹顶鹤：

老鹭，诗的生活你同他说也不懂，
你分辩，恐怕分辩不清口已肿！

百灵：

嗨，看不出，曲高和寡之人有党到底强，
事到头来仍然可以帮帮忙。

阿丽思，听到百灵说派同党，不明白是不是在家中姑妈与爸爸那么一个属于圣公会派，一个属于长老会派。她轻轻的同那灰鹳说：

同在水上生活便分几多派，
这种情形到这地方真算怪。

灰鹳：

小姐，这话随便讲不得，
这里比不得是你外国。

阿丽思：

先生，我这话是不是走了韵？

我诚心盼望你为我纠正！

灰鹳：

如今是诗歌也不讲究押韵了，

我说的是你莫批评他们为好。

阿丽思小姐，才明白是自己失言。脸是又红了。但悄悄的去望在座的鸟，似乎连坐在她身边顶近的鸽子，也不曾听到过她的话，就放心了。她就又去望八哥博士。

八哥博士是像在那里思索第一句的话，很自苦。大约对这题目是也不能感生怎样兴味，但为一种时行的讨论，就把它写下来了。他去细细的看在座的听众，从听众中他想抓出几个显明例子为他这一篇讲演增一种价值，就望到顶大的驼鸟，因为身体大，便最先入到他眼中。

在他心里起了这样的想头：

这老兄就只有身体伟壮，

才能够使我们一见不忘。——

然而这个事与恋爱不对，

另起头才能使他们有味。

另起头是很难很难。吃整个的椰子，没有可以着口的。因为是难到能如其他大演说家一样开口就逗人笑。他明白给人笑算是人生一种极大的贡献。

鱼鹭：

说呀，说呀，我们待博士为我们说开心话呀！

从鱼鹭的质问上，八哥博士忽想起鱼鹭鸶的姑妈老鸦起来了。八哥博士就请老鸦发表一点意见。很谦卑的说是请老嫂子发挥一点主张。

我想请我们的老嫂嫂先来谭谭，

这一面是我们尊重女权。

老鸦站起来，很不客气的开教训。她说：

恋爱，恋爱，恋爱，

这是青年们一碗顶合口的菜。
都知道此中有糖吃来顶甜，
不知道加辣子也可辣碎心肝！

我不明白这问题也可以提出讨论，
一生世不全是这儿混那儿也混？
看你们成一对作一双去，
遭不幸守了寡有怎么趣。

群众附掌者有野鸡及二三野麻雀。于是八哥博士开始了论恋爱的甜苦二字。

…………

八哥博士：

论才能当然不止一般，
讲物竟能活的不限于语言。
孔雀君就只为生有一副好样子，
也能够博得他爱人心死。

孔雀私语：

别装痴又来提到我，
你唱歌顾自找你的老婆！
你能干我再也不妒羡，
讲恋爱要她们心愿。

八哥博士全不理会孔雀，又说道：

火鸡公拙劣又是个白痴子，
仍然是有女人爱彼恋彼。
这样事也得讲钱，
问问他就可了然！

火鸡是真如八哥博士所说的很笨的一种鸟，心中明白八哥博士是在损他，却又不会反对，就悄悄的问孔雀：

大叔，你刚才说的是什么话？
我想要把这话借用一下：
我又并不像蜂雀娶亲论价买卖，

我不甘心他把我来骂得那样坏！

老鸨劝火鸡：

那话语是说你这老爷人好命好，

为什么为这事也要烦恼？

就让他唱的歌唱得再动听，

就送给姐儿们姐儿们也不开心。

八哥博士：

母水鸡身子儿弱得可怜，

爱她的就因为娇小好玩。

梁山伯身上气味真香？

但是他仍然有奶奶合他同床！

公水鸡同祝英台轻轻的骂：

我疼的是我真心所疼，

懒和你夸嘴光棍称能！

把牛肉切丝儿来炒韭菜，

香不香臭不臭是我自己所爱！

八哥博士：

烂毛鸡样子真不怎样高明，

因勇敢能打架便有太太一群。

有些鸟欢喜的是这类英雄样子，

其实是到头来都是该死！

鸡公在先听到不提到自己，倒以为八哥博士的话真给他乐，此时可忍不住了。

你妈的，你妈的，你下来吧，

你老子这时节便同你打一架！

百灵

黄雀：

说到英雄英雄便想显本事，

我知道这类鸟是受不得一点气！

阉鸡，平素是被鸡公欺惯了的，见有攻击鸡公的，就同这百灵黄雀说：

也不过拣柔弱的欺侮欺侮，

说他爱戴高帽子倒有点儿谱。

鸡公：

你妈的你妈的你下来下来，

今天是你不流血我流血！

猫头鹰怒声相凌，是因为仗在场的鸟多，鸡公也没奈何他。他大声的说：

今天是博士君为我们演讲，

你军官可不能用武力管领思想！

群鸟轻轻的附掌又轻轻的附和主席喊：

打倒打倒打倒，

把他逐出会场得了。

鸡公气急了，在会场上用眼睛轮转着找寻他的仇敌。麻雀辈全闭了眼睛装作打盹。鹭鸶是冷笑。鸽子打着哨子。黄雀百灵识风头也不理会。鸳鸯则倒为这沉默惊醒了；他们是抱着睡的。当那军官眼睛一瞥溜到阿丽思小姐身边时，吓得她只抖。她耽心这误解，以为军官会疑心“打倒”声音如许多声音一样，全是外国人告给这类鸟喊的。其实她就不很明白这文字的意思，然而看出公鸡为因这小小声音的怒气了。

鸡公只是在场中捣乱，也不让这学术讲演继续下去。

谁说的谁就把他姓名相告，

看老子有本事问他命要不要？

谁都不敢再作声。然而谁都在私下笑着。

母鸡怕生事，一面耽心到生儿育女将来活到这世界上的一切，就带软带硬的劝老爷出这会场。

母鸡：

得了吧，得了吧，这时让他们称吓嗄：

今夜输了我们还有的是明夜。

凡是事情也就依不得许多，

快快回去我们好起窠！

因了太太的劝告，鸡公只好勉强按捺着性子，憋着一肚子气出去。鸡公引了他太太出去时，是打从阿丽思小姐跟前过去的。阿丽思小姐，看到这个英雄穿起有刺马距的皮靴子，大脚大手的气派，也就很敬仰，忙立起来行了一个礼。鸡公似乎以为是阿丽思同别一个打的招呼，就不理不睬的大摇大摆过去了。阿丽思小姐觉得是受了辱了。又觉得这是并不念过书受过洗的外教地方，也许是这也为一种上流阶级待外国人的礼节。到后就心想这只有回家去问傩喜先生，或者可以知道。她又听到已经要挤到门边了的鸡公鸡母交谭：

公鸡：看咱老子明天晚上又来，

母鸡：那他们当然是排队迎接！

座中的群众，见是这蛮汉已出了会场，就大乐特乐。

高呼：

打倒，打倒，打倒！！
同志们如今是胜利了。
我们应庆祝我们的成功，
这汉子蛮气力多凶！

鹅自语：

这一次又应当论赏争功，
其实是“打”的气力倒不如“喊”的凶！

百灵：

若不是我先喊了一声，
看你们谁个敢哼！

猫头鹰：

在方才，我们是打倒了一个反动派，
这时节我觉得我们好自在！
请诸君仍然要规规矩矩，
喊三声“民国万岁”来凑凑趣。

群众就又如主席所希望来喊万岁三声，且喊八哥博士万岁，主席万岁。

主席：

八哥博士美妙的演说还不尽，
我们来张起两个耳朵听。

八哥博士：

善于唱歌的群推夜莺云雀，
可是他唱的歌也只能使人相乐；
这傻鸟不是饿死也呕血，
到结果对爱情还一无所得！

黄雀

百灵：

这话真说得是岂有此理，
我们难道都全是痨病鬼？
心肝，你可以同他们一众说说。
告他们我俩是爱得如何热烈！

阿丽思问灰鹳：

那两个名字叫做夜莺云雀，
怎么样声音是这样啰嗦？

灰鹳：

在中国本来没有这两位，
他们是糊糊涂涂来冒名顶替。

阿丽思小姐，很奇怪这两个诗人，且见到他们那狎昵情形，以为真不怎样好看。且收拾得头发很长，分不出雌雄，大致这就是学得欧洲云雀装扮了。

鹳大叔，这便是贵国的诗人，
贵国的诗人是顶名换姓也能？

灰鹳：

那并不是算怎么奇事，
这两位用本国调子也自然唱得几句；
这诗人他以为还是身价顶大，
难为情的是你们看得出他是假。

八哥博士：

媚于语言的有时只能吃亏，
永远是孤零也很可悲；
这当然不是说“中国的云雀夜莺”，

中国的云雀夜莺前途满是美人黄金！

孤鸿哭：

我不知我这恋人在那一方，
我听人说到女人便要断肠。

老鸨：

劝你到我这儿来宽宽心，
包你就有很好的如意美人！

八哥博士：

我不赞成活在这世界上作光棍，
光棍活到这世界上也不起劲！
望诸公得方便也可以马虎一点，
再莫让别一个的青春逃过了你的手腕！

孤鸿，灰鹳，以及一匹新寡的燕子，都为这话暗暗流泪。

鹭鹚是咳着嗽冷笑，老鸨是点头首肯的微笑。

鸳鸯水鸡是在这感动下亲起嘴来了。

百灵说：

唉，这地方可不是水边，
调情事且放到明天！

主席映着眼睛看作他翻译的那一位。那姑娘是已经有了婆家，然而在主席的一双逗人眼睛瞪视下，也未曾不稍稍动心！

一个扁嘴鸭子用肘子触那穿黑衣的孤鸿：

你先生生活是孤孤零零，
这在我实在是非常同情；
我想我可以同你作伴，
要问你这先生愿是不愿？

孤鸿：

我将向天涯海角找寻她去，
谢谢你这奶奶一番好意！

扁嘴鸭：

高山平地草是一样草，
贫穷富贵人是一样好；

恋爱是只要有一番真心，
你我有什么不能相爱相亲？

孤鸿：

请你同天鹅试去说说好，
他此时也正是一个新孤老。

扁嘴鸭：

谈爱情原只是相等相对，
为什么丑小鸭就单单不配？
我们原可以算是同种，
身虽肥怎么去恋爱倒懂！

阉鸡同蝙蝠说：

看不出嘴巴扁的也会说话，
无怪乎人都说怕同鸭子相骂。

蝙蝠点着头，不久又同扁嘴鸭说：

他说你想天鹅想得发疯，
请想想这话语说得多凶！

扁嘴鸭：

他刻薄我我那里能怪，
他是个公鸡爱母鸡也爱！
讲爱情谁能够及他得的多？
我见过野鸡也称他为大阿哥！

野鸡劝阉鸡：

别理他，别理他，
这穷小子是正想到各处用嘴啄！
你若同他交过谭一次，
他就到处说你同他顶相契。

正在亲嘴的鸳鸯之类全笑了。鸭子极其伤心的一蹩一扭走出会场，预备想投水，阿丽思小姐，明白她的行为，就拉着她坐在自己座边一个空位子上。说，别伤心了，我们可以看画眉唱曲子。

灰鹳同南京母鸭是相熟的，这扁嘴姑娘是那太太的侄女，且知道这鸭子的可怜处，就摩她的头。因为有怜恤她的，就更觉心中有一种酸东西在涌，她是扁起个嘴巴哭了。

百灵：

我早明白嘴巴扁的会说也就会哭，
只可惜这眼泪不能像姑姑滴成的油珠。

灰鹳：

老弟这样的善于把别个取笑，
我以为这行为似乎不很高妙。

百灵：

善讽刺据说是“思想界权威”，
我不学怎么能实至名归？

猫头鹰主席：

安静下来，安静下来，安静下来！
且听听我们可尊敬的先生结束这问题。

八哥博士：

我们已在此地如此久坐，
想必是大家都有点肚饿；
我感谢今晚上在座诸君，
全能够很规矩把我话听！

散会了，还留在台上的八哥博士只是点头。大家是拍掌。阿丽思小姐也拍掌不止。灰鹳立起来要走，恐怕阿丽思小姐忘了明天的约，又打了一次招呼。扁嘴鸭也站起来，但腼腼腆腆同阿丽思小姐点头，又像要想说什么话。

阿丽思小姐就问：

姑娘，有什么事情要告？

扁嘴鸭：

有是有，只怕说来要笑。

阿丽思：

不要紧，不要紧，
我这人顶怕含混。

扁嘴鸭：

我见你为人太温柔，

我愿意作你的丫头。

她不愿再听阿丽思小姐的回答，只把心思诉过后，就飞跑去了。阿丽思小姐想拉到她问“丫头”是什么东西。然而那丑小鸭已走去了。阿丽思心想：丫头大约是同帽子洋伞一类用具，也就不想了。

猫头鹰主席，当散会时把八哥博士拉着不放，私下告他回头应当同台下尽只捣乱的那两个中国夜莺云雀联络一下，省得下一次到别处演说又遇到这捣乱事情麻烦。八哥博士笑笑的全答应下来。于是他们不久就在阿丽思小姐的观察下握手了。

百灵同黄雀出门时节，阿丽思小姐是在他们后面一点的。就听到他们讨论到适间见面的事。

百灵：

八哥博士同我真要好，
他说我们原都是同调！
他又问我是住在什么地方，
他说是他不久好去旅行！

阿丽思小姐听到这诗人押走了韵，就在心中笑，才知道本国人用本国字，下蛮凑也有一时凑不来。但他黄雀同伴却不下批评，又在说，她也就不再去管这个“行”字应改一个什么字才妥帖了。听黄雀：

在先原是一点小小误会，
这误会想起也真无味。
见了面也就了然，
以后是大可以结伴同玩！

百灵：

请想想此时节同志有几个？
为团结大家真应当将私见打破！

黄雀：

只是那坏主席会告他我们一切，
我意思纵携手也莫太露本色。

他们在将分手时，是极其客气的点头，说再见，说晚安，且说，——

百灵对黄雀说：

老哥，我劝你还是同时保守了卜课本领，
放弃了去作诗也算大损。
听到说最近来南征北伐，
还是要离不了你同龟甲！

黄雀：

我也希望你发狠学点外国调子，
也好到将来成一个漂亮博士。

……

出会场，大约是有三点钟四点钟光景。天上没有月，只一些小星星眏着眼。阿丽思小姐各处望，找不到傩喜先生的车子，就糊糊涂涂随到一些回家去的白鹤背后走着。不知在什么地方，只听到像琴鸟的歌声，——

是如此良夜风清，
回家去请萤作灯！

到后阿丽思小姐，当真就用两匹萤火虫照路到家的。

第八章　他们去拜访那一只灰鹳

阿丽思小姐，一早起来就记起昨天晚上在八哥博士欢迎会场相识那个灰鹳，就同傩喜先生说，问他愿不愿意和她一起去拜访这位忧愁的鸟。

她还把这个应去的理由，打动傩喜先生。她说："先生，我还以为只有你这个和气的脸子才能把他们那家庭改变一下呢。"

本来就很高兴去的傩喜先生，因阿丽思小姐一说，反而很自谦的说自己也不过是一个平常兔子，那里就能使原本愁着的鸟欢喜？然而不消说是答应去了。

阿丽思小姐，听到傩喜先生欢喜去，就同他说昨晚上所见的一切。这使傩喜先生深深悔不该到蒲路博士家去吃那一餐便饭。他先不去那欢迎会的理由，是说答应了蒲路博士的邀请，实际上如果不是以为到蒲路博士家可以痛痛快快吃一顿中国饭，（我们是知道蒲路博士家作得顶好中国菜的）那他就不一定要践约了。谁知到那边却吃西餐（因为中国方面客人太多），而这一边又如此热闹，可以说是两边失败。

"我想不到这个咧。"傩喜先生正用着一把小钢剪子修理他的指甲，穿的是顶时新的白绒衬衣。他又听到阿丽思小姐说那里大约还有他相熟的鸟，他说那可不一定。

"似乎有些鸟是全知道我们的名字，我那时就想：若是身边有傩喜先生在，那么那个八哥博士准下台来同我们问好。至于我是一个人，那他们就不及注意了。"

傩喜先生对这个话总不十分相信，是因为不曾见到昨晚上的情形的原故。他又问到会场中一切一切，阿丽思小姐记性真好，隔了一个晚上，又睡了一觉，有许多人是把所有仇恨也全能够忘掉的，她可从头到尾把那情形背给傩喜先生听。又说到会场中如何捣乱如何的相骂，以及自己如何与那灰鹳相熟。全说了。她遇到复述那对话时，也用的是有韵的言词，傩喜先生是个追慕中兴纪古典主笔的兔子，对这个谈话用韵语的盛会就更觉得当前错过可惜。他说真是悔得很。阿丽思小姐见到他那神气儿却安慰他说以后这类大会应还有，下次再莫放过就是了。

“这才使他对第二个希望安心。……”阿丽思小姐望到那兔子神气好笑，心想也真怪，平时是看不出傩喜先生说话用韵，可是倒欢喜这个。

一个兔子是年纪有了四十五岁，受的教育又是很好的绅士教育，从环境上去着想，这嗜好的养成却真是不足奇怪的一种嗜好！

住址：北门内，玉皇阁，大青松，第九号，第五个巢。
司徒灰鹤氏

她给傩喜先生看那灰鹳为她开的地址，因为她只能认识中国的数字，其他却不敢乱猜。

傩喜先生念那个字条：

“这北门不是昨两天我们出去玩那个？”

“不是。”傩喜先生对于这地方路道是熟习得多，他说，“那个是西门，去北门可是应当出街往东再往北才对。”

“什么时候去？”

傩喜先生见阿丽思小姐问到这个才想起昨天所得的一件东西，忙从他那裤袋里掏出那个大中山表来看时间。

“怎么。这个把我看。什么时候买的？”

原来这个表昨天还不是傩喜先生所有。他见到阿丽思小姐问及这表也才记起这表的来源。他说：“瞧，这是蒲路博士送我的，据说是古玩！”

阿丽思小姐见这表是最近式的欧洲顶贱价的表，不明白古玩的意思，她说：“这是古玩吗？我以为——”

“我是说表练的。瞧，这个练子，上面刻的是很好的中国八分字，据蒲路博士说是乾隆朝进贡的东西！”

阿丽思小姐，听到这话，就拿那一段练子过自己身边来细细的看，也不明白是真是假。但练子上那一块银牌上面明明刻得有中国字，写明是乾隆时代进贡的物件，也就觉得大概不会错了。经傩喜先生第二次解释，才又知道这个表虽是贱价的货，但据蒲路博士说这表是中国人某一次大典开幕时，曾用这表作时间上的指示，且这表又经过中国一个名人佩过，故也很可宝贵了。傩喜先生原是并不缺少欧洲绅士好古董的习气，虽不以为顶了不得，可是来到满是古物的地方，自然也有这种得一点古物回去的兴味，这个表同表练就可说是第一件的所获了。不，这应说是第二件，还有那四个起青花龙的乾隆磁茶碗！这东西从“支那通”蒲路博士处得来，则不消说不必更疑心这是一件假古董。

看那表的时间，是九点十分，这时间很准，因为照例的是九点多儿他们就用点心，这时点心已经拿来。

他们吃。点心是一人一碗燕窝羹，两个用鸡油煎成的烧饼，中国的上等味道，很好吃。这算是特意办来给领略中国味道的上等外国绅士吃的，故每一次那旅馆就可以在这点心赚上三块钱，这个赚钱办法当然是一个很好的办法！

一面讨论到昨天的会场情形一面吃了点心，到十点左右，这小姐同兔子绅士已经到那个北门内了。因为是中国地方，比不得外国租界，正如前次见到那挨饿汉子书上所说的话：“穷人多的地方马路就不愿意花钱修理。”所以他们俩是不再坐汽车，走去的。虽然说是北门内已找到了，那玉皇阁可不知究竟在那儿。这地方庙宇又是那么多，竟像是比人家还要多一半。庙宇中也和人家一样，从外面看就知道是穷是富，不过这玉皇阁可不明白是怎么一种房子。

傩喜先生记起那本旅行指南说的中国玉皇是顶大的一个，心想既然权力大，所住的房子当然也不会小了，就拣那顶热闹顶富丽的庙宇走去。

“喂，劳驾。”他把一个手上提了香纸向前低头忙走的猫儿拉着。

“怎么啦?”那猫儿就满不高兴的对他恶恶的望了一下，摇摇摆摆走了。

这兔子找一个没趣。但是他可不灰心。他知道中国猫儿脾气也同外国猫儿脾气一样，爱发一点小气，就让他走了。

不久，又有一个猫穿起花衣从他身边走过。他又拉着那猫儿：“喂，仁兄，劳驾，前面山上那个大庙是不是玉皇阁?”

这猫儿原是受过教育的（这从那衣服整齐可以知道），见问他的是外国绅士，不得不停顿下来，说：“这个是财神赵玄坛住的。”

至于玉皇阁呢，这个和气的猫儿说从不到那儿玩过，倘若知道那倒是非常愿意相告的。

“谢谢您，……”把头点着又让那个猫儿走去的傩喜先生，见前面是桥，想过桥去看看。

那河里正游着南京鸭子同丑小鸭，两姑子在一块儿，大约是那老姑妈在教训那想恋爱的侄女。

阿丽思小姐正着急找不到路，见了这两位，就欢喜得叫——跳。她指点给傩喜先生看，告他那一位是流泪成油珠的姑妈，那一位是各处找恋爱的侄女。傩喜先生认为可以问问她们，她们在此住得久一点总熟习这地方的各街各巷，他让阿丽思小姐同她们打一下招呼。

“喔，老太太您好呀!”

那南京母鸭听到一个在岸上的小孩称她为老太太，就也为这称呼随随便便点一下头，说：“谢谢您，我是无时无刻不好呀!”

倒是那小鸭子记性好，她认得出这个便是那昨天晚上同灰鹳在一块的姑娘，且还说过愿作这姑娘的丫头的话，忙点头行礼。又同她那胖姑妈在耳边悄悄的说了些话。这姑妈听到是对侄女很好的人，乐得发疯。

南京母鸭：

好小姐，好小姐，
刚才失礼真怪不得。
听侄女说你对她多好，

到这里碰到真非常巧！

阿丽思：

老人家眼是常常要花，

这要怪也不能怪它。

我见姆姆精神爽快，

在心中实非常自在。

扁嘴鸭：

小姐，到此地又见到你，

我心中实在是说不出的欢喜。

那南京母鸭见到侄女说的谦恭话全无精彩，押韵押得一点不自然，就扯她的尾巴，悄悄的告她：——

应当说："我正同姑妈说你小姐人是怎样好，

我姑妈见了你真是乐个不得了。"

于是那扁嘴鸭复述姑妈所告的话语，当然是客气中又见出亲热，且把这作姑妈的也加入了。

阿丽思小姐，见到傩喜先生一言不发，昂起头望天上一朵云，记起是他同她们全不相识，就为他介绍给那两姑侄。

阿丽思：

这是我的同伴长辈先生，

人格是好得到可爱可钦；

这姆姆一位和气慈祥的老太，

同这小姐是我新认识的姐姐。

扁嘴鸭听到这样介绍，又害羞又感激的忙对傩喜先生鞠躬，那姆姆也哭迷迷的与傩喜先生点头。傩喜先生还正在心里佩服着阿丽思小姐说话的措词恰当，见到这两位行礼，忙把头上那一顶便帽拉下，笑笑的点着头。他想到自己也应当说两句话，就说：——

苏格兰一个小镇上一匹兔子，

小名是可呼作约翰·傩喜。

今天无意中见到两位密司，

真可说——真可说——

阿丽思小姐知道是傩喜先生一时找不到适当言语了，就忙打岔问扁嘴鸭：

　　我们今天是来访那灰鹳，
　　到处找可还是全找不见。
　　能不能陪我们行行；——
　　或者是把路途告给我们？

扁嘴鸭：

　　那我姑妈或者知道，
　　问问她可以把方向得到。

南京母鸭：

　　玉皇阁还有七里八里，
　　那地方是幽僻到白日见鬼：
　　因为是玉皇如今无权，
　　官虽大却不有钱。

傩喜先生：

　　那这里是个什么地方？
　　是不是——"玉皇娘娘？"

他又想不起落脚的一个字了。因为"玉皇娘娘"这话却很可笑。他就用散文轻轻的要阿丽思小姐说。

阿丽思：

　　姆姆，那这是个什么地方我们想知道，
　　却这样人多马多好热闹！

南京母鸭：

　　这地方所供的全是财神爷爷，
　　所以然来来往往的终日不歇！

阿丽思小姐，见到扁嘴鸭实在愿意陪到他们上灰鹳家去，却不敢对姑妈说，就代为求请。

阿丽思：

　　我们想请姐姐同我们作一回伴，
　　请姆姆为问问她愿不愿？

南京母鸭：

　　试问问她高兴不高兴，

我可是要回去困困。

扁嘴鸭向她姑妈：

左右我绣那花只差一点儿功夫就全，

我想我很可以陪到小姐玩玩。

那姑妈，实在就不很愿意侄女同到他们去，但面子上又不好意思说不准去，且看到扁嘴鸭也想玩玩，就无可不可的双关的说：

去玩玩也无什么不可，

我实在是一个极随便的我。

去那里路也并没有多远，

但只是大姑娘家单个儿不好回转。

阿丽思：

她陪我去又由我们送她来，

也不必老人家耽心挂怀。

傩喜先生：

我们去得早也回来得早，

我是还打量回家吃饭好。

那么这作姑妈的当然只好尽他们去了，但是她又悄悄的告扁嘴鸭：

"路上猫儿野狗分外多，

你得小心别给它们拖！"

这一行，是三个上路，当然是有趣多了。扁嘴鸭见傩喜先生是个正派绅士，虽然身上体面得太过分了点，使同他陪到走路的都不很放心，可是她想外国绅士或不像中国绅士那么，总不是坏心眼儿的野狐之类。又见到阿丽思小姐同他那么接近不久就很放心也随便同傩喜先生谈话了。在路上，她为把所熟习的地方一切告给阿丽思小姐同傩喜先生，傩喜先生记起早上阿丽思小姐对他说的扁嘴鸭故事就觉得这女孩子并不坏。他奇怪为什么别的鸟都嫌她不好的原故，不明白究竟为什么不好。中国的事使傩喜先生不明白的也多，当然是在心中惑疑一阵研究一阵没有结果也算了。

扁嘴鸭同阿丽思小姐，谈了许多话，全是用韵语，阿丽思小姐也用着极美妙的言语答着，这个使傩喜先生很觉得愉快。傩喜先生是认为这样谈话比起普通谈话有味得多的。阿丽思小姐同傩喜先生对这鸭子有同样感觉的，就是奇怪以这鸭子的聪明伶俐，不应当没有一个鸟爱她。委实说，阿丽思小姐是觉得女的是这样子很可爱，这意思就在傩喜先生那方面也如此，不过我们应明白，能使中年绅士觉到这鸭子灵魂比身体更美，而小孩子又认为可以作朋友，那么这女人在年青小子方面，嗜好当然不合口味了。扁嘴鸭之不逗别个爱恋，或者是因身体笨了点，这要怪实在应怪那姑妈，她是无时无地不在耽心侄女饿瘦的。“人人欢喜骑瘦马，不愿跨肥骡，”这个也不是姑妈不知道，不过她总认为这是一时的风气罢了。谁知这风气还是一天一天延长下去。扁嘴鸭同阿丽思小姐说到这风气时，她说为了这一件事就不知同姑妈闹过多少次数了。

在路上，遇到许多相熟的鸟，可是那些鸟则只认得扁嘴鸭，却不知道阿丽思小姐还能记到她们。阿丽思小姐把这些所见到的鸟都来指给傩喜先生看，傩喜先生若果不是怯于用韵语说话失格，也倒很想同到那些各式各样鸟去谈谈的。

到一处，从一个小小池塘边旁过去，阿丽思小姐分分明明听到一匹蛤蟆笑扁嘴鸭：

瞧，一匹中国鸭子同外国小姐并排走，
这样事怎么不知道是很丑？

扁嘴鸭也听到这个，可懒得同这小子争。

傩喜先生是略略走在后面的，也听到这个，就猛的扑过去一攫，吓得那小蛤蟆一个觔斗翻下水里去，半天连气也不敢出一下。

阿丽思问扁嘴鸭：

这是个什么东西一跳，
也懂到把别人嘲笑！

扁嘴鸭先还以为这路旁嘲笑声音不会为这两位听出，如今听阿丽思小姐问她，才腼腼腆腆说：

这小子是鹌鹑的外甥，
话的来源是从别处打听。

傩喜先生：

我本想捉到他打几个耳光问他还笑不笑，

谁知道这小子倒懂得向水里一跳！

扁嘴鸭：

都因为会跳会叫有人夸他，
他自己也以为就真是一个音乐家。

阿丽思：

瞧，前面不是昨夜那个“云雀”？
傩喜先生你看他那样子多乐！

傩喜先生：

让我上前去把路问问，
上年纪的我可不怕同他混。

他就当真走到那百灵身边去。他说：

听说阁下是中国的诗人，
让我同阁下问一句话行不行？

百灵本来，很愿意别人称赞他有诗的天才，且正不服劲一个人说“国内只有两个作诗天才，”把他却除外的话，见到来人又是一个体面西洋绅士，就回答：

谢谢您外国先生，
您真是我一个知音！
您要问的是些什么话，
我愿意在答话上使您痛快。

傩喜先生知道这鸟会用古韵，就说：

我们是到处随便玩玩。
所以也愿意同诗人随便谈谈。

百灵：

你外国体面的密司忒，
我认得另外一个兔子同你是一样白：
他旅行是同一个姑娘在一块，
这姑娘这时大概已成了一个小奶奶。

傩喜先生私自说：

看不出，我的名字倒为他所知，
既说认得我让我也来装装痴。

喂，阁下贵友的名字是什么，
鄙人想知道不知可不可。

百灵：

那个同您说也是枉然，
前次他给我信说是在爱尔兰！
他是我们国内许多小孩子朋友，
不过他同我似乎独厚。

傩喜先生：

喔，阁下有这么朋友一个，
我倒为贵友得人可贺：
只不知道另一个姑娘阁下可识不识？
我这里有一个同伴或者是的。

说到这里，阿丽思小姐正走过来催傩喜先生不用耽搁时间，为百灵所见到了，欢喜得说不出话来，他忘了先前所吹的牛皮，跳过来就想同傩喜先生握手，傩喜先生却很谦恭的向后退。

百灵先对傩喜先生行礼，又向阿丽思小姐鞠躬：

我说是您哪家像那一个先生！
为什么不早说却逗我开心？
姑娘，我见了你美丽天真的容颜，
我从此分得出声音中的酸咸。

这百灵却不自觉的把“声音”“颜色”八哥博士的诗偷用了，然而这欢喜真是无量的欢喜。可是听到傩喜先生问阿丽思小姐：

适间我听有人说我在爱尔兰，
就是这不相识的诗人所言。

百灵就忙分辩这个错误夸张。他说：

别笑我了！明白我瞎眼是我的错，
可是我为我今天的幸福还应自贺。
那一天我们不是想念到你们？
若说这是假当天赌咒也成！

他一眼又见到扁嘴鸭，扁嘴鸭平素在他眼睛里只是一个可笑的夸张的身体，以及一副可笑的夸张的扁嘴，然而明明见到她是同阿丽思小姐在一块儿就忙同扁嘴鸭打招呼。同了傩喜先生这边说后又问讯南京母鸭：

嗨，谁知道我们这好大姐倒先同你们一起，
这事情真使我羡慕要死！
好大姐，姑妈多久不见身体可好，
老人家会享福就少烦恼。

扁嘴鸭看到百灵一脸的假，只不做声。然而平素是极爱百灵，却从不为百灵理会的，这时见到这一种亲洽情形，姐姐长姐姐短喊得腻口甜，就仍然和和气气答应说托福。

傩喜先生是从不知道恨的，虽明白的见到百灵胡诌乱吹，总以为聪明也仍然可爱，意思就想同他久谈一下。

阿丽思小姐可不欢喜这个。她记得到昨天晚上那个情形，她扯走了傩喜先生，说到这个地方耽搁太久，灰鹳在家会等候得着急。

百灵：

若果是去我老友家我可以作一个向导，
只不知这一点小小义务要尽不要。
我们老友近来为悼亡极其怆心，
这实在是个有情有义的人。

我说：朋友，我们多情的都免不了此，
我们需要的是悲哀当适可而止。
诗人说“有花堪折便须折”，
过分为死者伤心究竟何苦来!?

见到朋友那样灰色憔悴，
我就恨我独少一个妹妹：
假若我真是一个女人，
为这个朋友填房也行。

得一个多情郎比无价宝还难，
这是一个女奶奶诗人所言。

我们的胸腔原就是一个泪湖，
可是这眼泪不应当为谁一个哭。

先生，您说这是不是？
我们一生是不止哭一次！
像我是凡是世界一切都心痛，
所以我是个诗人别的却不中用。

百灵不待傩喜先生许可，就在他们一众面前先走一步。一面又回头来同傩喜先生讨论一切问题，各样全说了。这小子，肚子学问像是压紧了的麦片，抓出来又是那么多，并且抓一点儿出来又即刻能泡胀。傩喜先生是认为这小小身子倒装了比身子若干倍容积的议论，是一件有趣味的事，所以听来也不十分厌烦的。且这小子所引证的全是一些极透彻人生的言论，傩喜先生对这古哲人古诗人思想复述者，当然是认为可以作朋友的了。百灵的话既极其谄媚，处处知道尊敬外国长辈，又处处不忘到自己是个诗人身分，见到阿丽思小姐不大高兴他，以为必定是扁嘴鸭说了他的坏话，于是又来这两个外国客人面前极力夸奖扁嘴鸭为人如何好，思想如何好，总之这个东西特别卖力气想把这友谊建树于一席的谈话上，结果居然成功了。

百灵：

好大姐，把你手腕让我挂着吧，
我们好并排走说一点私话。
我想问你声你那希望中近来的恋人？
为这个作弟弟的每天都求过神！

我想你也不要因这太心焦，
你年纪是正还似十八岁的阿姣。
像你们这种门户大家有多少，
那里会永远就不能把知心遇到？
我说一句话你别生气，
我若是找爱人就非你不娶。

一个美貌的人他常常疏忽了自己的美，

为一些闲忧闲愁就把身体毁！

扁嘴鸭，长到那么大就没有经过这种温柔熨贴的话在她耳边响过。她所遇到的，不是嘲弄也近于嘲弄的那种全不理会。如今听到这些细摩细抚的话，每一个字都紧紧的贴在心上，又听到百灵安慰她不要愁，又听到说她美，怎么样也不能再认忍，就呜呜咽咽的哭了。

傩喜先生还不明白他们说的是些甚些话。他以为或者又是百灵惹了她，就问百灵：

怎么好端端的又哭起来？

阁下似乎也就应负一分责！

百灵他忙向傩喜先生行礼。很规矩的道歉：

这个也应当说是我错，

我不该提起我们大姐的难过。

扁嘴鸭：

不是他，是我自己的烦恼，

我稍稍流点泪也就好了。

百灵又向扁嘴鸭：

早晓得是这样给阿姐难堪，

我就决不至同阿姐说这一番！

扁嘴鸭，她不知不觉也称起百灵为弟弟来：——

好弟弟，我只怨我自己命苦，

到如今还是心没有个儿主。

百灵，一种万分同情极其感动的样子，用着颤抖的嗓子，说：

其实是受苦全是一样，

这世界我以为是地狱变相！

阿丽思：

你这样哭我心真不安，

我看了别人眼泪我也心酸。

扁嘴鸭：

年青的小姐许多事你是不知道，

有些话如今说来你还要笑。
你如明白人生到底是什么味，
到那时你就了然一句话也非常可贵。

我有力量让人说我其蠢如牛，
但受不着别人一点温柔。
我存心把百年活换一次恋爱，
因我丑他们说我心术很坏。

我说“你尽我爱你为你作马作牛”，
那回答“我们身边全没有剩余的温柔”。
我说“为什么别人就可恋爱”，
那回答“只因为别人样子不坏”。

百灵轻轻的开玩笑似的搀言：

论样子难道姐又弱那一伙？
这事情天不公实应误唾！

扁嘴鸭：

我不怨天不尤人只自伤心，
我诅我为什么有这个身。
他只知生一个奇丑的显他手段，
就忘了造一个配我的丑男子汉！

阿丽思小姐，眼见到那兔子为扁嘴鸭的一遍话把心事打动，眼泪一颗一颗滴在那猎装前襟上，白白的，像一些珠子，若是在平时就要笑得肚子痛。可是这个时节却很难为情。论眼泪的多，她是以为谁都不会及她的，因为她曾流过一房的眼泪。但这个心痛的眼泪倒是一滴也没有，也试找寻过，到底是没有？她见到百灵也不能说一句话，惨惨的红着眼睛，就明白她自己必定是另外一国的人的原故，所以四个人在一起独她眼睛是干的。

有一只无聊的蟋蟀，正无聊无奈在他那门口站着望天，见到这事情，随口编成了一道歌唱着：

兔子学流猫儿尿，
鸭子学唱山西调；
可怜百灵也伤心，
小姑娘，你怎么不作鹭鹚笑？

傩喜先生听到好好的，却是作为不曾听到，走到那蟋蟀穴边，把脚猛的一边。这口多的小子，耳朵就因此一次震聋了。

灰鹳是不是访着了呢？不。在路上，玩着笑着哭着，时间耽搁得太久，到了那里快要望见了灰鹳的家，傩喜先生却看时候已不早，恐怕再在那儿稍耽一会就会把午饭耽搁，他意思又决不愿到别人家吃饭，且南京母鸭是等候到扁嘴鸭子的，扁嘴鸭也以为姑妈等候久了又要唠叨半天，阿丽思小姐则以为只要今天看到了这个地方，认清了方向，那么明天一起来也可以畅畅快快的玩一天，于是请百灵去告一声，说他们准明天来，就回家了，百灵是对这差事很乐于尽力的，就说是那么办顶好。百灵顾自去灰鹳家去后，扁嘴鸭望到他的背影：

这小子逗人恨又逗人爱，
都只为天生就这个嘴巴怪。

傩喜先生：

中国的云雀倒是玲珑透彻，
引古证今亏他这小小脑子设得。

到此是阿丽思小姐也认为百灵不坏了。

第九章　灰鹳的家

他们在路上走着。是上午八点钟光景。

傩喜先生见到一些庙中都有人磕头作揖，不很了解这件事意义，就邀阿丽思小姐进去观光。

阿丽思小姐来中国原就是想看这个！

她看到一只猫拿了一尾很小的鱼放在那个朱红漆神桌面前，跪了下去磕头，又低低的祷告。这祷词也用的是一种韵语，只听到说，——

菩萨，这是一点薄薄礼仪，
你别以为菲薄请随便吃吃。
我是一匹平素为人称为正直的老猫，
从不曾肚子不饿也向人唠叨。
因为听花猫说您菩萨真灵，
我敢将我的下情陈陈。
你保佑我每天吃鱼吃鸡，
你保佑我以后得一个好妻。
你保佑我身无疾病，
你保佑我白天能困。
你保佑我凡事如意，
你保佑我……

磕完头，致了心愿以后，就见到这个猫收拾东西把神桌前那尾小鱼用口衔去了，第二个求神保佑的便又补上，把一个鸡头从口中吐出，照例的跪下，照例的念诵祷词。猫儿是来得很多，所有希望则一致，初无稍差异。本来想从此中找到一些趣味的他们，见到这磕头亦正同欧洲人对十字架行礼想神帮忙一个样，没有一点出奇，就一出这庙再不想进其他庙里了。

阿丽思说："傩喜先生，我们不看这个吧，恐怕人家灰鹳是老等着！"

这兔子绅士，则为这地方情形奇怪，实在再愿意看一点别的，如像本地兔子之类求神的事实。但他不好意思把这个希望同阿丽思小姐说。虽答应了阿丽思小姐赶忙走，却每从一个庙前经过就留心到进庙的人物。谁知所见的多数是猫，狗，狼，狐狸，肉食者类。吃斋的也有，如像獐鹿等等，总不是兔。他从那众兽中拣那耳朵大一点的注意，却看不出一匹兔子本家来。

他对这地方的社会组织是满意极了。他明白，在欧洲，人的生活都全应自己负责，到无可奈何时求是求神，也不敢太贪，神只是一个，正像照料不到许多那样子。这里要发财，就去求财神。要治病，就又可以到药王庙去。坐船可以请天后同伏波将军派人照料。失落了东西，就问当坊土地要。保护家宅有神荼郁垒，（比红头阿三就像可靠得多）虽然从地方下级法庭到大理院还办不清楚的案，一到城隍庙也就胜败分明了。多神的民族，有这种好处，使人人都对于命运有一种信心，且又相信各样的神如各样的官一样足以支配人的一切，并且又知道神是只要磕一个头作一个揖便能帮忙作事，虽说香烛三牲有时是不可免的事，但总之比——譬如说，家中孩子生了病，与其花两块钱请一位医生，一块钱捡一副药，比用两毛钱到庙里神面前讨一点香灰什么为合算？吃了香灰终于死去，那么是这小子在命运里注定应吃香灰而死，不吃香灰倒似乎是有意回避命运所给他的义务，罪是更大了。

阿丽思小姐，则因为见到庙太多——怎样是庙同衙门，怎样是人家住宅，这是给昨天扁嘴鸭一指点就知道了的。——想起神也多的事，她说：

"傩喜先生，这地方通信大概方便极了，差不多每个庙里都可以为我们捎信!"

"嗯，好像是。"

于是阿丽思小姐就想起家中一切来了。第一个是想起姑妈，第二是家中一匹拉稻草的马，第三是一只皮手套（这手套上面是有自己的名字，为远房一个堂姐用金线绣上的），第四才想起爸爸以下的诸人，她想今天回到旅馆就去详详细细的写一封信，告他们这里如何好玩，且想把所见的一切都写在信上。她有笔，有纸，她存心写二十张或再多的信，要家中人围到桌边张大起口坐着，静静的听姑妈格格佛依丝太太把这信来念读。想到信，她又俨然看到姑妈在家中这老太太自己小房子里，坐在旧皮软椅上，用手幅子擦她的大黑边的眼镜情形来了。

…………

去灰鹳家的道路，是在昨天经过扁嘴鸭与百灵的指点，已再不会走错的，于是他们俩在约九点钟左右就抵灰鹳家的玉皇阁附近了。

按到门牌去找索，找到了第九号第五个巢。

小小的灰色的门，灰得正同那鹳鸟身上所穿衣服颜色一样，阿丽思小姐就笑笑的对傩喜先生说，这个一定再不会错，因为门的颜色就已经告给这是灰鹳的家了。

每一扇灰的门上，还有一长方朱红漆，在这红色的上面用黑色写了一副对子。对子的字是，——

备致嘉祥
总集福荫

傩喜先生就用他的象牙手杖轻轻的敲打那门，且听到里面脚步声，就同阿丽思小姐皱一皱眉头，又点头笑笑的说来了。真来了。

那灰鹳在昨天听到百灵一番话，就非常高兴。又深以为百灵不代为留他们俩索性到家午饭，是可恨。他从百灵口中知道了来看的是什么样一种人物，正因为贵客来临，着忙到预备这事那事！他把几个小孩子收拾得同过新年时一样的美丽，收拾好了又一古鲁关到一间空房里去，小孩子大的还只有五岁多一点，也明白今天是有点特别，全不敢再用衣袖去揩鼻涕了。这一家，经灰鹳一布置，全变了。这完全是用一种小学校欢迎视学员的情形来欢迎阿丽思小姐同傩喜先生，他们却一点不明白！

听到外面打门，灰鹳已猜到是客到了，匆匆忙忙的跑出来开门，门一开他们就会了面。

傩喜先生的样子，在灰鹳也是早已从书上就认识了的，但料不到眼前的就是那大耳朵和气绅士。我们是知道那些伟人王子，在历史上光辉万丈，当面时总不知不觉要感到“也不过如此”的略带轻视心情的。然而傩喜先生的笑容，以及极其相称的体面衣服，与极其高尚的态度，把这尊敬仍然从灰鹳方面取得了。

灰鹳见到阿丽思小姐，同这一个中年绅士在一块，不待再要介绍就明白在眼前的是傩喜先生，他就非常客气的样子，把腰钩成乙字，用着诚恳到使人听来流泪的声调，说：

我亲爱的傩喜先生，
你能来此真使我又喜又惊！
闻名是真不如见面，
见到你可以说是遂了一件心愿。

他又向阿丽思小姐行礼。

小姐，您今天来此更增我光荣，
我正在取笑我这对老眼睛！
若非百灵昨天告给我一切，
对小姐与先生我还不晓得！

他们于是就互相握手，兔子是不消说对这握手感到满意的。他来到中国，同中国住的鸟握手，亲切的谈话，这还算第一次！

灰鹳就把他们让进屋里面客厅去，到客厅又握一次手。

灰鹳说：

您两位真可说是我们中国好友，
你们还不明白我孩子是望你们来有多久！
他们都说“若能见到阿丽思姑娘，
胜过每天每夜吃橡皮糖。”

把她比为橡皮糖，在阿丽思小姐听来倒是第一次听到过的。然而她不像小气的人，一听到人说她是什么，不管好意恶意就发气。她就知道小孩子必定要比家中五妹六妹还乖的。她问灰鹳：

司徒先生，我们想请你小孩出来坐坐，
这傩喜先生就和小孩顶讲得过。

傩喜先生直到这时才想起也应说两句话，他就说：

听到阿丽思小姐把先生讲，
所以今天我们特意来拜访。
又听到说有几个宝贝，
…………

他把话又说不下去了，多寒伧。幸好的是灰鹳已懂得他们意思，业已站起来，说是请稍候。灰鹳就去了。阿丽思小姐说：

傩喜先生呀，贝字在韵上很不好押，
我担心他听到你说会要打哈哈。

傩喜先生笑着说，是这样，自己只好做散文诗去了。正笑着说着，那一边帘子一起，灰鹳把三个小鹳鸟一只手牵一个的走来，那一匹顶大的则在灰鹳后面。

“哈，妙极了。”傩喜先生见这些小鸟，羞羞怯怯的在爸爸身边，听从爸爸的命令，对着他与阿丽思小姐鞠躬行礼，就乐得只跳。

小朋友，快拢来，各亲一个嘴，
我们来行一个见面礼。

若不是先经爸爸解释，这些从小不见世面的鹳鸟，就会疑心傩喜先生是猫儿狸子的。就是知道了傩喜先生不会吃他们，且在平常又非常愿意得傩喜先生做朋友，但在此时也仍然不敢离开爸爸身边。一个毛茸茸的洋鬼子的大脸，虽然在那脸上耳朵上可以发现许多有趣味的地方，小东西终是胆怯，不好意思就把这友谊交换！

阿丽思小姐见到这样，就先走过灰鹳的身边。她把手伸出去，那顶小的鹳鸟就最先同她握手了。其他两个见阿丽思小姐不比傩喜先生伟大得可怕，就也同阿丽思小姐握手了。

阿丽思小姐就拖了那顶小的走近傩喜先生。

这傩喜先生是人顶好，
学故事可学得你笑个不得了。

小鹳记起傩喜先生衣袋里有鼻烟壶的，就问阿丽思小姐：

怎么他那小瓶子胡椒末又不拿出来？
怎么他脸上生得那么白？

傩喜先生见小鹳已不怕他了，就把小鹳从阿丽思小姐身边抱起来。

小宝宝，你瞧你样子多好！
可以把你名字告我，
让我永远记到你弟兄几个。

灰鹳：

把名字告给伯伯知道，
不要怕伯伯相笑。
说，“我名字叫做喜喜，
叫爱爱的是我的姐姐。”

那小鹳就照到他爸爸说的结结巴巴说给傩喜先生听，回头傩喜先生又问叫爱爱的是那一个。那小鹳就指到灰鹳左手那个。爱爱即刻又为阿丽思小姐拖到傩喜先生身边来了，在灰鹳那边，只剩下一个大哥了。

大哥见到喜喜爱爱同来客说到他时节，忙把爸爸长衣后幅举起，头藏到里面去，又不时的张望。顶小的那鸟就笑她大哥不中用害臊。

大哥经这一笑更不好意思了，索性躲到爸爸身后，爸爸走近傩喜先生也跟到走拢来。爸爸说，不要怕羞呀，妹妹小点都不怕呀！

终于不得已也给傩喜先生亲了一个嘴的松子，不到一会儿，也就大大方方成了傩喜先生同阿丽思小姐的朋友，同到两个妹妹争到要傩喜先生抱他了。

傩喜先生一面同灰鹳谈话，一面又来应酬这三个不客气的主人，立刻把这家中空气变得热闹非凡。在最短的时间中，他就让三个小主人欢迎到想永久要他在他们家中做客，这对小孩子的胜利征服真出了傩喜先生自己的意表之外。然而他就居然答应了喜喜姊妹的请求了。本来在傩喜先生的生活上，需要小孩的潜意识，就比小孩子需要他还感到需要，他自己也不明！

在这地方阿丽思小姐真应说是大女孩子了。喜喜爱爱姊妹在她面前正如家中五妹六妹，或者说正如六妹的洋团团，是那样的姣小好玩，话也说不清，路也走不稳，结果她也就只有让她们在自己面前来撒娇的一个办法了。

灰鹳为他们来客倒茶，又拿出一支水烟袋来，傩喜先生则虽不喝烟却把这希奇古怪东西拿到手上看得很久。灰鹳以为是傩喜先生不明白这烟袋用法，就要爱爱为傩喜先生吹煤子。

松子：

伯伯，你把嘴巴逗上只喝，
这烟子就像云一样多。

喜喜：

喝这个像用芦管子喝柠檬水，
喝烟时应当要跷起个"二郎腿。"

这小鸟，还怕傩喜先生不明白二郎腿是什么跷法，就坐到那小椅子上去学。不消说又是她从爸爸学来的！

像小猢狲一样几姊妹缠到傩喜先生，这作主人的待客方法，也亏得是傩喜先生才受得往！在这纠缠中，傩喜先生却并不忘记同灰鹳讨论到一切中国情形。灰鹳告他说到许多事，说到阿丽思小姐，说到傩喜先生，说到他们的旅行，这个，那灰鹳，接着说：——

早就有人猜想你们会来中国，
还有人准备着用军乐迎接！
有人知道了你们来必定要请公开演讲，
这事情我看要避免也无法可想。

阿丽思小姐，看到那天八哥博士欢迎会情形，就吓怕起来。她说：

哟，这个事我主张不去为妙，
我们又不是来中国讲道。

傩喜先生用阿丽思小姐的韵，说：

但我想不声张也许不知道，
不让你以外有人明白也妙。

灰鹳：

不成了，百灵必定会到处宣传，

他这个新闻记者是无所不言。

傩喜先生心中倒以为实在要被人麻烦，去去也不甚要紧，他就不说这事了。

喜喜：

伯伯，为讲一讲欧洲的孙猴子，

到底用汽车碾它死不死？

傩喜先生：

哈，可利害，那猴子——

故事为外面的拍门声音闹断了，灰鹳忙去开门。阿丽思小姐不忘记刚才灰鹳的话，深怕这拍门的就是来请他们赴什么会的，心惊眼跳的不安。

然而不速之客是终于来到客厅了，阿丽思把眼睛闭起，想是这样则看不见来的那百灵（百灵自然也就不会见到她了）。可是百灵却若以为阿丽思小姐眼睛正为灰尘给蒙了，先向傩喜先生亲热，又同灰鹳谈话。见到阿丽思小姐业已把眼睛睁开，才走过去陪阿丽思小姐寒暄。

这一家今天是多热闹！来了一个傩喜先生，加上一个百灵，真像还愿做道场！

起眼动眉毛的聪明百灵，怎样的很巧妙的把傩喜先生同阿丽思小姐哄得欢喜，正像是傩喜先生哄灰鹳家几个小姐少爷一样的容易。

他们谈着，笑着，吃着，喝着，幸好百灵倒不提起请演讲的事。这因为是当百灵拍门灰鹳前去开门时，业在大门边嘱咐了百灵，所以本来要说的也不说了。阿丽思小姐见自己错疑心了好人——她实在已承认百灵不坏了——她又想起百灵进客厅中时，自己闭眼不理百灵的情形，就在心中害羞不过。

一个十二岁的女孩子，平白无故忽然的红脸，这是有好几打没有理由的机会的，所以阿丽思小姐倒并不曾为这些主客疑心。她为了这不曾好害羞心思给他们知道，不久又在幸喜中了。

在晚上，阿丽思小姐在茯苓旅馆的自己小房中，她用那支蓝色铅笔在傩喜先生给她买的本子上写道：——

姑妈：我告你……顶好是那三匹小鹳啊，我若不是为可怜那位司徒先生，真想抱一只回家来！姑妈，你猜我假若是抱他回来，应抱那一个？我不说我一定要抱那名字叫做喜喜的，让你猜。可笑的是傩喜先生，还答应别人做一个长久的客，我是只想要这几个小鸟到我家来做长久的客，倒是很好的。姑妈我请你告我，这是不是一个办法。若你以为是好的，我将同傩喜先生商量，要他去为我与司徒先生打交涉，就请他们搬家到我们家后园那柏子树上去住。

…………

——你的乖女儿阿丽思

这封信，阿丽思小姐伏在桌边花了三点钟才写好，一共是二十七个双页，写完时就丢到字纸篓去，请文昌菩萨派人送——她明白文昌菩萨是管字纸的——她却不知道神多的地方倒不必办事顺手，文昌菩萨他按照做菩萨的新规矩，去顾自玩耍，不是先许得有小费的请求，就决不帮这忙！

第十章 “我一个人先转来”他同姑妈说的

阿丽思小姐如同姑妈说晚安一样同傩喜先生说过晚安后，躺在床上又想起一件事。她记到白天在灰鹳家吃的席面，不曾在给姑妈信上说及。但信已发了。

“哈，把这个也忘了，不应当！”她自言自语的说，“我应当问姑妈的！要这老人家去猜，吃的是，——

“辣子炒牛肉；牛肉炒南瓜；南瓜焖猪肉；猪肉炒韭黄；

“韭黄溜醋；醋溜白菜；白菜拌粉条；粉条打汤；汤中下……

“到底是几样菜？”

或者，格格佛依丝太太，所能猜出的菜的样数，就比阿丽思小姐所记到吃的样数为多，因为这老太太是懂得什么菜和什么菜相拌合才可口的。但怎么样去同这老人家讨论这件事？如今是自己在中国，而这老人家则离开自己有十万八千里路远。旅馆中没有电话，专差送信也是要日子的事。

然而又像这事情非使格格佛依丝太太知道不可那样，所以她就睡不着了。

阿丽思小姐，觉得需要姑妈，当真睡不着了。她躺在自己的一张小床上，（但她老以为是茯苓旅馆的床上）她听到什么地方打更，是三下。住在隔房的傩喜先生，似乎是已睡得很好，只听到一种鼾声从这兔子的喉里发出。她把眼睛闭得很紧想睡也不能。

“姑妈，姑妈，”像是发了迷，一个人打量起身悄悄儿回家一趟，就走出茯苓旅馆，一出茯苓旅馆就找不到路，她不知道要怎么办，在一些生人中挤来挤去，她怕起来了，就大喊，“姑妈！姑妈！”她把姑妈喊来了。姑妈穿那件大黑绒睡衣，手上拿了一个烛台，就站在这个做梦在梦中大喊姑妈的阿丽思小姐床边。

“乖乖，是不是肚子痛？”

“姑妈，你什么时候到这个旅馆呢？”

“什么旅馆？”格格佛依丝太太即时记起阿丽思临睡的话，就明白所说旅馆必指的是中国地方旅馆了，她于是用右手蘸了口沫，在阿丽思小姐的额角上写了三个十字。避邪气。这老太太说，“乖乖，你是不是梦到了中国？”

“是！我白天到灰鹳家吃饭。想起告姑妈所吃的席面，且想起要姑妈先试猜猜这菜的样数，就不同傩喜先生说，预备悄悄回来一趟。这时那个傩喜还在打鼾呀！姑妈你听，这不是么？”

把自己家里一匹猫扯齁[③]了当成傩喜先生的打鼾，阿丽思小姐是直到此时还不清白到底是睡在家中床上，还是睡在茯苓旅馆床上的。

姑妈说：“乖乖，你如今已转来了。”

“姑妈，那是的，我一个人先回来了。”

格格佛依丝太太见天还不亮，就要阿丽思再睡一阵。“宝宝你再睡一下，这时才三更！到明天我们再来谈你的事情，姑妈也好告你到天堂的事情，姑妈刚才正为了宝宝喊叫，才打从天堂转身呀。”

阿丽思小姐，就听格格佛依丝太太的话，又规规矩矩睡到床上了。她还不明白天明醒来是先见到格格佛依丝太太，还是先见到傩喜先生。

---

①边匡，方言。借钱物。

②打加官，旧时唱戏，正戏开演之前，一演员化装出来，以福、禄、寿、喜为内容向主客祝贺请赏的表演。

③扯齁，齁音 hōu。湘西方言：扯齁即哮喘。

阿丽思中国游记（第二卷）

《阿丽思中国游记》（第二卷）为长篇小说，最初发表于1928年7月10日～10月10日《新月》第1卷5～8号。署名沈从文。1928年12月由上海新月书店初版，为“二百零四号丛书之四”。

原目：《序》、《第一章　那只鸭子姆姆见到她大发其脾气》、《第二章　她与她》、《第三章　她自己把话谈厌了才安然睡在抽屉匣子里》、《第四章　生着气的她却听了许多使心里舒畅的话》、《第五章　谈预备》、《第六章　先安置这一个》、《第七章　又通一次信》、《第八章　水车的谈话》、《第九章　世界上顶多儿女的干妈》、《第十章　看卖奴隶时有了感想所以预备回去》。

原目中《序》书中为《第二卷的序》。

第二卷的序

我在此，请抱了一种希望来欣赏我这小书的不相识者，让我为下边一些说明：

文学应怎样算对，怎样就不对，文学的定则又是怎样，这个我全不能明白的。不读过什么书与学问事业无缘的我，只知道想写的就写，全无所谓主义，也不是为我感觉以外的某种灵机来帮谁说话，这非自谦也不是自饰，希望有人相信。

我为了把文学当成一种个人抒写，不拘于主义，时代，与事物论理的东西，故在通常标准与规则外，写成了几本书。《阿丽思中国游记》，则尤其是我走我自己的道路一件证据。在第一卷陆续从《新月》登载以后，书中一些像讥讽又仿佛实在的话，曾有人列举出来，以为我是存心与谁作难，又以为背后有红色或绿色（并不是尖角旗子），使我说话俨然如某类人；——某类人，明白来说，则即所谓革命文学家是也。在外国，有了革命家以外，是不是还有革命文学家，不拘这名号是自称或同辈相称，我可不知道。但我知道在中国，把革命文学家而再加上无产字样，则更其惊心动魄耸人听闻。

近来似乎这类人并不少了，天才之多亦可幸。鲁人孔某曰："富而可求，虽执鞭之士，吾亦为之。"在目下，则从文固曾常常患穷患病矣，又知在某种天气下谈某种文学之人，皆生意兴隆，面团团具富家翁模样，然鄙拙如自己，呐喊喝道非所长，终其生与穷病作缘，亦命而已。说话像小针小刺，不过酸气一股，愤懑所至，悲悯随之。疑心从文为专与上流绅士作战，便称为同志者，实错误。

担心从文成危险人物，而加以戒备者，也不必。

然而在这样的声明下，亦用不着一些善于活动的青年文学家，把我强迫安置在什么复辟派与反动派的地位下。我的作文章，在求我自己美型的塑捏，与悲愤的摆布，成功后的欢喜外，初初不曾为谁爱憎设想的。

我能自知我自己，比别的朋友为多的，是：我不是适宜于经营何种投机取巧事业的人，也不能成为某种主义下的信徒。我不能为自己宣传，也就不能崇拜任何势利。我自己选定了这样事业寄托我的身心，可并无与人争正统较嫡庶余裕。文学在招牌下叫卖，只是聪明的贩卖西洋大陆文学主张，于时行主义下注册的文学家作的事。对帝国主义者与伪绅士有所攻击。但这不是要好于无产阶级而希望从此类言行上得人捧场叫好。对弱者被侮辱觉得可怜，然而自己也缺少气力与学问找到比用文字还落实的帮忙办法，为图清静起见，我愿意别人莫把我下蛮列在什么系什么派，或什么主义之下，我还不曾想到我真能为某类人认为“台柱”“权威”或“小卒”。我不会因为别人不把我放在眼里，就不再来作小说，更不会因为几个自命“革命文学家”的青年，把我称为“该死的”以后，就不来为被虐待的人类畜类说话。总之我是我自己的我，一切的毁誉于我并无多大用处，凡存了妬心与其他切齿来随意批评我的聪明人，他的聪明真是白用了。

我需要，是一种不求世所知的机会。一切青年天才，一切大作家，一切文坛大将与一切市侩，你们在你们竞争叫卖推挤揪打中，你们便已经将你们的盛名建立了。能在这种情形下把我除外，我倒可以从你们的疏忽中，得到一种开释的幸福，这不是诳话！

但是上面的话又近乎存心在讽刺谁了，这样说来又近于牢骚。所谓牢骚，把悲愤放在一浅薄事情上出气，我真不应当再有，我且应学着用力来克制这东西的生长机会了。我应当告读者的，是这书与第一卷稍稍不同，因为生活影响于心情，在我近来的病中，我把阿丽思又换了一种性格，却在一种论理颠倒的幻想中找到我创作的力量了。这在我自己是像一种很可珍的发见。然而也就可以说是失败，因为把一贯的精神失去了。

时当南北当局，同用戒严法，制止年青人对日本在山东暴行以及管领济南的行为加以反抗之日，凡表示悲愤者即可以说是共产党，很容易得到杀头机会。从报纸消息上，则知道中国各处地方，每日杀共产党不少，想亦间有非共产党在冤枉中顺手承情叨光的。可感的是日本人给当局以这样一好机会，一面既可以将有血气的能够妨害政治上惰性加深的年青人杀掉一些，一面又可以作进一步之中日共存共荣表示，呜呼，我赌咒，说此后外交政策尚可以用于英国，巩固两国之邦交！

一九二八年五月二十日于北京城

第一章　那只鸭子姆姆见到她大发其脾气

阿丽思小姐，不明白如何就到了上次遇见南京鸭子的河边。她虽然担心当兔子绅士傩喜先生醒来时，找寻不着她要着急，然而在河边，望到那一河的清水，河水慢慢流，也是很有趣。

“那若是洗一个澡，才好玩！”她自言自语的在岸上说，其实这话就只是为傩喜先生设想。她且主张河水清是应该那么清，但也应该暖和一点，因为不太冷则洗澡人可以免得患伤风，因为不拘大人小孩患伤风症都无聊。因为姑妈曾告过阿丽思这个话而自己也经验过。

“可是，我以为究太凉了。”她用一个小指头去试水的冷暖，水就打个战。“瞧，您自己也一为人用手指搅着就打战呀！”

“别是这样说，您远方小姐！”

她不提防河水也会说话。听到河水说话她心咚的一跳。她试问，“刚才是您驾说话吗？”这问也不提防河水会答她。谁知河水就清清朗朗告她“正是”，河水的声音清朗得同它颜色一样，阿丽思小姐以为这是应该。

她说：“我称呼您驾，应当是小姐还是先生？”

河水就起小浪，做微笑。

“那是人才要这样称呼。”河水仍然用清清朗朗的声音说，“我是可以不必。您小姐高兴，喊我做亲爱的河水；不高兴，喊我做河水，就得了。”

“那亲爱的河水，你要热点才成。我说你太冷了，不适宜洗澡。

我刚才还思量让我那位好同伴来洗一个澡咧。”

河水就说很抱歉，对不起，因为它不是温泉。阿丽思心想，是温泉，当然就不必抱歉，所以此时抱歉却也不是客气。

他们既有了攀谈机会，河水就问到阿丽思小姐的许多过去情形，她一一答应着。正因为有河水问及她才记得起，不然她也忘掉了。

“我想明白你到此的感想，”河水说，“因为每一个外国人到中国来都有一种感想。”

“可是我并不是每一个外国人。”

“可是据说到过中国的狗也总有中国的印象记。”

“那回头我去问傩喜先生，”阿丽思小姐说是问傩喜先生，因为是她记起傩喜先生是一匹兔。不过狗并不与兔相同，故此她就又随即补充说，“我想傩喜先生也总不会有吧。”

“但是你并不是傩喜先生呀！”

“但是您也并不是我呀！”

河水记起“话不投机半句多”的中国格言，又笑笑，就不理阿丽思小姐，流去了。

阿丽思小姐，望到那流去的水，心中只发怔。她就从不见到过河水有这样快的脚步。她以为或者是河水生了气才跑得如此快。又以为是因为赴什么约会才不能在此久耽搁一会。望到河水的去处，直望到那河水摔到一个石头上，打得全身粉碎，她才舒了一口长气，自言自语说，“慢走一点不就好了么？”

她过了一会儿，又去用手试那新来的河水，以为总会比先前的热一点了。谁知还是冷。她在心中又起了疑问，以为干吗不稍稍温暖一点，但记到适间的无结果谈话，就不再作声了。

河水汤汤的流，流到下头则顾自把身同大石头相磕，把身子打得粉碎，全不悔。阿丽思小姐在看惯以后，知道这是水在某一地方时的呆处，明白不是生她的气，就不再注意了。

她站在那岸边，各处看。想再有一个什么东西可以同她谈谈话，则好玩一点。她在无事可作时节，想谈话，也如同到肚子饿时想吃饭一样，然而她对这谈话的饥饿，不很能明白，又无从把这不明白的疑问向谁讨论，就在这岸边自言自语起来。

她说："我问你，是饿么？"

第二个她就说："正是的。"

她又转到第一个她，温和到像作姑妈的声音，安慰这一个寂寞的她，说道："我的朋友，你稍微呆在此一会儿，就会有来同你谈话的了。"

"是呵，可是，"她又作第二个她，很忧愁的说，"在别一个没有来以前，你多同我谈一阵，可不可以？"

"那是可以办得到的事，不过我想到傩喜先生，他会很念着我呢。"

"但是我虽想到他，我可很愿意暂时离他一会儿，找一个相熟的谈谈天。"

"这里大致总有相熟的会来。你看这水，不是每天都总有鸭子鹭鸶一类鸟来么？"

"提起鸭子，我就想起那个小鸭子来了。她说愿意作我的丫头，那多可笑！我问过傩喜先生，说丫头是女奴隶，你想我若是用一匹小鸭子作奴隶，要她每早上帮我梳头，又帮我装烟倒茶，那才是一件可笑的事！"

"我又想到那个姑妈起来了，瞧那姆姆多肥胖，我为她肥胖真着急。"

"那很瘦的也应着急了。我就记得到小鸭子对鹭鸶的健康担忧。"

"不过那是小鸭子的事。"

"不过为什么又是小鸭子的事？"

另一个她问到这一个她"为什么？"这一个她就不免小小生了一点气，不再接下去了。可是她却愿意另外再起一个头，就因为还不见另一个可以谈话的来，非自己谈话不可。

先为那一个她说："好，我们再讨论一点别的吧。"

另一个她自然就赞成了。她就提出今天的玩的方法来。

她说："玩，怎么玩？"

"那我以为看戏去。"

另一个她对于看戏又似乎不很有兴味。然而也不敢反对。恐怕一反对又不能继续这讨论了就说“好”。

“看戏，到中国顶好顶大的戏院子去，坐到包厢中，在看戏以外还能看那些很伶便的茶房，如像玩魔术一样，把一卷热手巾从空中抛来抛去，那多好！”她不让那一个她有机会反对，就接到说，“看他们在台上打斤斗，喊，哼，又看台下的一切人也大声喝彩，吐痰，咳嗽，……”这知识当然是阿丽思从傩喜先生那边得来的。

那一个她就争着说：“吐痰并不是可观的事，咳嗽也不是！”

“然而那样的随意，那样的不须顾及旁人，——说得好，是那样的自由，不是一件——”

“不，”那一个她就坚决的说，“这个不必去看。”

“那依你，怎么消磨这一个长长的日子？”

“那就蹲在这河边，等一件事发生！”

于是阿丽思小姐，再也不说话，就等候这机会的来。谁知道这时间的过去，是应一分一分算，还是应当一秒一秒算？然而她是数着这时间过去的。她学到医生的方法，自己为自己诊脉，就数着脉搏，一二三四的算。她数到一百……一千……一万。

“呀，一万了，这怎么数下去？”然而还是数。血在管子里跳一下她算一个数，因为数字的多使她气也转不过来。她亏得是她，直数到一万二千七百零九，一点儿也不错一个字。到此时，她可觉到实在无法念下去了，就说道：“好，加一个数算是一万二千七百一十吧，让我记下这个数目来，到回头要傩喜先生为我折合究竟是多少时间。”

不数着时间，那未免又寂寞起来了。

寂寞也得呆下去，阿丽思是同许多大人一样，对于当前的事是只用“挨”的一个法子处置的。她还是挨着。她自问自己，“若是重新又来从一字起码，数这血的跳，岂不是又有一个‘一万二千七百一十’的数目么？若是每一次跳换一个数，岂不永是‘一’字么？若是……多傻的一个意见啊！想这个干吗？……”但是，她又想，“若是接到一天一年数下去，这个数目怎么写？”因此她记起一个小学校的数学教员的脸相来了，“哈，要他自己去算这数目，他就不知道如何写，我敢决定！”

“阿丽思。”她想起还是把自己分成两个她为好。

“不准这样想，这不是应当想的事。”

这一个她警告了那一个她以后，那被警告的她，就不再去想血在血管子里跳的次数了。

她自己问自己：“还是在此呆，还是走？”

见到河水走，她想不如也走走好。她就沿河岸，与河水取同一方向前进。她先是这样慢慢的走，到后看到河水比起自己脚步总快许多，心中好笑：“你忙什么？”

她不防凡是河水都能说话，一个河水对阿丽思小姐的问题，就有了下面一个答复。河水说：

“您小姐，比起我们来，你为什么就这样闲？”

“那我怎么知道？这是你觉得！”

“我那里会觉得？只有你才觉得我忙！”

这又到话不投机的当儿了。

阿丽思想：“这不如我回头走一条路好。同到一起走要我不觉得你河水忙也不成。”她于是与河水取一反对方向，一步一步走，把手放在身后，学一个绅士的走路方法。“一步一步”，不说“慢慢的”，那是因为当这时她以外没有别的在走的东西可比较了。

她也不知究竟走了有多远，因为她手上无一个表，就像无时间。

多平坦的一条路。

一步一步走，不知不觉就到桥下了。

她见了桥才想起鸭子。想起鸭子才看到鸭子。鸭子正在水面游，离她不到二十步。瞧鸭子似乎是刚把头从水中露出的。

阿丽思见到这老太太还是穿得那一身白衣裳，头是光光的，欢喜之至。她喊那鸭子，说：“老太太，您好。”

那鸭子不提防岸上有人叫她，听到声音才抬起头来。照理今天不比昨天，把头抬起应欢欢喜喜，这是阿丽思小姐猜的。谁知这老太太见到是阿丽思，虽把头抬起，也只随便回答一声“您好”，就顾自过桥洞去了。

阿丽思以为是老太太是上了年纪，忘记目下的阿丽思便是昨天那个阿丽思了，就从岸上追赶过去。

她逐着那母鸭子说：“老伯娘，老伯娘，我是阿丽思！是昨天那个阿丽思！”

那鸭子头也不回，只急急忙忙说：“是也好，不是也好，与我做鸭子的不相干。”

“与你相干的。姆姆，你瞧我们昨天谈话不是很愉快么？”

“昨天愉快今天可不愉快了！”仍然是头也不回的逆水而前，但似乎稍慢点了。

阿丽思就赶快跑过去，对着鸭子的头脸又行一个礼，说：“姆姆，我想仍然要把你愉快找回来，我问你老人家，你侄小姐干吗不同在一块儿？”

“干吗不同在一块儿？还要装痴问！你这人！”

阿丽思这才看明白鸭子不是不认识她，是正因为认识她生着大的气咧。

阿丽思小姐，本想说：“你这鸭子！生气就不让人先明白生气原因，也随便生气？”因为这不先取得人同意而生的气，是不很合理。但她随即又想到一个鸭子不能与人打比，就尽这老太太生气了。

她为了要明白这老母鸭子生气原因，仍然很和气的问侄小姐不在一块是怎么回事。

“怎么回事？不知道还是知道又故意问？”那鸭子说了就用与说话差不多的严厉样子对阿丽思瞪着，想在阿丽思话语以外找到一种证据。

阿丽思很惶恐的说：“事情实在一点不明白。”

“不明白，那就是我错了么？”

“也不是姆姆的错，姆姆不相信我的话，我可以赌咒。”阿丽思又记起“赌咒”的用处来了，果然因此一来那母鸭子气已平了不少。

鸭子变成很和气又很忧愁的说：“好小姐，我是老昏了，你别怪。”

“我那里会怪你呢？”阿丽思小姐这话意思是说“我那里会怪一匹鸭子呢？”可是鸭子听着倒很高兴，以为阿丽思小姐为人大量。

鸭子心里想："若是自己那真不知怪这个人到几时！"

她们显然一切误会都明白，不至于白生气了，于是鸭子在一种很忧心的状态下告给了阿丽思小姐那丑小鸭侄小姐的最近故事。

"小姐，请你为我想，怎么办？"那母鸭子要阿丽思设法，阿丽思却说这也不是顶要紧的事。因为阿丽思心中顶要紧的事是玩。

听到母鸭的谈话，阿丽思才知道丑小鸭因为那一天陪她们到灰鹳家去，回头就病了。病又不是伤食，又不是肚泻，又不是发痧，竟病了一种为鸭子之类所不应当有的病。"她不应该有这样病，如我一样的不应当；因为我们是鸭子。"这是老太太的意见。但阿丽思小姐的意见则又稍稍不同。她则以为鸭子也应当有人的病，可是一个小鸭子却不一定要有老母鸭的各种病；这理由则是譬如马是拿来拉车的，中国有些人天生也只拿来拉车，至于其他的人却不但不拉车，且坐了马拉的车以外又坐人拉的车。这显然是鸭子与人或可以相同，不一定鸭子与鸭子相同的证据了。

原来小鸭子病着失恋。她需要一个男朋友。需要而不得，便病了。（这一点不是母鸭子所懂解，也不是阿丽思小姐所明白。）想同另一个谁要好，没有谁来答应，就生病，这个事情说来真不很使人相信！

"生病准得什么账？"这话是阿丽思小姐看那鸭子老太太的脸色而说的，因为她看得出老娘子主张。

"是啊！我就不明白为别的事生病。"

阿丽思心想"就是不准得账也不能拿你打比"，可是她却说："姆姆的话是顶有经验的老年'人'的话。"

"我是'鸭子'，不是'人'！我生平不爱别个拿'人'的话来称赞我。"为表示不高兴，她向前游了三步又退后五步。

阿丽思心想：大凡对付一个有了年纪的人或鸭子，都不是容易的事吧。（**可是她这个意见是把姑妈格格佛依丝太太除在外，因为她却太容易对付了。**）老了的鸭子就不是三两阵火可以焖得烂，老了的人说话也容易动火——是，容易动火，莫非这老太太肝火也太旺了！

她见到那南京母鸭的样子不大好看，还想分辩："这只是一句话，也不必使姆姆生气！”

“一句话不生气，要我为什么才生气？难道让你们人打我几竹竿子，我才应当发气骂人么？”

阿丽思小姐，见话越说越不对头，她确实并不曾想打她几下，却为她这样说，深怕是这老太太起了羊癫疯，回头还要难于招架，就只好和和气气的说：

“老伯娘，请自己尊重，我还有一点儿事，要走了。”她说了就同到这老太太点了一个头。她虽这样说，还是看着听着，并不走。

那母鸭子在鼻里哼着：“我自己若不知道尊重，早为别个人的一些话气死了，还活得到今天？”

阿丽思小姐就不再理会了，拔脚走了去。

她一旁走一旁想，把自己又分成两个人。

那第一个她问道：

“治肝气是吃什么药？”

“稀稀粥，芝麻糕，黑酥脂油糕，……”另一个她就背诵了二十样糖果点心的名字。

“全不对！这是吃的东西，难道也……”

“那鸭子也是吃得的东西。”从吃药她想到吃鸭子。

“我以为鸭子是加辣子炒吃，少下一点酱，多下一点酱油为好。”

“酱油是不是酱的油？”

“那鸭子的眼泪就是油，只不知道做不做得酱油。”

“……”

“阿丽思”她自己为自己放荡的思想不得不加以警告了：“这样胡思乱想是不成的，这样下去就非变成那母鸭子不可了。”

然而当真能变成一只鸭子，在水面上浮着，且不必闭眼睛也可以把一个有长颈子的头伸到水中去，看水中鱼的赛跑，又可以同那些鱼谈话，到底还不算一件很坏的事！

可是她为“可以同鱼谈话”的一句话又生了疑问了，她以为若是凡为鸭子都可以同鱼谈话，那么适间那老太太必定也同过许多鱼谈过话，并且也发过鱼的脾气了。

“无怪乎,”她前有所悟的自言自语,“有些人说话骂人,总说‘我恨不得吃了你’,想必这话就是鸭子生了小鱼小虾的气时说的,不然一个人那里吃得下另一个人呢?”

她就又想回头来问那母鸭子,只想明白这话是不是她正生着小鱼的气时说的,可把鸭子先时生她的气情形全忘了。

第二章　她与她

这里，应先说到当阿丽思小姐离开了那一匹发脾气的母鸭子以后的一小时情形。

她是随到河岸走的。在前两天同傩喜先生打这儿过身时节，似乎来往的人与一切动物都有，还很多，如今却不明白连一匹蟋蟀也不曾遇到。谁知这年成是什么样一种年成！

不过没有人走路，她就不走了么？而且说没有人走路，那自己又是什么？“若是鸭子在此，她才可以说是没有人；因为连自己也不算人。但鸭子自己能这么说吗？”她想知道却无从知道。

到这时，为容易明白这问题起见，阿丽思把自己分成两人，如同在另外许多事情难于解决时她把自己分成两个人一样。在未分以先，这一个整个的她，便说道：

“我不袒护任何一方面，也不委屈任何一方面，只是你们不能太自私。当到一种意见近于某一个我胜利时，这另一个我的默认是必须的。你们遇到不可免的争执，也不能太倔强，自己究竟是自己，随便生气总不是好！好，阿丽思，你就分开吧。”

于是她又成为两人了。说“又”是以前曾有过这事。

“她”慢慢走着，——或者说“一步一步走着”，——或者说“她俩”一步一步走着，因为她在她一身上至少是代表了两个主张，两种精神，以及两样趣味。说是“她俩一步一步走着”，还是有语病，就为的是有一个她欢喜一步走一尺一寸，有一个她又愿意一步能迈二尺三寸：一尺一与二尺三，相差是一尺二寸，这一尺二寸的主张距离，真是不小的一种距离！

“朋友!”那一个她同另一个她说,“‘我们’慢一点不很好么?走路快了为别人看见,还以为是被谁追赶。”这是很有理由的。

“你慢也不成,又不是有病。太慢了,他们中国女人会以为你是在嘲笑她。”

“那慢一点究竟是于自己的脚有益。”

“于自己的脚有益,就因为是慢,那中国女人走路那么迟濡,全就是为自己有益了吧(?)”

“那么,就非跑不可了。”

“跑到前面设若是遇到一件什么意外事,就是累一点也仍然值得。”

于是,阿丽思小姐就跑起来了。俨然是后面一匹恶狗在逐,她只尽逃着。单为了这“跑到前面或者有一件意外事发生”的愿望跑着。因跑得过速,一切树木就全从相反的方向跑去,脚步与她一样快。

“不要这样忙啊!我亲爱的树。”这是一个近乎愚蠢的她说的。

那聪明的她,就为树作答:“好小姐,全是你忙!干吗说我?”

“干吗不是你?我明明白白见你这样匆匆忙忙与我离开!”

“那请你慢点,我也就与你慢慢离开了。”

“我偏不。我不信你这样话,你是你自己的事,不是我的事!”

“是你的事!不相信就试试看。”

她只好试试,自然是一面也为了换一口气。谁知道一止步树木也就不动了。

“这才怪!我不愿你这样知趣,你这样,别人并不讲你好。”

那树就自己回答,说并不是为要别人说好才如此。

“不要别人说好那你就有你的自由。”阿丽思以为这话就可以质问倒那树了。

树是一株美国槐,身个儿瘦长,像同竹子是表兄弟。那树说:“我并不是缺少自由,我们的自由可不在行动一事上。也正如——”

“我不愿听别个说‘也正如’那类的话。”她就全不客气的走她的路。她先以为这槐树还会追她一阵,不期望槐树脾气也同她脾气差不多,于是就只好各走各的了。

那一个她就问这一个她，干吗同一株树也有这样争持。

“干吗又不应有?”

“我以后赌咒不与她们谈话!”

“我请你记到赌咒是说了假话以后请神作伪证人的事。”

“可是我不说假话。”

“那也不必赌咒!”

这一个她就好久不作声。显然是生了一点小气，又对那一个她袒护树一方面，有点不平了。

又走了一阵。

那一个她见到这一个她不说话，也寂寞，就劝慰她说：“朋友!别生气，我们应当谈话，莫为一点点意见争持，才不致笑话!”说这个话的她且想到以后应容让到任性的她点的办法，若非记起“赌咒”是不好的事，也几几乎要用“赌咒”的法子来求另一个她原谅了。

这个她见那个她情形，软软的说：

“我的朋友，这是我的不对。我为这个也很自苦。以后我们和和气气好了。”

“是啊，我们不能太任性，过于走极端了总不是事。”

“是啊，我们记到这话。走极端可不是好的。”

然而这一对阿丽思小姐，可走到一个尽头路了。这也算是走到了“极端”。她望望前面，前面是一堵墙。

她记起在过去一个日子里，同傩喜先生所遇到的事，一个瘦汉子要他们杀他，就是从一堵墙后跳出的。墙虽是另外一堵墙，究竟还是一堵墙!

那一个小心一点的她说：“万一这墙的后面，又隐藏这样一个汉子，那怎么办?”

“那不怕，告他自己并非英国人，也不是日本人，且告他身上并无一把刀之类，为求他信任起见，不妨搜索自己衣袋给他看，就可以通行无阻了。”

“但是”，她又同那个她商量。恐怕会又相互生气，她说话是很温软的。她说，“我们才说到莫太走极端，这已经又到了极端，不如回头!”

“朋友，我知道你是忘不了前些日子的事。但前途有一堵墙，说不定墙的另一面便是另一世界。”她意思是要冒险。冒险不是另一个她所同意的事。另一个她的理由，则为前途有墙就可以后转。她用这意见申述出来求大胆的她谅解，她也不敢坚决非回头不可。她用这样的话委曲表示了她的意见：——

“总之前面是墙，后面是路，我们是走路，所以不要墙。”

“然而在墙的另一面有另外一条新路，我们若是只图走现成路，那就不必走了。”

“然而前面不一定是路。”

“然而你这猜想也不一定准数。前面即或不是路，也许是一个比坦坦大路还好的地方。”

“我同意你的‘向前’主张，可是我请你记到危险以及失望。”

“我也同意你的所谓危险，但……”

她们很客气的讨论，这结果既互相容让，互相了解，就成了不进不退站在墙前的局面。

明知墙的另一面会有一种不同景致，可是为尽这希望比事实美观一点与和平一点，爬过墙去似乎是不必的事！明知是墙了，回头也可走路，走回头去再找一新路也似乎可能，然而那得另花费时间，且丢下现成的希望去寻一新希望，也略近乎愚，退后似乎又不必了。

阿丽思，就站到这一堵墙前不动。为明白起见应说那一对阿丽思站在墙前不动。

“来，”那一个阿丽思小姐同这一个说，“我们试猜猜那一边的情形吧。”

“那是很好的。”这一个她且先猜，“我以为，那边是个海。”

“我以为也是海。”

两个都以为是海，那似乎趋向可以一致了。然而海的意义在两个阿丽思小姐印象上各有不同。一个觉得海是伟大奔放，一个又以为海是可怕的一种东西。

她们第二次猜想，是墙外应当为一个花园，这不期然的同意仍然各有不同的体会：一则以为花园既是别一个人家的，其中保不定有咬人的狗；一则以为花园这个时节必有腊梅以及迎春之类。

“再想想吧，不要想成一样就好了。”

“一样的事也相差那么远，不一样我不明白相差成什么样子。”

“但是试试看，朋友，我说的是‘试试’！”

“‘试’是不是就不算‘猜’？”

“我不愿同你争这点不必争的事。”

“那么，”这一个她见那个她生了点气，立刻就心平气和了，她说，“那么我们‘试’。”

她试先猜那一堵墙后面遮到是些什么，她猜一匹羊。但那个她仍然也猜是羊。不过想起不应再相同的话，那个她就说自己猜的是一匹公羊。“公羊”与“羊”当然不是一样东西了。

那一个她说：“我猜是公羊呀！”

“我猜是羊！朋友，这一下是居然猜成两样了。不过，我这匹羊好像也是公的，让我再过细瞧瞧。呀，是公的，它那角多长，我怕它会要触我，我可不愿意再呆了。”

“一匹羊又不是一匹狗，我对于你这害怕的离奇好笑。”

“好笑吗？我才不觉得！”

“我想纵不是好笑也总是一种‘不经的’或者说‘不应当有’的。朋友，纵是匹公羊，还有一堵墙为我们保驾！”

为另一阿丽思小姐提醒了这害怕是不应当有，她就不免红脸起来了。她为了补救这错误，存心过墙的另一面去。这意见既由胆小的阿丽思小姐自动提出，不消说那爱冒险的阿丽思小姐就承认这意见了。于是稍过一阵阿丽思就到了墙的那一面。

既不是一个一碧无涯的海，又不是一座花园，她以为必定是一匹公羊了。她用眼睛各处找寻那一匹公羊。那个先是只说“羊”的她，也帮到注意。

“必定是见我来就跑了。”

“是啊，我也这样想。”

“那得好好的找它一阵，不能尽它使小聪明藏过！”

她为找这匹所猜想的公羊，就各处走去。

这是一带树林。树林是一带，则阿丽思小姐是在树林子里走，也很容易明白了。

树不知是什么名字，但是那么绿，绿到太阳光也变成同样颜色，阿丽思以为或者这是热带地方；——然而这或者是“绿带”。她不能说明热带寒带以外有绿带的理由，但若是一个地方应当付以一个顶恰当名词，那为这地方取名的人，无论如何总不会在“绿带”以外找寻名字了。

“我问你，我的朋友。”

“你说吧。”

那一个为这地方取名字的阿丽思，就把为这地方取名的理由提出与另一阿丽思商量。自然暂时又把找公羊的事情放下了。

她在树林子里走，走的是远到不知有多远。不知有多远则好比不走，这个思想使她觉得自己尽走不稍稍休息一阵是好笑。

“嘿，你这是怎么啰？我看你真忙！”这一个她嘲笑那一个她，那一个她就告她说，“也正想到是尽走不知道走了多远，则与不走一样。”

阿丽思小姐就坐下。坐的是草地，又绿又软和，如同坐在厚海虎绒毯子上一样。

“我真要打一个滚了。”她同另一个她商量，又觉得叫朋友赶不及叫姐姐为亲热，她就说“姐姐，你瞧这草地上翻个斤斗多好！”

她也叫她做妹妹。这作姐姐的阿丽思，便作成一个姐姐模样，对这妹妹的幼稚思想加以纠正。她以为这草地上虽是这样软，而且又这样平顺，可是“坐”同“翻斤斗”究是两样事。她们坐在这个地方不妨事，若翻一个斤斗就不成话了。

“姐姐，我希望你告给我为什么又不行的理由。”

“这理由就是不行。”姐姐的话几乎是像要在语句的重量上把理由补足的。

“不行是不行，理由当然是理由。请你想想。”

那作姐姐的阿丽思听到说“请想，”就也不好意思不“想”了。她用许多方法来证明，可是总不能证明出这不行便是理由。到后她只好说实在你愿意，乘到无其他人见及，就随随便便玩一下也成。

“可是又不愿意翻斤斗了，因为昨晚上睡眠时失枕，脖子摩及还有点儿疼。”

“脖子疼就不该说翻一个斤斗的话！”

“那么脖子痛该说什么？”

那个作姐姐的阿丽思懒得作这种谈话，就说“我可理不得许多。”她还冷笑，是笑这个阿丽思妹妹说的话岂有此理。脖子疼就应该说脖子疼，这是谁也明白的事，难道脖子疼应该说翻斤斗么？

“妹妹，我告你，我总不至于说这样不通的话！”

阿丽思小姐就又走路了。

她只顾气呼呼的走，忘记了看眼前路上的东西。到听及如一个兔的蹿跃时，才忙着注意那从身边窜过的是什么。她看到离身五步远近一只大青头蚱蜢，对她用很不好的脸色相向。这是凡为一匹蚱蜢对小孩子都有的不好脸色，可是这是中国的事，阿丽思不懂。

“对不起，是我妹妹惊了你。”

“是你妹妹？多会说！”

阿丽思小姐，又用妹妹的口吻，说：“不，那个说的是我姐姐，我瞧你是在生气，同谁拌嘴？”

那蚱蜢弄得莫名其妙，它说：“……”

那姐姐的阿丽思又用抱歉的语调，同蚱蜢解释，且对于一个阿丽思的问语加一种回答，她说：“我很明白这是我们的过错，因为我们俩正在讨论一种问题，才扰动了阁下。”

“‘我们俩’你同谁是我们俩？你这人说话真周到！”

“姐姐，那蚱蜢说的话是一种害脑病蚱蜢说的话！”作妹妹的阿丽思轻轻的说。

“您别乱批评！”姐也说得很轻，不让蚱蜢听到。

那蚱蜢见到这个小女孩子话总说得不清楚，又觉得有趣，就不及飞去。它为了要明白这疑问，不得不把样子作得和平点稳重点了。它问阿丽思，说：——

“到底你是那块儿的人？”

“我说你也不明白，不如不——”

那姐姐的，又接到说：“先生，我是外国来的。”

蚱蜢听到是外国来的，记起在先老蚱蜢的教训，说是外国人来中国，专收小孩魂魄，又得挖眼睛去熬膏药，就胆战心惊的一翅飞去，连头也不敢回，——飞去了。

“都是你，要说是外国来的！”

“那你又说‘我说你也不明白’，若不明白它怎么又一翅飞去那么远？”

“但是我仍然说它不明白。若是明白它就不慌到逃走。”

“我可不能这样想。”

这一次，是作妹妹的阿丽思不愿再继续谈话了。她想起蚱蜢究竟是糊涂，不然纵飞也不必飞得这样快。因为她知道跑快了腿就会酸，说话急了口就转不过气来，咽东西快了胃就打嗝……

她说（自言自语的，并不是为同姐姐说的）：“我决定它回头就悔，悔不该飞得太快！”

在绿树林子里走着的阿丽思小姐，为猜想一匹蚱蜢飞倦了的情形以及在疲倦后如何腰痛口渴，如何容易生气，如何懒作声。同别个说话，想到自己也疲倦起来，就倒在草地上睡了。

这一睡就把世界全睡变了。

她醒来既见不及“绿带”的一切树木，也不曾回到与傩喜先生在一处的旅馆大白铁床上。她呆在一个不相识的中国人家里了。如何知是中国人的家。先还不明白。到后听到有两个女人说话，一个是老太太，年纪老到同自己姑妈格格佛依丝太太不相上下；一个是女孩，同自己年龄似乎不差多少，就了然这是一个中国人的家里了。

她虽然知道这是一个中国人家，可不知自己究竟是在人家卧室还是客厅里。面前一物不能见，漆黑的比墨还黑。听到别人说话声比自己地位为高，她就以为是自己在地窖子里；听到别人说话声比自己地位为低，她又以为是自己原来在人家屋顶上。她简直是忽而在屋顶又忽而入地窖子；真如那蚱蜢所说“莫名其妙”！

“阿丽思，”那一个姐姐为了安慰这一个起见，喊着妹妹的名字。她说道，“你不要心焦，一件事情不是徒然心焦可以明白的。你让它经过一些时间，总可以水落石出。”

妹妹说：“水落石出不是我们要知道的事——我只要明白我现

在究竟是在什么地方睡。”

“我说水落石出是比譬呀!”

“比譬能不能使我们知道究竟是呆在什么地方?”

“可是我说你总得忍耐!在上午一点钟你希望天亮，那是白希望的。时间一到自然太阳现出到地面上来。我是从不曾听闻有人心急望到天明，日头就出来得早一点。”

“那你意思是以为凡是天黑就应当闭了眼睛睡吧。万一天黑是为什么遮着光明的结果，那你要等到几时?”

“但是，既然能遮掩到光明，这也就可想而知不是你一手揎得去的手巾之类，想揎是不能，可非常清楚!”

“可是总得试试看，到试了以后我再睡。”

试过了，那是没有结果的一种试验。于是她安心睡到这黑暗中，过着长长的夜。

第三章　她自己把话谈厌了才安然睡在抽屉匣子里

"阿丽思，我实在睡不着了。"

这是作妹妹的阿丽思说的。其实大一点的阿丽思也不至于就睡得很好。但说这话的是小阿丽思。

那个同样也难睡着的阿丽思，就告给妹妹，她告她纵不能睡也得闭了眼睛，因为除了癫子，其余的人都能明白在黑暗中开眼等于闭眼的事实。

她听姐姐的话，不过闭了眼仍然无聊之至。

这不是眼闭不闭的问题，是别的。

若是她的的确确能证实自己是躺身在茯苓旅馆原有房间中，则天究竟应在什么时候才光明，她或许想不到的。

"我应当明白我在什么地方！"

"不忙，终究要知道！"

"我耽心这黑暗会要有一年两年。"

"那不会。凡是黑暗中还有人说话，有人的声音，或活动东西的声音，不论是哭是笑，我猜想这黑暗总不是永远的。你听吧，还不止是一个人，一个人决不能用两种声音谈话。"

这个作姐姐的阿丽思小姐，就不想到自己原本也只是一个人，却也能分成两人来说话，分辩，争论，吵嘴以及生气后的劝慰！

妹妹本来想驳一句话，又想到不听这人劝诫还多口，便是废话，所以就不"废话"了。

另一个地方，又像远，又像近，确是有人在谈话的。话语很轻，又很明，不过阿丽思除了听得出是两个人在很亲爱的谈话（不如自己同自己那么意见歧纷）外，别的一点也不明白了。作妹妹的阿丽思，是不想在这些事上找到什么的人，所以如大阿丽思所命，去听也只听听而已。

在这世界上，我们是知道有许多人自己能永远哑口，把耳朵拉得多长，——如傩喜先生差不多——专听听别人发挥过日子的。我们又能相信有些人是在自己房中偷听隔壁人谈话，也可以好好的把一个长长的白天混过的。作姐姐的阿丽思，则虽缺少这种兴趣，但到底年长一点，明白在无聊中找出有意义一点的办法，所以主张听听那在另一黑暗处所的谈论。

听着了。正因为听着了声音，小阿丽思就在姐姐先一句话上又来提起疑问。她以为谈话的只是一个人，如自己一样，虽然在精神上处处有相反的气质。

大的阿丽思却不能相信这估计。她说："这是估计的。"

"那我们到底是两个阿丽思还是——？"

"这不能拿自己作譬喻。"

"凡事用自己来作譬喻，则事情就都有标准可找。"

"自己做的事别人不一定都是这样的，就因为'他们'不是'我们'。"

"但是为什么我们既这样了却不许他们也这样？"

"话不能这样说！我只说'他们'不是'我们'，并不说我们这样他们不这样。"

"阿丽思，我不懂你这话的意思，我糊涂了。"不消说，小阿丽思说到这样话时节，是略略生了点气的。一个人生气也是不得已，她就并不是想时时刻刻生气啊。

其实作姐姐的阿丽思，说来说去就也常常容易把自己说的话弄得糊糊涂涂的。她见到妹妹生了气，就不能把这生气理由找出。

"阿丽思，"那大姐说，"你又生气了吗？生气是一件不好的事。一个人容易生气就容易患头风，咳嗽，生鸡皮疙瘩，……唉，我这人，真是！我想起一个顶爱生气的人来了。我们的姑妈。不，姑妈格格佛依丝太太，五十岁的人，长年就都不过生一次气，但是头痛膏可是也长年不离太阳穴，这个事情古怪!”

小阿丽思说：“那有什么古怪?头痛膏并不是为爱生气的人预备的。”

说头痛膏不是为爱生气的人预备的，这话当然是在攻击“生气不是一件好事”而出。但要小阿丽思镇日像姑妈格格佛依丝太太，那么贴上三张或四张头痛膏，当然也不是欢喜的事了。并且她也并不“爱”生气。说爱生气不如说爱反抗大姐意见为好。在反抗的不承认的神气中，那大一点的阿丽思，便以为妹子是生了大气了。

大姐听到小阿丽思说“头痛膏并不是为爱生气的人预备”的话，就再不作声了。她心想，“那么为谁预备的?（想起就笑）说不定就是为有了头痛膏姑妈才头痛——类乎有了医院才有人住医院，有了……”

那妹妹，无事可作，同到姐姐谈话又总像很少意见一致，她呆了一会，便自己轻轻唱歌来了。

她轻轻的唱着，像一只在梦中唱歌的画眉一样。她并没有见到梦中唱歌的画眉，可是自己很相信，如果一只画眉懂得在梦中唱歌，则这声音总同自己的神气相差不远。

她用上回在灰鹳家中时对谈的一个韵律，唱：

神，请你告我，我目下是在何方?
我得明白，去茯苓旅馆的路究有多长。
你怪天气，这样黑干吗?
你黑暗若有耳朵可听——
我阿丽思说你“手心该打。”

大的阿丽思，对这个歌不加以批评，也不能赞许。照例是黑暗这东西，就无“耳朵”的，自然也不会有“手心!”说该打不能使黑暗成光明，也如用别种说法不能使黑暗更黑暗一样。

她的意思以为黑暗如是能够答话，必定这样说：

阿丽思，你别这样：

对我诅咒原准不得什么账。
你仍然希望光明的来到，
有希望事情总还可靠。

小的阿丽思，既不见黑暗中有回声，于是又唱：

你这样黑，于你也不见益处，
凡是黑暗人人都很苦：
你若把光明放回，放回一线，
我回头（同傩喜先生商量酬神还愿）。

如小阿丽思所希望，在她只说到“我回头”时，果然有一线光明从黑暗深处出来了。

“光呀，光呀，你看我欢迎你呵！”

小阿丽思把手抱去，所抱到的又是黑暗。一线光先是在远处一闪，随即就消失了，不见了。

这光的倏然来去给了作妹妹的阿丽思吃惊不小。

她自言自语说：“凡是好的总有两回。”

大姐则以为：“凡是好的只一回——有两回也就算不得好的了。”岂止“以为”而已？大阿丽思且居然说了。这使妹妹不很相信。

“难道你也见到了么？”

大姐就笑说：“眼睛原是共有的。”

“这不久将有第二次的出现，我请你注意。这是——”她不好意思再说下去了，因为她觉得，这是神的力，或者魔被诅骂后悔过所露的光明。

她等着。不如说她们等着。作姐姐的阿丽思，原先就是觉得除了尽耐心等光明来驱除黑暗，无第二个办法的！

说是等，那就等于说是妹妹全同意于姐姐的主张了么？又不。她们各有所等候，虽然所等候的只是一个光明。“光明终会来到。”是姐姐的意思。“要来的，但是在神的力量以外凭诅骂也可以帮助它早来的。”这却是妹妹意思了。多不相同的两种希望！

…………

为了这黑暗的排遣，与光明的来去，这姑娘，把自己作成两人，吵了又要好（要好的方法自然是争吵到顶不下去时候其中一个就软化下来），到后终觉得这吵闹为无意思，吵闹以后要好更可笑，就宁耐着寂寞，只让一个阿丽思躺在暗中，度这不可知的长夜了。

这样一来反而清静了许多。因为有了两个她，则另一个她的行为思想就时时刻刻犯驳，这居批评指摘地位的她，先又不露脸，总是到后才来说话。更难为情的，是作那些蠢一点事与蠢一点的想头，在未作未想以前，那一个聪明的她却全无意见，也俨然不知是藏在何处，一到这事闹糟，她却出来说话了。一个人常常被别一个批评指摘以至于嘲笑，总不是体面的事，虽然嘲笑的同被嘲笑的全是自己。但自己既然有两个，干吗不为自己的行为思想来捧捧场？别的人，为希望出名起见，雇人请求人代为吹嘘也有，用很卑顺的颜色找人为自己助和也有，如今的阿丽思，却只晓得捣自己的乱，当然倒以不如不分为好了。

关于阿丽思自己，要她自己来作中间人，用无偏无党的态度说话，她是只有对愚蠢一点的自己表示同情的。因为聪明一点的自己，虽然是老成稳健，作事不错，但她以为这不负责任，过后又来说风谅话的脾气，是近于所谓不可爱的一类人的。是的确，她爱那一个欢喜作错事的性格还比那个处处像成年人的性格为深，她是小孩子呀。

当结束这两个她时，阿丽思是有话吩咐那俩姊妹的。她像师长对学生那么致下最后的训词。她说：“我再不能让您分成两人了。这不成。天下事有两个人在一处，总就是两种主张与两样的梦——正是，说到梦，我很倦，天又恰是这么黑，我应当睡了！我不能因一小小意见争持到无从解决，这样即或到后终是有一个让步，这对我总仍然是苦事。我明白，在我寂寞的时节，有两个我是好玩一点，可是眼前我为你们闹得头都昏了。我害怕这影响。我记得姑妈告我的脑充血和神经失调等等都是这样头昏，万一我这头脑为你们俩吵成这类吓人的病症，这个时候到什么地方能可以叫大夫？并且我长到如今，还不曾同时做两种梦，姑妈格格佛依丝太太也不曾说过这事，我不能在今晚上破例!”

于是那一对爱讨论，研究，辩难，以及拌嘴的阿丽思姊妹，就被打发永远不回来了。这一面得到安静以后，我来告给读者以阿丽思此时所在的地方。

这的确是一个中国人家里。阿丽思，所住的地方，是这人家的房子里靠东边墙一个榆木写字桌抽屉匣子。这匣子若是从上边数下，则算居第一，从下边数上，则算居第四；照欧洲例子，除了桌面可以算作屋顶花园，则这地方应当说是顶贱的屋顶了。不过照中国说法，这是顶受优待一个地方的。因为最下层住的是旧稿（即老客之谓）。第二层住的是家信，主人同乡客人。第三层住信笺信封，信笺信封其实即可以说是钦差；（钦差还只住第三层!）别人把阿丽思很客气的安置在最上一层，真不算对外国客人失礼了。

房子是普通公寓的楼房，并不大，横不到一丈，纵不到一丈五尺。这当然不会使人误会到是说阿丽思小姐现住的抽屉匣子。更不消说比起阿丽思到中国来所住的茯苓旅馆，为小多了。这小小地方，是值得稍稍烦琐叙述的，倒不是这房子中陈设。这里除了一张榆木桌同两张豆腐干式榆木无靠椅以外，只是一铺床，一盏灯，以及三堵半已呈灰色了的粉壁墙，同一个暗白长方形楼顶。纵说地板这东西，在某一地方，也可以成为一种稀有的奢侈饰物，然而到这房中的地板，油漆常践踏处既已剥落干净，接榫处也全张了口，咽了满口灰，使人见到觉得可厌了。应说的是这房子的临时主人。

这房中住的是一个母亲同一个女儿，母亲年纪有五十二岁，女儿却还不到十五岁。老人是身材极小，有着那乡下气质精神康健的妇人，女儿大小则比阿丽思小姐样子差不多（可是若是同阿丽思站在一块时，照身个儿高矮调排，倒应喊阿丽思作大姐）。其实她比刚满十二岁的阿丽思长两个年头（按别一说法则是她多过了两个好玩的新年）。整十四岁半的她，比阿丽思家三姐还多上半岁!

这作母亲的老太太，手里拿了一本书，在慢慢的看，把一颗良善的心放到书中人物身上去，尽微笑。书上的老太太，便是她自己，不过那是十多年前的自己了。因为书上正说及这老太太无恶意的温和微笑的把杀死的鸡指点给小孩子看，小孩子则腼腼腆腆说这鸡还刚才打过胜仗，正如眼前的事。如今那个把家中笼养的鸡偷偷捉出去与别的人鸡打架的顽劣孩子，却能用笔写下这经验印成一本书了。老人从书上想到其他，从过去又回到眼前仍然觉得好笑！

女儿的名字，叫仪彬。仪彬这时正立在窗前，（我们的读者，总不会如阿丽思小姐疑心这是黑夜！）在窗前是就阳光读她的初级法文读本。法文读不到五个生字，便又回头喊一声妈。照规矩，则从 Signal 读到 maille，或从 Caille 读到 ail，便在诵读中加一“妈”字，虽然是“妈”字与 maille 音并不差多少，作母亲的也能理解得出，就在看书以外随口答应唉或噢。那一边，在喊妈以后，又可以随兴趣所至问一点什么话，这一边看书的便也应当接口过来，有时且在答复原有问话以外多说一点。问话可以随便想到问，从往三殿看宝物到吃家乡三月莓，答话可不能苟且。譬如有时节，所问的是想明白北京究竟有多少城门，母亲却答的是城里不及乡里好，像这样把话移到作母亲的人所看的一本书上故事去，那仪彬，就要笑母亲了。且笑着说妈到老来终会变成书呆子。书呆子，从这三个字上实可以使人想起一个故事，据说三姨爹就平素为人这样称呼，穿的是破破烂烂的浅月白竹布衫子，鞋底前后跟都有了小洞，袜子又因为有眼脚指便全是露头出来歇凉，脸上也肮脏得像欠有五天不用手巾擦过那么油油的，鼻子边（不是左边便是右边）且悬有一根黄色大鼻涕，说话则爱用“也”字同“之”字。这是母亲说过的。请想想，若果自己母亲也成了这种样子，多么好笑啊！

仪彬笑母该会变书呆子，母亲是不分辩的。有时一面应付到爱娇的女儿，一面仍然读那手上的书。有时作母亲的便把书放下，只要母亲一放下书，仪彬就再也不能把 francaisee-lair 念下了。像一只鸟投到母亲怀中，于是把脸烫母亲的肩，固执的又顽皮的问母亲到底是看书上那一段看得如此发迷，且继续把母亲答错误的一句话用老人家的口吻，复述出来给母亲听，以及作尖声的笑。母亲在这种情形中，除了笑以外，是找不出话来的。这一幕戏的结末，是仪彬头上蓬着一头乌青短发，得又来麻烦母亲用小梳子同手为整理平妥，因为只要一拢母亲身边，跳宕不羁以及耸肩摇头的笑，发就非散乱不可，这在有好母亲的仪彬的性格上已成了习惯，也如同老人的手有这样女儿在身边，理发也成了一种近乎需要的习惯了。

北京的天气，到了六月则有四分之三的时间是白昼，为了这个原故，在这二月的时节，虽然是二月，白天日子也就渐渐觉到长了。长长的白日（正是藏在抽屉匣子之中的阿丽思小姐疑心的长长的黑夜），仪彬同到她妈就是如所说的那么将她消磨尽的。母亲有时却是睡，在看书倦了以后。仪彬则因日子不同，或上午，或下午，到另一个房间里去，从一个身体么小的大学法文系四年级学生念两点钟法文，以及从另一个人听一个或半个故事。你们中，也总有人听过半个故事的事实吧。这是说，你常常要逼到你的哥说一两个故事听，不说又不成，于是你那个哥哥就只好随意捏造，凡属随意捏造的故事，总大多数只能把起首说得很动听，到后却是无结果，再不就凭空来一个什么大虫之类，到后为方便起见，这大虫每每又变成一只骡子或一只有花脚的小猪。仪彬却正是那么从那个二哥处听一个或半个故事的。故事中还有小半个的说法，不过不懂这事的，横顺说来总不懂，懂到的就不必怎样解释也清白，总之真有那么会事就是了。

仪彬还有一个二哥，同在这儿作客，如茯苓旅馆中有了傩喜先生又还有阿丽思小姐，这不算巧事。这样的说关于阿丽思怎样就来在这里抽屉匣子打住的事，要明白也容易之至了。凡是说话说得太明显，都无味，但我不妨再明白的说，告读本书的人一句话：阿丽思小姐之来到中国，便全是仪彬的二哥！再有人要问怎么就靠仪彬的二哥，那他便是傻，只合让他规规矩矩坐到欢迎八哥博士的会场中，去尽八哥博士或“中国思想界权威”讽刺嘲弄，若是生来又肥，他就真好拜那匹能够流油点子眼泪的鸭姆姆作干妈了。

在另一房子中的仪彬的二哥，是瘦个儿中等身材的人，是大学生样子，是一个正式入伍当过本地常备兵四年的退伍兵士。这当兵士的人，到如今，可以能看得出是受过很好军事训练的地方，是虽然脸色苍白与瘦弱，但精神却很好，腰笔直，腿也笔直，走路还保留着军人风味，性格是沉静，像有所忧郁，除了听到母亲说笑以及学故事逗引小妹放赖到母亲哥哥面前时，很少随便说话习惯的。过去的经验与眼前的生活，将这年青人苦恼着，就如同母亲妹子说笑当儿，在笑后心中也像有一种东西咬到他的心，虽然这情形，他是总能用一个小孩子的笑法，把它好好掩藏起来，不令作母亲的知道。此外，明白这个人是有了二十五六岁年龄，还不曾有妻，这是有用处的。

这男子，因了一种很奇怪的命运，拿三十一块钱与一个能挨饿耐寒的结实身子，便从军队中逃出，到这大都会上把未来生活找定了。一个从十三岁起，在中国南部一个小地方，作了两年半的补充兵，三年的正兵，一年零七个月的正目。一年的上士，一年又三月的书记，那么不精彩的一页履历的乡下青年，朦朦瞳瞳的跑到充满了学问与势利的北京城，用着花子的精神，混过了每一个过去的日子，四年中终于从文学上找到了生活目标，且建设了难于计量的人类之友谊与同情，这真近于意外的事了。

当这边，仪彬的二哥，在一种常常自己也奇怪的生活情形中，渐渐熟习时，在乡下的母亲，恰要仪彬作母亲的口气，写信给二哥。信上说，几年来，回到故乡的父亲，官职似乎一天比一天大，但地方也就一天比一天穷。又说在前数年本地方人拿了刀刀枪枪到各邻近县份保境息民，找来的钱，已轮到了为川军黔军扛了刀刀枪枪到县中来借粮借饷的磕去。又说爹爹人渐老，妈是同样的寂寞，所以乘到送小妹读书之便，倒以为来北京看看红墙绿瓦为非常适宜。又说三哥则在乡中只是一个有五百初级军官学校入伍生的队长，一遇战争也得离本地，所以同样赞成母亲与妹的北行。结尾则谓所欲明白者，是二哥愿不愿，同到能力怎样。回信当然说很好。他决心把自己一只右手为工具，希望使三个人好好活下来。一个是去日苦短的妈，一个是来日方长的小妹，为了这两人的幸福，他不问能力怎样，且决心在比较不容易支持的北京住下了。

作二哥的人，心所想到的，只是怎样能使这老人为一种最近之将来好希望而愉快。他明白幼妹的幸福即老人的幸福。他想他的幼妹应不至于再像他那样失学，他以为应当使她在母亲所见到的年龄下，把一个人应有的一切学问得到。他期望幼妹的长成，能帮同彼使这老年人对她自己的晚景过得很满意。他自己，是因了一种心脏上病鼻子常常流血，常常有在某一不可知的情形下，便会忽然死去的阴影遮到心上，故更觉得把所有未尽的心力，用在幼妹未来生活上幸福储蓄为必要的一件事。他预许了这幼妹以将来读书的一切费用，且自己也就常常为幼妹能到法国去将法文学成，至于能译其二哥小说为极佳的法文一希望乐观而忘了眼前生活的可怜，与无女人爱恋的苦恼了。

病着了，是他常有的。照一个贵族的生活情形看来，那便是很可吓人的一种病了。症候是只要身体稍稍过度劳动，鼻的血，便不能不向外流，流血以后则人样子全变更。然而想到只要一倒下，则一家人这可爱的一天，将因此完事，虽然倦，仍就不能不起床了。在病中他曾设法掩饰他的因病而来的身体憔悴与精神疲惫处，一面勉强与母亲说欢喜话，一面且得在自己房中来用脑思索这三人生活所资的一个纸上悲剧喜剧人物的行动。把纸上的脚色，生活顶精彩处记下，同时又得记下那些无关大诣的、委委琐琐的、通俗引为多趣的情节，到后则慢慢把这脚色从实生活中引入烦闷网里去，把实生活以外的传奇的或浪漫的机会给了这人，于是终于这角色就自杀——自杀，多合时代的一个增人兴味的名词！说一个女子为恋爱追求而自杀，或说一个男子为爱人无从而自杀，只要说得怪，说得能适合最浅最浅的一种青年人的生活观与梦，那正是如何容易风行容易驰名的一种东西！虽然他还不曾听到一个女子真需要爱情，自己也从不曾在极痛苦时想到真去自杀（她一面实际便又常常觉得是纵痛苦也只是在一种微笑里见到其深，初初非血呀泪呀的叫与死便是人生的悲剧极致），然而自杀这件事，用到一般的趣味上，真是极重要的一件事了。——若果这纸上角色终于自杀成功，则作者在物质上便获了救了。“可是，这是办不到的一件事。”他给一个朋友的信说，“因为我不能凭空使我书中人物有血有泪，所以结果是多与时代精神不相合，销路也就坏得很，市侩们愿意利用这个精神上拉车的马也不能够把生意谈好，真窘人呢。为了家人的幸福，是不是应勉强来适合这现代血泪主义？仍然不能够。不能迎合这一股狂风，去作所不能作的事，于是只好把金钱女人欲望放下，来努着力作举世所不注意的文章了。幸好是也仍然有那违反现代夸大狂的据说该死的读者与收稿者，故我只希望把我的预定生活支持下去。”这是实在的，他只能这样作，这近于愚人的汉子啊！

把阿丽思小姐留着，在一个抽屉匣子中住下，便是这个愚人意见的，他本来让她可以转到茯苓旅馆去，同到傩喜先生每日赴会，横顺是呆在中国南部的客，每天都有半打机会去看别人开会，每一天又至少可以去到一个地方看中国大文学家演讲或谈话三次（中国名人在上海一隅原就是这样多的），每一天还可以从新碰到一件意外事（譬如听一个大人物谈一种主义，这主义便因天时阴晴而有不同）。但仪彬的二哥，却很无理由的把阿丽思小姐留下了。他在心里想，使阿丽思到中国来，所看到的若只是听茯苓旅馆的二牛听差学故事，同傩喜先生一出门又得为一个中国穷人请求如英国绅士与日本英雄那么帮忙把他杀死，以及到一个会场上去听诸鸟吵嘴，那真太不精彩了。傩喜先生是上了年纪的人，是那么呆下或者很合意，可是阿丽思小姐总不相宜！

使阿丽思来到中国，所见的不过是这些，实非仪彬的二哥所有原先本意的。从欧洲到中国来，多远的一条路！把这小姑娘请来，要看又无什么可看，他真像抱歉得很。他又不能就尽傩喜先生这么在茯苓旅馆呆下，将阿丽思一人打发回国的。他又不能尽阿丽思去看打仗那种热闹事。

经过很久的打量，在他的稿本上他这样写下：——

我亲爱的小姑娘，你要明白我中国，这正如每一个来到中国的大人小孩一样，我很懂的。可是我很惭愧的是在这个时节，虽说正是中国顶热闹的时节，不拘在什么地方每天都可以听炮响（往日是除了过年都不会有这种情形的），不拘在什么地方你可以每天见到杀一百人或五十人的事以及关于各样杀人的消息，不拘在什么地方你可以见到中国的文化特色，即或到中国据说已经革命成功的地方，你也很容易找到磕头作揖种种好习惯例子，但这个若不说是“不合算”，便应当说这是“不必”。你要了解这样的中国，你先把你自己国中的文字学好，再不然如仪彬那么把法文学好，再去看傩喜先生朋友哈卜君那本中国旅行指南（我敢包这样一本书在不久将译成法文德文拉丁文以及其他许多外国文字的），你看一遍那本好书，你对中国就一切了然了。看这书一遍，抵得住中国一年，这是你应当相信的。虽然再革命十年，打十年的仗，换三打国务总理，换十五打军人首领，换一百次顶时髦的政治主义，换一万次顶好的口号，中国还是往日那个中国。中国情形之永久不会与哈卜君所说两样，也像是你身上那两种性格永远不会一样，不是你希望可以变。你既然承认你长是两样性格，你就得相信中国情形不能在十年二十年就今昔不同。你以为中国凡是进步一点的地方，就要变，不再有求神保佑的作官人，不再有被随意杀头的学生，不再有把奴隶论斤转卖的行市，不再有类乎赌博的战争，不再有苍蝇同臭虫，中国人听到你说这个，他要生气的。你这么说他会感到一种难堪的侮辱。你得麻烦他为你念那“中学为体西学为用佛学为精神”的格言。遇到是军人，他不高兴你，也可以说你是共产党，只要说你是，你就已经同神圣的法律与某种圣教相违，该捉去杀或枪毙了。中国人，他们自己都常常承让能尽一分责任来保留中国一切文化，作官的遇到想打仗时，也多数用的是不守纪纲一类话来责骂对手，以便兴师动众师出有名。在小事情上，譬如说“小费”，在新的各样衙门中（衙门是让一些无职业的读过书或不读过书的人，坐在里面吸烟喝茶谈闲天消遣的一种地方，北京南京顶多，上海则还有外国闲汉子），便是去不掉的。那当差的人就都明白如何来把这规矩保留下来，好好赚那一笔非分的财喜。其他大事全关于少数大人老爷的幸福，当然不能随便改动了！……

仪彬二哥，写到这里便不再接下去，因此阿丽思就到仪彬房中的抽屉匣子住身了。

第四章　生着气的她却听了许多使心里舒畅的话

当阿丽思还是两个阿丽思，那大姐劝作妹子的听听另一个地方的谈话时，仪彬姑娘同她母亲讨论到的，正是安置在第四楼的阿丽思，可惜的是其中之一的阿丽思不愿听这隔壁话，不然可真好。

阿丽思身边既不曾带有夜明表，又不能问谁，所以睡是睡着了，到醒来仍然是不明白所在地方以外还不明白究竟是什么时间。若她是中国小孩，她便应当学会哭喊，好使其他人知道她在此受难。若是中国那么大的女孩，她不单会哭会喊，总还能在默默中与各样鬼神，办交涉许下一些不能了的愿心，诳神帮忙显灵救她的。凡是中国的小孩子，字即或不认识一个，鬼神的名字却至少记得到一百，他且能记清楚有些鬼神的小名浑名，阿丽思可没有这样能干。

阿丽思，睡到不久就醒了，醒时仪彬的母亲恰好睡中觉，仪彬姑娘正无聊无赖的把那一本法文课本还未曾读过的生字翻着。她是才从二哥的房中打转儿的。二哥告她可以想法子把阿丽思引到什么地方去为好，她想不出方法。

幸好是这时的阿丽思只是一个人，不然听到仪彬姑娘的自言自语，为了说这话是两人与一人的争辩，也许又闹得负气各不相下，无从来听仪彬的话了！

仪彬姑娘像明知阿丽思已经睡醒，张了耳朵在听了，就很客气的柔声说道：

“阿丽思，方才一会儿，我二哥还同我说，教我引你到一个地方玩去呢。这北京地方我又极生疏，来此还不到三个月，我想不出有趣的事。他曾同我说，你若是高兴，本可以雇一个车子，要车夫拉你满城跑，你就可以吃一肚沙子回家。你坐在车上若嫌车夫走得太慢，你就告车夫，说我多把你钱，到后他就会不顾命为你跑，有时追得上电车，这不是顶无意思的！一个人听到说多把钱就不问死活向前跑，这钱至多还不到两毛，不幸真累死了你还一个大不花，也不会有警察上前来同你打官司，要你抵命，你想这不是一件奇事吗？你又可以到……（但他说）很对不起你，因为你已经玩过了一阵，懂到打仗，懂到做生意，懂到赌咒与请客，且见到比我所见的世面还多了，看不出你对这些玩意儿感生怎样的兴味。"

于是阿丽思就心想，那我回去倒好了。

这意思仪彬也体会得到，她就仍然柔声的说：

"我以为不必忙。来此是很难，多远的一条路！"

仪彬把话说了又稍稍停止，像照与客人对答的规矩，让阿丽思说话。阿丽思以为不作声则将为人疑心是不好意思，就说：真是呢！

"真是呢"，这句话，阿丽思以为那个陪她说话的仪彬会听到了，就也照规矩停下来让仪彬姑娘第二次发言。

她们如此各以为对手很明了的神气，各自说了一大堆话，她们都很满意这晤谈。她们又互相称呼为亲爱的好友，且各在意想中期望这友谊能持久不变。她们又互相告诉自己的家庭一切琐事于好友，使好友称赞羡慕，自己则在一种谦虚中接纳了这愉快。仪彬姑娘告给了阿丽思自己是有一个母亲，一个父亲，以及一个会用油墨涂画的大哥，一个会作文章的二哥，一个作管带的三哥，阿丽思则告给仪彬她家有几姊妹，以及那个格格佛依丝太太姑妈之为人。仪彬姑娘心以为自己第二个意见便是阿丽思意见，阿丽思则以为至少自己说的话总能使仪彬姑娘听懂，她们在论到家中人以外又论到此外许多事，各人都全无倦殆意思。其实则仪彬姑娘觉得阿丽思决不会有耳朵可听，阿丽思又却不疑心自己所说的话都不是有耳朵的仪彬姑娘所不曾听到。

在互存好意的一种生活中，则即或隔膜到非言语可达，我们相信仍然是能够得到满意友谊的。所谓两方了解，也多半是在这种误解中才能使自己承认。所以把一件友谊，或一桩爱情，放在误解中得到很好的成绩，并不是怪事。若在谈话中各人先有了固执一定的成见，那么仪彬姑娘同阿丽思小姐早不能在一块各抒心怀了。

仪彬姑娘问阿丽思的话，全是她自己来替阿丽思作答的。有些自然是很合于阿丽思意见，不必阿丽思来疑心这是仪彬姑娘把话听左。但到一些类乎为两个阿丽思所争执的事情时，仪彬姑娘心中便也有了个阿丽思意见，因此就不免稍稍有使那睡在抽屉匣子里阿丽思非作声不可的机会了。可是任阿丽思如何说，却无从使仪彬姑娘纠正自己的错误，这个使阿丽思心中也苦。一种人说话，另一种人永远听不懂，这是常有的。或者懂，她仍然不理会，这更是日头底下的旧事。阿丽思于此，便没有法子，遇到这样事她就抖气不说了。不过她仍然要说，我就照你那样意见，看你有什么新鲜话可讲。

仪彬姑娘正是有许多新鲜话要讲给阿丽思小姐听的。我们很知道，有类人，在平常，耳朵是很好，可是一遇到人不高兴，起了气，耳朵也就变了另外一双耳朵，听话时每每把意思听到与原意相反。但阿丽思可不是这样人。虽然生了气，仍能详细的听，也许这正是仪彬姑娘为阿丽思设想的“并无耳朵”，所以才能如此吧。

仪彬姑娘告给了阿丽思小姐以她乡下的一切好玩儿事情，至今忘记了代替阿丽思问自身到底所住的是什么地方。实则阿丽思最先却欲明白这事，她仍然不曾想到她是在抽屉匣子！

仪彬姑娘记到二哥的话，为阿丽思设想，她劝阿丽思到乡下去玩。她深怕阿丽思不愿意的，神气很温和，软软款款的讲她乡下的许多好处给阿丽思听。

“我告你，”她像同自己表妹说话的一样，说，“我想顶好倒是要我哥引你到我们乡下去玩，那里的一切不是你想得到的。那里走路就与北京城不同。我不能明白你们国里处置小孩子是用如何方法，但我非常清楚我们地方的风俗不与其他相同。你一到那里去，包你高兴。”

在这时，阿丽思本来就答应说“去”的了，可是仪彬姑娘却猜想阿丽思总不能决心就答应，故又劝诱阿丽思。

她更软款的说道：“你去吧，阿丽思。你再不必迟疑了。那是一个怪地方。我生长到那里也总以为怪的。除了我二哥，要别一个中国人带你到那地方去，那是办不到的事，因为谁都不识路。别人只能带你到别一地方，即或是说‘我带你，为你引路’，到后他自己也会迷路。除了我二哥，这件事谁也不能作了。你只相信我的话，跟我二哥走，到你不愿意，或者罣望家中姊姊妹妹时节，就送你回家。你玩过这一次以后，到后遇到同你那位格格佛依丝姑妈谈天学古，你会使这个老太太欢喜到流泪！她老人家的眼睛，自然不会流出滴到大襟子上便成油点子的浓酽酽的泪，但那么的好的人眼中，居然要流泪——我敢包，我知道这个好人的脾气——你只说究竟是难得不难得？”

无可不可的阿丽思，就又答应说是“去”。但仪彬姑娘则还以为这不到使阿丽思答应的理由，又另外重新起头说一件故乡事情。

“在那一本《中国旅行指南》上，曾说到中国人如何欢喜吃辣子，你还不曾亲眼见过，哈卜君也是这样。你跟我二哥到那儿去，那你就可以见到无数大人小孩，大的比你姑妈还大，小的比你还小，他们成天用生辣椒作菜送饭吃。或者将辣椒用柴灰一烧蘸了盐，就当成点心吃。这些人口中，并不是用锡箔或铜包的同我们一样，也是肉，也是牙板骨，也是能够活动的舌条，但他们全不怕辣。他们同辣子亲洽，如药房中乳钵同各式各样苦味药粉亲洽一样，全是不在乎的气概。”

阿丽思忙抢着说，那我就去就去！仪彬姑娘也以为应是可以渐渐打动阿丽思远游的心了，可是又想到另外自己念来也很有趣的事，故并不即止。

她又说：“还有多奇怪的风俗！你不是到中国来正想看这些希奇古怪的东西么？我们那地方，那些野蛮的风俗的遗留，你阿丽思小姐看了，会比读十二次英国绅士穿大礼服吃烧烤印度人记还动人。我这样猜想，在你们那个地方，大致已经不再会遇见吉诃德先生一流人了，去我的乡里那类人才真多！那种英雄——若是你同我一样敬爱这样英雄，你可以随意作他们的朋友，我打赌说这样事在他却非常荣幸！他们对小孩子与老人的有礼貌处，就较之中国任何一种绅士还多。他们是贼，是流氓，但却是非常可爱可敬的。他们凭了一个硬朗的头与一双捏紧时吱吱作响的拳头，到一些很奇怪的地方，取得许多钱，又将钱用到喝酒赌博事上去——你还应当知道的是喝酒从不赊账，赌博又不撒赖，这是只有这类人才办得到的一样事！”

她又说：“你可以看中国人审案打板子。打板子并不是好看的事。不过你一到那里，就会常常有机会看那种打官司输理了的乡下人。他们的罪过只是他们有钱，这是与大都市稍稍不同的。他们身上穿的是粗蓝青布或白麻布的上衣，裤子也多用同样颜色。他们为了作错了一件小事，就常常有县长处派来一个两个差人把他揪进衙门去，到了衙门县长便坐堂，值堂的公差喝带上人来，那乡下人就揪到堂前跪下了。县长于是带怒的说道，干吗你不服王法？不拘答应的是怎样周全，喊声打，就得由两个公差服侍趴伏在地下，用使得溜光的长南竹板子在大腿上打一百或二百，随即就由那原先两个公差带他到一家棉花铺或油盐铺去找铺保认罚。认罚，就是用钱赎罪。我说好看就是这些事。他们的罚款有的是用有方眼的小铜钱，这小铜钱在大都会上已早绝迹，而且居然有外国人已经把它当成了中国古董了。你看他们用十个二十个苗大汉子，从乡下挑罚款进城，实则这罚款数目还很难到五个金镑的价值，这事情拿去同你姑妈说及时，那老人家还怕不能相信，然而你只要住到那地方，便可以每天见到！”

阿丽思，很着急。她愿意去的。这样地方有什么理由能说不愿呢。只是希望她去的仪彬姑娘，则总以为阿丽思小姐愿是愿意去了，只是应当更多使阿丽思在未到其故乡以前，那一边情形，从她可以多知道一点，因此仍然把话一直谈下去，到她母亲醒时为止。她还说到小学校，说到警察，以及私塾中的白胡子老师，用旱烟管与梼木戒方一类硬朗物件敲打很愚蠢的学生后脑壳，因此学生把所点的四书五经便背得随口成诵的教育方法；阿丽思小姐，听这话听得发迷。她只一闭眼，俨然便已拿了一本女儿经，在一个黄牙齿寿星头老师面前，身子摇着摆着的背书了。

那醒来的仪彬的母亲，说：“我的乖，我迷迷胡胡像听到你同你二哥说话呢。”

“二哥这会儿出去多久了。”

“那你同谁说话说得如此亲密。”

“妈你猜。”

作母亲的真像是在猜想了，使在抽屉匣子的阿丽思好笑。我们把自己躲在暗处，让姑妈或者近于姑妈那么老的一个好人，闭了眼睛的瞎猜瞎估，不是顶有趣味的事么？她只担心这笑声会为那老太太知道。她心想，为了尽这个老太太多猜一些新鲜话，她得捂了自己的口，不声不息，同仪彬姑娘合伙儿来作弄这个人。（她自己以为是合伙儿的，一点不见外！）

那母亲平素就明白仪彬爱自言自语，同一支铅笔可以谈一点钟，同一本书又可以商量到天气冷暖的事，此外还能够同不拘一件小用具讲十个八个笑话，这些全成了不儿戏的习惯。于是就从笔尖猜起，到挂在墙上那一个羚羊角为止，顺到仪彬意思猜去。母亲的奇妙话语逗得仪彬姑娘同阿丽思小姐全笑个不止。老人家是并不吝惜这发笑机会与女儿们的。阿丽思却奇怪这老太太比起姑妈格格佛依丝太太来还有趣味。

“妈，今天的事不是你所猜得到的了，全不对！”

那母亲就自认胡涂，说老年人当然想不到许多。

仪彬说：“想是想到许多，但并不是。妈，我可以告你。”她之所谓“告”，是用一小手指向桌子点。

“我猜过了是桌子。”

“但是，妈，看这个！”她为让母亲明白是桌子一部分的一个抽屉匣子，就又用那个满手指戳那抽屉。

母亲说：“难道是同抽屉谈昨天放梨子谢谢它的话吗？”

“梨子的事？不是！”仪彬正因为虽把地方指点了给母亲看，母亲还不能明白是什么意思，所以就纵声的笑了。她的笑，赖在母亲身上去，用妈的身把自己头发揉乱，这情形，先曾谈及了，至少须三分钟才能完事，所以我们可以在这三分钟说说阿丽思。

阿丽思，在先本来就奇怪鼻子嗅得出果子味道，既不期望是住在别人一个抽屉匣子里，当然也就不至于疑心到这匣子是在头一天放过梨子的事了。她听到那位母亲同仪彬姑娘谈笑，就以为这笑话是她也有分，所以倒并不自外，遇到乐也爽快的乐。仪彬对答母亲的意思又多数是阿丽思的意思，所以她还以为仪彬姑娘是凡是征询她同意以后才如此办。她稍稍不能满意仪彬姑娘的，只是希望见一面这老太太，仪彬姑娘可不这么办。她又希望见见仪彬姑娘，也不能够做到。但是，她仍然在即刻就原谅了，就因为身周围是这样黑，仪彬姑娘同到她母亲愿意尽阿丽思晤面，她心想，她也不会看明白这两娘儿模样！

到后她听到谈及抽屉，她才明白自己是在抽屉匣子住身。可是阿丽思所遇到的事，全不能使她惊讶了，明白了自己是住在抽屉匣子时，她倒放心不是如所猜详的地球下陷，也不是如所猜详的是在地窑子里——请想想，既不是地窑子，当然不必再去担心受潮湿发脚气病一类事了！

阿丽思从自己的境遇上设想，以为这时节傩喜先生，也必定是住在另一个抽屉里，听另一母女说笑。“一只兔子不住在笼里，也不在地楼板下挖洞，倒规规矩矩来睡在别人一个抽屉匣子中，听一个小姑娘谈话，又听那小姑娘同她母亲谈话，真奇事！”阿丽思，自己的事自己不奇怪的，她为傩喜先生设想，却以为奇怪得很，这正如许多人一样，理由是不容易说出！

想过三分钟的阿丽思小姐，还是想下去，但仪彬姑娘可不能尽阿丽思想得再久，却同母亲说起话来了。说了话就可以说是要阿丽思听，是阿丽思觉得如此的。

仪彬姑娘说：“妈，我告了阿丽思许多我们乡下的情形，要二哥好领她去乡下玩。二哥说把她引到什么好地方去，要我想法子。到我们乡下不是一件有趣味的旅行么？”

于是那阿丽思又听到那母亲说这个意见很对。

仪彬姑娘接着又把曾同阿丽思商量过的话来同母亲谈，那母亲就问：

“是不是愿意了？”

“愿是愿意了，我只恐怕我说的好处还不是她欢喜的哪。”

“那你还忘记了说，”这作母亲的声音，“喔，阿丽思，你也应见一见我那地方的苗子，因为他们是中国的老地主。如同美国的红番是美国老地主一样。凡是到美国去的人，总找机会去接近红番，见了红番才算游美国，——你拿这话可以去问傩喜先生吧。——我告你的是到中国旅行的人，不与苗人往来也不算数。我们那小地方，说来顶抱歉，出产少得很。但你到了那里，只要你愿意，你可以喝苗人进贡的茶，吃有甜味的莓，有酸味的羊奶子，以及微带苦味的莜粑。你可以见到苗子，摩他玩他全不妨事，他并不咬人。你还能够见到苗中之王，苗王在苗人中，也如英日等国皇帝在全英日人中，一样得到无上敬视的。虽野蛮民族不比高尚的白种黄种人讲究奴性的保留，可是这个事就很可喜，有了这个也才能分出野蛮民族之所以为野蛮民族。一个野蛮民族的苗中之王，对他臣民却找不出像英日皇帝的骄傲与自大，又不能如昔日中国皇帝那么奢侈浪费。他的省俭同他的和气，虽说是野蛮，有时我以为同这些野蛮人接近五个月，还比同一个假绅士在一张餐桌上吃一顿饭为受用的！你见到苗中之王与苗子的谦虚直率，待人全无诡诈，你才懂到这谦虚直率在各个不同的民族中交谊的需要。阿丽思，还有咧。还有他那种神奇，那种美！……”

阿丽思曾分辩，喊那个作母亲的作伯妈，作婶婶，说她是满希望就去见见苗中之王，只要是有人引导不怕耽搁他事情的话。自然她顺便又说到也应当使在另一个地方的傩喜先生，又不至于老等发急。

恰如其意念的是仪彬姑娘同到那作母亲的也记起了睡在茯苓旅馆五十一号房的傩喜先生。她们于是就来商量处置这良善的兔子的事。

“妈，是这样，要二哥请阿丽思小姐到我们乡下去，那个傩喜先生怎么办？”

“让他睡，横顺到中国来的，一久了，就都会把脾气改成中国式，睡久一点不会生病。”

“但是一匹兔子睡久了我不敢包他不生病！”仪彬姑娘这意见是与阿丽思一致的。

那母亲，像看得出这是“多数”，就承认这久睡将病的事实，说：“那要你二哥安置傩喜先生到一个公园茶座上去也好，因为那地方照例有不少绅士成天的到那里去闲宕，别人决不会独笑傩喜先生。”

“这很好,”仪彬姑娘说,“让我回头同二哥去说,看他的意见吧。”

阿丽思又同了仪彬姑娘的意见。她觉得,在既然无从要傩喜先生作伴去那有苗子地方玩的希望以外,能把傩喜先生安置到一个热闹地方去,莫使他寂寞,自然是顶好一件事了。

在傩喜先生,还不曾成天坐在公园一个茶座前喝那苦味的龙井茶,一旁喝茶一旁又轮眼去觑远近女人的中国绅士高雅生活以前,阿丽思,仪彬,以及仪彬的母亲,谁也不能想象这种情形下的傩喜先生是怎么一副神气!

第五章 谈预备

凡事在先得预备，这是阿丽思小姐明白的。当她同傩喜先生通信，说是应预备得很好往中国时，她虽不曾想出怎样准备事情，但她至少总准备“动身”了。傩喜先生到馍馍街访哈卜君，问他朋友一切到中国时的办法，自己又改定名字，又学会吃苦味的茶，又懂到了上中国口岸后的问路入店方法，全是在先预备的！

阿丽思又知道许多人，为吃饭才预备一张口，如像饭桶饭锅一样为装饭才有的。在这世界上，某类人，还有为预备升官发财来读书的。那茯苓旅馆照料阿丽思小姐茶水的二牛听差，还告阿丽思，中国女人为了预备作太太她就嫁一个有钱的人，中国男人为了预备让作官的杀头所以脖子就长长的，且天生的比身体其他一部分脆。虽说中国事情要中国人说来也不容易明白，阿丽思不懂解处自然更多，不过“预备”当然是一件不可少的事了。

让仪彬姑娘的二哥，把阿丽思引到他乡下去，应如何预备，阿丽思可不负责。她不能明白这个，比不能明白明天的天气一样。她虽可以猜，用她已得的经验，想到如像心中不高兴，想找一点岔子，就预备到街上打一个转，回头便走到本国公使馆去告公使，说，在大街上为一个路人唾了一口黄痰（唾黄痰是中国人全体的习惯，这个你国的公使无有不信），一个抗议送到中国的外交部，那些很有礼貌的中国官，就立时会派一个佥事或秘书来向你道歉，这事日本人就作过了。还有预备于夜间睡得安静，不让其他声音惊吵你的好梦——比如说汽车喇叭吧——你就派听差喊一个本街地段巡捕来，严厉的命令说，我白天到你们中国衙门办公，夜间也应当休息，以后凡是夜静有汽车过街，在本公馆附近，不准他按喇叭惊吵！那巡捕于是便连说洋大人吩咐的话无不遵命照办。虽说遵命照办，以后仍然有咯咯或呜呜的声音，吵闹着，那就又去见你本国公使，告给这个事，不久那街两头便可以见到警察总监一块木牌，牌上说“此间洋人所在，凡有深夜驾车过此，不拘军民，皆不得按鸣喇叭，违则拘惩”字样，不消说又是公使的抗议的好结果了，这例子则英美全有。

她还想到……

不过我们仍然让阿丽思睡在抽屉匣子，来听听仪彬姑娘所能代为想到的应预备的诸事吧。

此事的发生，在阿丽思只是另外一觉醒来的一个时节，在仪彬姑娘却是在想到要阿丽思随她二哥到自己乡下去玩的第二天。她因为曾把这个意见同她二哥谈到了，二哥说就是这么办也好。二哥答应了这事下来，仍然要仪彬来代阿丽思预备从北京过天津，天津到塘沽，塘沽……一直入县城的东门为止的一切事。

那个二哥这样说：“九妹子，你试试去想这一次旅行的所需要的事情以及受苦情形吧。为了莫使阿丽思小姐到中国海船上去见中国那肮脏情形生病，顶好莫坐船就可以到我们县里。”

“但应当尽阿丽思小姐坐一坐内河的民船，因为我就欢喜这个。”

“中国小女孩欢喜的恐不一定是外国小姐欢喜的。”

仪彬就再来用自己意见，反将她二哥，她说除了爱哭是中国大小女孩独有的嗜好外其他事阿丽思当然会与她表同情了。经过二哥的承认，仪彬姑娘就为阿丽思坐三十一天或二十一天的六百里路民船打算一切。她并不私心自用，就是明明知道阿丽思对这次旅行是全然外行，但她要阿丽思预备的，还是软声软气的来与阿丽思商量啊。

仪彬姑娘同阿丽思商量坐民船的事，她第一声喊叫阿丽思时，阿丽思便正正想到那到中国的外国人预备差派中国官作的一切有礼貌的受用的事。

仪彬姑娘说：“阿丽思，醒来了么？又是一天了。”

要在黑暗中过日子的人，相信“又是一天”或“又是两天”的话，恐怕很难吧。可是阿丽思是见过太阳与月，又见过挂钟的针移动，又见过冬天的风与春天的花：她相信日子是在走，走去的日子便永远走去。新的日子的堆积，便是生命耗费证据，于是也憬然这旧的一天飘然而去新的一天倏然而来的庄严。她就回答坐在桌边离她似乎很近的仪彬姑娘。她略略带着忧愁的调子，说：“好姑娘，好姐姐，感谢您给我的消息，使我明白这是一个应当双手张开欢迎的新的一天。”

仪彬姑娘说到业已问过二哥的话，阿丽思又用很感激的音调作答，说：“好姐姐我倒愿意有这样一个哥哥，把你欢迎到欧洲去！”

仪彬姑娘到后说到她二哥，要她为阿丽思打算一下乘坐五百六百里路以及一个月左右时间的船上生活，所以来同阿丽思讨论，阿丽思就学着仪彬姑娘的软款语气，一面致谢，一面表示这是一个意外的顶可欣喜的愿望。

她们的谈话，仍然是一面以为“不会有意见”一面以为“不会无耳朵”那么谈着的，这种谈话居然能继续下去，直到最后，还互相说再见晚安，当然是很普通的并不出奇，因为许多许多人在另一时就已经那么作了。

如今且来看哈卜君那一本《中国旅行指南》上还不曾叙述过的一章中国游记吧。

仪彬姑娘是这样开始同阿丽思讨论到坐木船的，她为她先唱一首歌。歌极其动听。阿丽思在有生以来，还不曾听过比这样更佳妙的歌。她以为若不是在先便相信仪彬姑娘是一个中国人，那听到这歌就会以为自己是游仙人岛的彼得，仙人为安慰她的寂寞，所以围绕到她所住的房子唱歌了。

仪彬姑娘把歌唱了，便告给阿丽思这首歌的来源。

“这是我那地方摇橹人唱的橹歌，阿丽思，你以为怎么样？”她说了像是等得一个回答，或一点好意的批评，好意的称赞。阿丽思的确是用五样比喻赞叹这橹歌过了，可是仪彬姑娘不曾听到一句话。她只用自己意见替阿丽思对这歌的妙处夸了三句，其中一句还是夸嗓子很清亮的意思的。

因此仪彬又客客气气的说："可惜是嗓子不好，若嗓子能够老一点，那就真像了。"

阿丽思听到这种谦虚就笑了，她笑笑的不相信似的说："我的姐，那干吗我听我茯苓旅馆的茶房说，又说你中国人凡是唱得声音顶尖锐的是名角，这话打那儿说？"

仪彬姑娘却不作声。不作声，则阿丽思以为是仪彬姑娘要她自己去想。阿丽思便想下去。第三次的推理，她才想出这一者是中国艺术，一者只是摇船人的歌，所以就不得不稍有不同了。阿丽思到后终于说"我可明白了"，于是仪彬姑娘不久便开口说那船上的事。

"用些木板子，钉上一些大小不等的铁钉，成了半边长瓜形以后，就用桐油在这东西身上各处擦，又在那些木缝口，喂它一些麻头子，喂它一些桐油石灰调就的膏，因此把它推下河去，横横的在两舷上平列一些小舱板，搭上用竹子或棕榈叶织就的屋形的篷，在它前腰上紧竖一根大木，在它身后部加上一条尾巴，……再来上几个穿青布短衣的麻阳汉子，那么这东西便可顺流而下逆流而上了。

"这种东西的数目，是从无一个人数清楚有多少的；就是那专以抽取船捐的官家人也不知这个。他们的生活，只是像一个邮差，除了特别情形能稍稍在自己家中呆三五天一月半月外，其他日子全是在所定下的地方来回跑路的。

"从上面到下面，两个地方相隔是几百里。有了这条河，又有这种船，因此那僻处远的乡镇，上流人，就有机会讲究一切生活上的舒服受用了。船从上流下，靠的是水力，从下到上则又天生得有不少的结实精壮的汉子，来帮到把船用一条竹篾织成的缆子拉上。是的，我说的是这些男子汉，又精壮，又老实。这些人——或者说'东西'，随时随地可以遇到，他们比狗还容易照料。只要一碗饭，他就帮你作工到晚，全不悭吝他的精力与汗水。有了这种无价值的，烂贱的，永远取用不竭的力量，来供给拖拉船舶用途，所以我请你相信，我们乡下也并不缺少中国文明的物质！那是说来不很容易使人相信的，就是从这些人身上，可以找得出牛马一样的气力，只要他们一旁努力一旁唱歌。"

阿丽思说道："这个我真不信，我听你刚才唱那歌，倒像是可以催眠，至多唱到五次我就会把眼睛闭好不再说话，我敢打赌！”

请大家如阿丽思所想，就算仪彬姑娘的确听到了她这话吧。因为仪彬姑娘接着就又唱了一个歌。这歌是另外一种腔。歌声只是一种俨如用力过度的呻吟，迸裂着悲愤的情绪。阿丽思心想：这是与俄国伏尔加河上的船夫歌一样东西吧。仪彬姑娘却告她这并不是一样，这原因要仪彬姑娘说也说不出，可是阿丽思倒相信了，因为中国不能成俄国，是自然的事。即或说总有那么一天，这些唱歌拉纤的，忽然全体也发疯，也随便杀人，也起来手拿木棒竹竿同法律与执行法律的大小官以及所有太太小姐算账，但不知到什么时候这一天才会到！并且谁一个人愿意这日子来到？作官的，经商的，甚至于中国此时许多种乞丐，就没有人相信这是一个生前的恐惧，来把它放在心上；也没有人敢希望这个日子来到：就因为这日子来虽终要来，还未曾来到以前，一些人不安分作活平空来希望这个，那就应当死了。

这里一章原是谈预备的，且看怎样来预备吧。

仪彬姑娘告阿丽思，第一件事是预备听到这个歌声时不能去疑心这与伏尔加河上的歌声有关。第二件事预备明白她不能同这类东西说话，这原由是照中国礼节小姐们没有与船夫说话的可能，照新的情形一个外国人除非俄国派来的便不会随便与苦力谈论到生活及其他。第三她又告阿丽思预备一张英国护照或一张日本护照，因为新近中国各地长官又重新与英日拜了把子，帝国臣民全是上宾，稍有疏忽便可以由本国公使抗议重惩该地长官，不比过去一个时代了。

仪彬姑娘说到第四，“阿丽思，我告你，假若坐到船上，你眼看到一群赤膊流汗唱着那种可怜的歌的汉子中一个，忽然倒到河坎上死去，你万千不要大惊小怪。这是顶平常的事！他们这样的死去，这一船，同到这一群拉船的人，不过稍稍休息一下，搜搜他身上有无一点零钱，随即就得离开他上一个滩了。为这平常事情耽搁三点五点钟，出钱雇船的人可不答应的。他们的同伙，就全不奇怪到晚上泊船时少一个人或少两个人。他们不是不知道，你应明白也有两父子或两兄弟在一处的，可是一死也就完事了。生前就全不曾算人的，死后当然更不足道！你应得预备莫多口。你若把这个话问同船人，他们将笑你外国人的眼浅。凡是一个人不到我们的省份去的人，就是去传教，名分是秉承了上帝意旨，救人灵魂的牧师，他一到了那里三年两年，便也明白人类的同情，在那里是虽并不缺少，不过全都像用钱一样不得不悭吝了。一个习惯如此，则浪费‘悲悯’一类东西于无价值的死人身上，比将金钱挥霍到吃鸦片烟上头还不应该！（吃烟为那里青年人一种常识，比住上海的人说英国话还普遍，这却是顺便说及，也应预先知道免得到船上以后生奇怪心的。）”

仪彬姑娘又告阿丽思第五件事，预备装马虎。“你不装马虎可不成，我亲爱的阿丽思。若是在船上，你见到兵，不拘一个或一群，他把船上一个中国客人架去，不必用何种理由，你也得装作不知道这会事一样，好让这些副爷轻轻快快在这客人身上找一笔钱，省得那些兵士恨你。你看到一个税关办事人与船主舞弊，这个得作为不知道，知道也以为平常之至，才是道理。因为他们来到这局上，是花钱向政府运动来的，若是单只靠每月一点点薪水，就需要许多年才能捞回本钱了。况且这事上头也知道，正因为办事的舞弊赚钱，也才有第二个人来于下月花更多的钱买这美缺。税关舞弊越大，则一省管理财政的长官个人收入越大。你的船，到半途，见到同行一帮的另一只船，被土匪抢劫，顶好是装马虎。他既不抢你就不必管，这是送船军队也如此的。某一只船被抢，只是某一个船主不给护送船只副爷头目的钱，所以就有土匪探听得很明白，随时随地打抢，在别一船上的兵士还望到这情形好笑。这并不算他们副爷的责任，因为他不给钱，副爷们遇到这贪图惜费的船主，还在先就警戒了他，说是没有钱便不负责任的。又如在路上，见到了两岸土匪，能装马虎不以为然，则可以省了许多心惊胆战机会。凡是在先护船军队不与沿河土匪接洽妥当，这一帮船便不敢开头；船既能开头，则土匪与军队已谈判得很好，除了那不曾送护船副爷头目钱的船不算数，其余大小船随便湾泊在土匪水营盘附近，也不会被抢劫了。”

仪彬姑娘又告阿丽思，假若是在先已听到傩喜先生谈过“喽罗”“保镖”“买路钱”等等名字，那就应预备把些条款的新名词全弄明白，省得到后“带过”（带过是那里人全懂的，意思是负罪，仪彬特别又解释过了）。

阿丽思，听到一番话，才懂到在船上七百三十九样的忌讳，落码头整一百样的手续，吃东西四十七样的方法，以及……

她如今只预备走了。又像在先那么在家中尽呆候傩喜先生出发一样，日子觉长了一点，却难过了一点。凡是她所能想到预备的，如像明白一切情形以外，还应拿点虾子给那些乡下人送礼——一种稀有的重礼！你又可以买一点儿肥皂之类放在身边——这个你不妨在有人问到时多说一点价钱，甚至于如……全由自己与仪彬姑娘帮同打算到了。人家说“一切全预备得很好”，这话一点也无那语病！

阿丽思小姐，以为仪彬姑娘此后与她二哥在一块，应说的话就只是：“阿丽思已预备得一切妥当，请立即出发这一个荒远的旅行。”仪彬姑娘不在阿丽思说，一定能体会到这个希望的，她当真在这一天的下午就拿去同二哥谈到了。那个瘦青年，说要先试试看仪彬替阿丽思指点过的是些什么事，害得这小妹子又来把自己曾与阿丽思很详细谈过的各事温习一遍。

考语是“详细之至。”

仪彬的二哥，同仪彬姑娘说：“我还想不到在近几年来，这一条路上又多加了一半新事情，在我出家乡那年，若是你相信我的记忆同你一样好的话，那我至多也只数得出三百七十样！”他这个话是说仪彬姑娘与阿丽思谈到的“忌讳”的。我们是很能明白，在这一条短短水程上，每年的战乱，全得这些带兵官来来去去，加上了许多从前不会有的规矩，这并不算奇怪！若是我们在别一意义上，又承认过“多”比“少”为对，那这可以作新闻传诵，值得用若干专门外国记者，费不少笔墨精力来写通讯的地方情形，给一个外国小姐普里见到，也是本国人对于文化足以自豪于白种人的一个极好机会！

还有应说的，是关于阿丽思小姐，在心里，预备怎么去见见这个行将引她去到中国内地玩的仪彬那个二哥一次。她以为一个同伴，而且又是这么凡事得需要他照料的同伴，在预备上路以前，若不先应当相熟得同傩喜先生一样，那么以后如何称呼，如何谈话，倒是一件费神的事了。

阿丽思，曾把这个意见好好的问过与她隔一层板子谈话的仪彬姑娘，这姑娘却想不到这会事。她没有恰当的回答，只在她为阿丽思设想时，告阿丽思“下次有空儿时我将使你知道我二哥过去的生活”。表示要阿丽思相信她没有空，她把两只手与一个下巴搁在阿丽思住的房顶上，随即便朗朗读起法文来了。

仪彬姑娘的发愤读法文，这便是将来到法国去的一种“预备”。也亏阿丽思能想到这个，才对于仪彬姑娘答非所问的情形全不介怀，不然阿丽思就会“预备”这友谊分裂的享受了。

第六章　先安置这一个

这里说到傩喜先生。这个绅士——喔，我记起来了，有人说过凡是兔子就不应当再称绅士的，因为我们不能随便亵渎这与国家大员有同样权势的可敬的上流人，把这些上流人的称呼给了一只兔子是不应当的。其实则我们为什么对一匹猫就称它为猫，一匹狗就称它为狗，一个人又有喊作奴仆与老爷的分别，且在各样名称上赋以侮辱与敬重的观念，这个我就不很明白的。一个兔子不配称作绅士，我先以为也许是毛色不白，也许是耳朵太大。到后才知不会赌咒与不会说伪话，不会讲佛学，不会打坐，不会在济公菩萨面前磕头，不会卑鄙恶浊结党营私，不会吸鸦片烟，不会借各样名分捞取金钱和名誉，便是兔子不能称为绅士的理由。既然是如此，我想傩喜先生他以后让我们就称为“兔子”，或者“傩喜先生”好了。我敢打一个赌，猜他决不会多心。因为若果只图一种体面的称呼，要傩喜先生去作他所不能作的中国绅士行为，他是办不到的。如今就说这个兔子，让中国绅士成清一色绅士吧。

这个兔子在茯苓旅馆中，一觉醒来，不见了阿丽思小姐，是不是如一匹平常兔子失了伴后的惊惶乱撺？想来是人人愿意明白的。

他并不。我说的是傩喜先生，他并不。一个人离开了同伴，不问有无预先交待，想到要去就去，这是顶平常的。至于若为了一件想不到的事而去，比如说，非本意的骤生变故而去，那便更不必惊惶失措了，这理由是“既有了变故如此，也总有变故如彼”：这意思是说去得突然的也来得突然。这阴阳反正凡属对等的现象，中国人固深信不疑，到久了的外国人也能懂这哲理，所以傩喜先生不泰然也不成了。傩喜先生为希望阿丽思小姐突然而回，于是就很不在乎的独在茯苓旅馆住下了。

至于旅馆中主人，自然更不以为是一种怪事。他们全是能将租界旅馆业章程顺背五次又倒背三次，一个字不差。阿丽思不回决不至于影响到房金，这是章程上有的。若非傩喜先生应当到柜上去告一声，则阿丽思纵半年不吃伙食，以后结账连饭钱还是拢统算下，傩喜先生也不能擅改章程说不承认。那个二牛（就是那个说下等中国人名字有两个，上等中国人名字作兴五个的二牛），见了阿丽思忽然离开茯苓旅馆，用他深怕小费无着的良心说话，在为傩喜先生开早饭时间倒对傩喜先生开了口。

那二牛一面把一碟腌肝子收回，（因为傩喜先生还不忘记上一次经验，他已不愿再有腌肉类上桌子。）二牛乘到傩喜先生说是"上一次同阿丽思小姐……"的话，就连声答应"是""是""告厨房以后不用腌肉"恭敬答语中问到阿丽思小姐的去处。听傩喜先生说不知道二牛就心中一惊。

"她不来了么？"

"谁知道？"可是傩喜先生即刻就看出二牛的失望处了，便接着说，"既知道这地方我还在此等候，她决来的。"

"我也想阿丽思小姐应不久即来。"

"自然你猜想的不错。"

"可是，我去问问那个活神仙，请他告我们一个阿丽思小姐去处的方向，先生你以为怎样？"

傩喜先生并不记前一次买茶碗那天活神仙占的卦之无稽，他又不忍使好意的二牛头难过，就说过两天若当真还不得阿丽思小姐消息，就再去求活神仙也不迟。可是到后那二牛不让傩喜先生知道，仍然到那神仙处去卜了一课题到阿丽思小姐方向，顺便问问自己赏号落空不落空。虽然去了三毛钱，不消说二牛可以从这些鬼话上得到了比课金五十倍多的希望。但这件事不必多说了，横顺中国人同神仙，菩萨，关圣帝君与土地二老，作交易，总是同买彩票一样，用少许钱可以得到一注财喜，财喜虽不一定可得，然而出钱以后总可以将这钱放大一千倍或一万倍，凭空落到头上的。而且彩票的信用还不及有些收条的信用为好，这也早为大部分中国人深信不疑了。

吃了饭后的傩喜先生，仍然在自己房间中。他近来渐渐觉得坐中国式太师椅比沙发受用了。这趣味慢慢的养成，同其他事情一样，他自己可说不明白的，中国人欢喜穿洋服，不一定较之穿长大褂舒服方便。然而居然有不少的年青人，断然决然把洋服作好穿上，很勇敢的接受严冬与大暑，且不辞不能说洋话时红脸的机会，这比之于傩喜先生自然还更可以佩服的，所以我们不用对傩喜先生领略中国生活加以多少赞语与惑疑，中国聪明一点的人，他便决不至于对欧洲思想行为要经过两次领略才能相信是对，更不必怎样试验才以为合式！

既然说傩喜先生发见了太师椅子的好处，就把他安置到这一张紫檀嵌大理石的椅子上坐下，为了阿丽思小姐这一去不知有多久，还让傩喜先生在她这地方翻一本书看，看书倦了不妨伏在桌头打盹，打盹醒了，不妨又来看书：这么办也无什么不行。傩喜先生不会在中国人厌倦洋服以前便厌倦太师椅，这是我们应当相信的。可是我们如不十分善忘，便能记到傩喜先生是来中国旅行，若是坐在太师椅上读《中国旅行指南》算生活，那这生活在哈卜君处便可得到，倒不必还走十万八千里路来中国茯苓旅馆了。实在说便是傩喜先生应当出去。

我们的读者大概又还能记得着仪彬姑娘与阿丽思小姐两人的意见吧。至少阿丽思意见是这样，她以为傩喜先生不能同她去，也不应当在茯苓旅馆呆出病来，最好是到公园里去消磨日子。来中国旅行，到中国上流人玩的地方去玩，当然是很正当的了。可是为难的是公园中全是中国上流人，上流人三字意思即包含有“绅士”一类，把一个兔子放到绅士中去，即或傩喜先生见一个人就自称只是苏格兰一小镇上的兔子，但这个成吗？不幸的还有傩喜先生一对耳朵，又是那么肆无忌惮的长大。狐狸的尾巴虽长，却是全可以摺拢塞到裤子里去的东西，猴子则戴上加官壳便无妨于事，其他禽兽只要能够说话，能够穿衣，能够哭也可以厕身于上流，不容易看出；至于兔，试问有谁能想出在用刀割下方法以外好好把他一对耳朵捡拾起来么？

事实上，公园虽怎样好，怎样适宜于傩喜先生，且怎样足以使阿丽思小姐不为傩喜先生孤伶伶的呆在旅馆发闷而放心不下，可是去公园终是办不到了。

傩喜先生实在还有地方可去的，中国原是这样大！日本人成千成万的移过中国地方来，又派兵成千成万的过中国来占据地方，然而中国官既不说话，中国人民有许多也还不知道有这会事，有一些田产房屋被占了的无刀无枪平民，且老老实实搬一个新的地方住，如政府意见终不与侨民冲突，若不是中国地方特别大便办不到这个。何况日本以外还有英国，有法国，有……总之中国不比别的国家，人民气度大方是话外的话，地方宽广却是实情。若我们相信得过有些学科学的呆子的话，日本地方终有一天会沉到海中去，那么事先他们国民全体，或通知一下。或事后通知，或全不通知，一迁到中国来。挑选中国顶好的地方建都，不消说是可以的。甚至于各国皆可以这样办，中国地方总还够分配。到那时节自然是所有中国不安分青年全杀尽，也不必中国的政府官再来用戒严令制止反日反英运动，邦交是不愁不巩固，一切作官的，作了中国官以外还可以作外国官，全中国所余的是顶有礼貌，讲容忍，守信义之中国上流人；与以政府意见为意见之平民。在中国的外国人，则全是了解中国文化，中国艺术，“地大物博”的话，在中国懂事的有知识的人看来，无论如何总是一句所以向世界夸耀的话！

中国地方既然如此广大，我们当然不会疑心傩喜先生除了像其他外国人那么在公园绅士中混便无可作的了，就让傩喜先生，多认识几只灰鹳，或与鸭子姆姆过从谈谈天，听听一个肥胖的南京母鸭子的哲学，又到各处监狱与工厂参观一下；（好明白监狱与工厂不同的地方，因为这差异，若不先有人相告，是很不容易弄清楚的。）再不然，就尽别人欢迎去演讲，不拘用散文或韵文体裁，记着旅行指南上办法，演讲时随随便便夸奖一下中国人，譬如说，“打仗勇敢得很”，“政府处置青年人很得法”，“文化好性情更好”，就不愁第二次无人欢迎了。说到演讲，机会马上可就来了，事情有很凑巧的，是当天傩喜先生就接到一封请帖，请他去到那些鸟的学会中演说。

傩喜先生把帖子从二牛手中的铜盘上取来，裁开看，那帖子上是这样写着：

> 可敬爱的傩喜博士：我们用一百零一分诚意，五十分恭敬，四十二分半的希望，欢迎您到敝会来演讲，请您哪家不要拒绝。我们这里全体五百七十一个会员，全是眼巴巴的想看博士一面，听博士说话。以及咳嗽打嚏，用一种国家大员求雨的诚心，期待着，您可怜我们一番心吧。我们另外请了一个干事来面恳博士，这是我们会中的才子，您博士赏脸他同您谈谈，实为其他五百七十一个足巴巴的会员所引为毕生荣幸一件事。

到后是日子，是学会的名称与地点，且不忘记照中国规矩写上“另备有水果茶点”字样。傩喜先生第一次为人称为博士，心中总像不舒服，此实白种人不及中国人地方。至于中国人，则自己称自己为“博士”，“名士”，或别的更动听名称，全很大方的。请人演讲则更非此不行，称呼上太不客气便不来，这是全部知道的。不十分了解这中国情形的傩喜先生，又怀疑或者请的是另外一个傩喜博士，恰恰这博士也住在这旅馆里，便又翻请帖封面看。

那里会错呢，别人是写得那么明白，连房中号数也并不忘记！

二牛见到傩喜先生迟疑，便躬腰说还有阿丽思小姐也有一封，因为阿丽思小姐还不归来，所以存到柜上。

“那试拿来看看！”

“嘘！”二牛就去了。

把一个博士的尊衔，给一个兔子，似乎不免也同时奚落了那些满脑紧紧的塞了哲学，经济学，医学，伦理学，以及政治思想，国家法的大人物了。然而为这个请帖起草的便是一个名学家，很懂得某种人给以某种名分，只是对一个外国兔子，或者说对从外国来的马戏班一匹马，他倒以为拢统称为博士好了。

二牛把阿丽思小姐那个请帖拿来，不消说是“……博士”起首。他明白这不会送错误了，就奇怪。一个人被另一种人无理由的称为“博士”，“志士”或“革命党”，捧场或杀头，全如其人兴趣所至，被称者既然就是一件全无办法的事，何况不过出身于苏格兰一个小镇上的一匹兔子，被人好意称为博士，他有什么方法来否认呢！

且说经过一点三刻钟以后的事。

二牛又用一个小白铜盘子托了一张名片进来，傩喜先生把名片一看，便知道这是那个学会的要人了，忙说请到小客厅里去。不过一分钟，他们便在那很华丽的厚有三寸织起熊娘吃小孩绘画的地毯上握手了。傩喜先生让坐来客还不及坐。

来客先在心里估计了一下傩喜先生韵一对耳朵，用《麻衣相法》所说的例子，以为至少这是有一百年寿命又可以有五个儿子，暗暗的钦羡一番以后，才像作文章那么把一句预备在心里多久的话说出。

“我今天非常幸福我能够得到我平生所企慕的博学多能渊博无涯的傩喜先生面前把先生脸相看清——”

本来他还要说甚至于连脸上毫毛也很清楚的一句成语“纤毫毕见”，但想起对兔子说毫毛未免失礼，恐怕傩喜先生不能明了这一句话的意义，就不再说下去了。

傩喜先生对这不说完的一句话是已感到有趣之至的。说这样长长的一句话，文法上全不至于颠倒紊乱，能不停顿一口气说下，这是到中国来第一次所听到的。说这话的人，又是上流人，使傩喜先生重新对中国上流人一种涵养加以尊敬。

傩喜先生说：

“先生说的话是很好的，是我第一次听到。”

于是来客又说一句长话。他说道：

“我小子听到先生这样说来简直快乐得像吃了人参果一样；哎哟真快乐得像捡得八宝精后又吃了人参果啊！”

文法上不消说又是不差一个字的。傩喜先生明白这是一个有学问的人，想起阿丽思小姐到八哥博士欢迎会中一些名人用韵语互相问答的情形，就预备了一个叠韵，说：

先生的话说来很好听，

先生的天才使我傩喜吃惊。

那来客就随口作答，用韵极其自然，不失其为代表的辩才无疑。这一来倒使傩喜先生不好意思再用韵文说话了。来客随即就说到如何希望傩喜先生去赴会，又用一句三十一个字的长句子。

在先，傩喜先生心想凭空给人称为博士，自己却又并无如一个博士的学问，原是不很敢去的。经来客一番鼓励，到后也就无什么问题答应下来了。

来客又问到阿丽思小姐，说是很愿意见一见这个小姐，他又说听灰鹳说过，听百灵说过，听许多鸟说过，阿丽思小姐是一个可爱的好人。经傩喜先生告他说这小姐已出门，这客人就又在这小小失望上作了一句长长的散文，三十七个字，用字措词皆可以使人相信是国家学院出身，我们不必看文凭，单这样话也就是一个最高学府的保障了。

来客见主人并无赶客的表示，就把屁股贴紧了椅子上，用着极其懂事聪明绝顶的口语与傩喜先生谈到一切。傩喜先生因为与来客谈到开会，谈到……记起了灰鹳，记起了鸭子，他问来客是不是知道小鸭子的近况。

“天下最可怜者莫过于到希望一件恋爱上身终于还是伶仃无依的丑鸭子！”他恐怕用惊叹记号还不能表明他的同情，他的了解，便照学士院规矩，说到后来还加上一个中国普通说话不曾有的“哟”字。他“哟”了，傩喜先生当然不能指出这错误，一面虽然听得出却以为这许是中国新兴文法的习惯。

“岂熟而已哉——哈哈，我用古典主义的话了。这是几千年前生长山东地方一腐儒孔先生的文法，他曾说过‘岂……而已哉，能无惧而已矣’。是的，傩喜先生，这个你大致懂了，不必解释。我说的不止与这丑鸭子相熟，我的确还怕她！”

“这鸭子是令人怕的么？”

“谁能怕一匹鸭子？傩喜先生。在我们的生活上，猎狗才是可怕的东西；——不，我并不曾说‘我们’，只说我，同我的弟兄行，才一见猎狗就飞奔！总之我不应当怕一匹鸭子，也像我不应当怕又和气，又讲礼貌，又……的你，干吗我应当见我所生平敬仰的，羡慕的，希望要好而不得的好人说‘怕’？我这个决不。可是我最亲爱最使人倾倒最能了解他人的傩喜先生，我怕那个鸭子说爱我！我记得，我有一次在鳝鱼街一家山东铺子吃完炸酱面，出得门来时，一只很凶恶的狗拦住了我的路说‘我要咬你’，还来不及为那小鸭子说‘我爱你’更使我胆战心惊！傩喜先生你总明白‘爱你’同‘咬你’的性质，但是我却怯于让那鸭子在我耳边说爱。要我分析这样心情是办不到的一件事情，但我赌咒说这是实话！”

傩喜先生是完全信这来客的话的。从颜色，从腔调，都见得出这学士院的人才不诳。不过总不容易明白这怕的理由，因为这是无理由的。

“你能不将怕她那一个理由简简单单告我一个大概么？”傩喜先生也渐渐能说很长的中国话了，这是他自己很高兴的。

那客人就数出二十个很正当的理由来，说是如何不应当，如何不合身分，性情又隔得如何远，门户又如何相差，说去说来到为什么怕时，还是只有一样，怕它丑。

“请想这是多么骇人听闻的一件稀奇古怪荒诞不经事体！倘若是在我的儿孙的世系上加上有小鸭某某为某某世族之某某夫人，先生，这可不是特意来留下这一件笑话给子子孙孙长此当成一种故事去讲了么？还有……”

傩喜先生对于来客，全中意，只是说到因为脸子稍丑就怕到这样，知道这个学士院出身的人原只是在此上修辞学的习题课，并不是存心说正经话，所以不久就端茶送客，也不再去听他三四十个字的长句儿话了。

这来客是个鹅，因为所见的是傩喜先生，所以才把骄傲隐藏了去，但提到鸭子，也就再隐藏不来了。

至于傩喜先生以后如何赴会，如何消磨这日子，可暂不用说了。左右凡是为中国什么学会欢迎去演讲的，你随便说什么全都成。你说错了也决不会有人敢好事来纠正，他们听讲的并不是有功夫听第二个人纠正的。从西洋回国的一匹骡子，还可以在讲座上胡说八道，谈文学，谈哲学，谈主义与思想，何况一个衣服穿得崭新，相貌庄严，纯粹的西洋名士呢。只要是不会使傩喜先生头痛难于应酬的话，不消说，在阿丽思小姐归来以前，傩喜先生总不至于为中国一切学会放松，得尽闲着在旅馆发闷了。

第七章 又通一次信

阿丽思小姐，在临动身以前，很满意的把那仪彬姑娘见到了，那母亲也见到了，那二哥也见到了，她打起了兴致同这一家人谈话。她说话时常常害羞，因为想及自己把自己分成两人时说的蠢话，经那作二哥的同仪彬姑娘谈到时，便不由得不把脸红了。

一切如仪彬姑娘所说，经过一切的麻烦，随到仪彬姑娘的二哥行动，遇事装马虎，装不注意，有时不得已自己还装作外国公主那么尊大与骄傲，恐吓无知识的中国人，于是到了一个地方。

不消说这便是仪彬姑娘的乡下了。情形一切如仪彬姑娘所说，故阿丽思到此也不觉得怎样不方便。

这里比不上中国大地方的，是没有人请演讲一类事，没有诗人，没有用韵文说话的绅士，没有戏，……总之大地方所有的这里好像都不曾见到，这里所有的却又正是大地方不曾见过的。

这地方，管理一切人畜祸福的，同中国普通情形稍稍不同，第一是天王以及天王以下诸菩萨，第二是地方官以及帮菩萨办事的和尚，道士，巫师，第三是乡约的保正：人人怕菩萨比怕官的地方还多，就因为作官的论班辈瓜葛全离不了非亲即友。虽然每一家小孩子，总有一个两个得力的鬼神作干爹，但干爹好像也只能保佑干儿子长命富贵，遇到家人父子大事还不能帮忙。地方官既然还是坐第二把交椅，所以论收入，也是菩萨比官强多了。一个保正既敌不过为菩萨看庙门的人清闲，也不会比这作鬼神门房的收入为多，这是那地方有儿女很多的人家，在选择儿婿一事上，全考究的很分明的。作官的人除了有衙门坐以外，地位决不比一个庙中管事优，这优劣的比较，要不拘谁一个做媒的老太太们也数得出。

本地人，他们吃的是普通白米，作干饭，一天三餐或两餐。菜蔬有钱的人照规矩吃鱼吃肉，穷人则全是辣子同酸菜。很可怪的便是纵然落在肚里的只是辣子酸菜，像是样子还是不差多少，也能说，也能笑。吃不同样的东西，住不同样的房子，各人精神生活却很难分出两样情形，这是使阿丽思吃惊的。他们那听天安命的人生观，在这随命运摆布的生活下，各不相扰地生儿育女，有希望，有愤懑，便走到不拘一个庙里去向神伸诉一番，回头便拿了神的预约处置了这不平的心，安安静静过着未来的日子，人病了，也去同神商量，请求神帮忙，将病医好，这办法，都不是欧洲人懂的。

到了仪彬的乡下的阿丽思，把仪彬姑娘的二哥，也喊作二哥了，因为这样一来方便了许多。

他们住的地方是城中心。城中心，是说每早上照例可以听二十种喊法不同的小贩声音，到早饭后又可以听十五种，晚饭听八种，上灯听一百零八种，——这数字，是阿丽思在三天的比较下统计过来的，相差绝不会远。本地人的好吃，从这统计上可以明白，不过这些可以当点心的东西，有一半是用辣子拌，有十分之二是应当泡在辣子汁里，这却在问过二哥以后阿丽思才知道的。

阿丽思站到大门边看街，街上走的人物便全在眼中了。这个地方没有车，没有轿，各个人的脚全有脚的责任，因此老太太们上街的也全是步行。凡是手中提得有纸钱的，是上庙中亲家菩萨处进香，提了铜钱则是到另一种亲家公馆去打牌——这地方老太太是只有这两样事可做的。上学下学的小孩子，多数是赤了脚在石地上走，胁下挟书包，两只手各提一只鞋子。他们是每一个人全学会五六十种很精彩的骂人字言，这种学问的用处，是有的，譬如说，两个学生遇到一路走时，他们就找出一点小小原由，互相对骂，到分手为止。无意中在路上碰到，他们也可以抽出时间暂停下脚来，站到人家屋檐下，或者爽性坐到人家屋檐下的江擦[①]上，互相骂，把话骂完再分手，也是很平常的事。小孩子遇到要打架，成年人（当然这中就不缺少乡约保正），他们便很公平的为划出圈子来，要其他小孩子在圈外看，他且慨然的把公正人自居，打伤了他还可以代为敷药。大人们在大街上动刀比武是常事，小孩子也随便可以跟到身后看，决不会误伤及他们（凡是比武的人，刀法是很准确的）。阿丽思还见到一个作母亲的送她儿子出门上学时，嘱咐儿子看这个须站得稍远点，儿子笑，以为母亲胆子太小。阿丽思还见到……

见着的多嘞，就是站在大门边打望，便全有机会遇到！

别的地方多数是成年人作的事比小孩子精明十倍百倍，这地方则恰恰相反。这里上年纪的人，赌博只有五种，小孩子则可以赌输赢的还不止五十种。他们把所有的娱乐全放在赌博上面，又切实，又有趣。有一个小钱在手，便可以来猜钱背面的年号，或通宝的"通"字之纽有几点。拿风筝则可以各站在一处；一个城里一个城外，想方设法把风筝绳子绞在一处，便赶忙收线，比谁快，比谁线结实。用一段甘蔗也可以赌钱，这办法是把甘蔗竖立，让其摇摇摆摆，在摇摇摆摆情形中将小小钢镰刀下劈，能劈长便不花钱吃甘蔗。养蛐蛐打架，养鹌鹑，养鸡养鸭子同鹅，全可以比输赢。很奇怪的是在几多地方，本来不善于打架的东西，一到了这里，也像特别容易发气容易动火了。这地方，小孩子的天才可惊处，真是太多了，没有活东西驯养，也没甘蔗以及陀螺风筝之类时，他们的赌博生活还仍然有的是方法维持下去！他们各持一段木，便可以在一层石阶前打起"板板"来了；把木打上阶，或打下阶，即可以派钱，这是最简单方法之一的。他们到全是两手空空时，还可以用这空手来滚沙宝相碰。来扳劲，来浇水，来打架，输了的便派他背上一拳，或额角上五凿栗，甚至于喊三声"猪头"由输家答应。赌博用钱，用香头，用瓦片捶就圆东西，用蚌壳，这是许多人全懂，他们可还发明用拳头，用凿栗，以及用各种奇巧骂人话语，这个是怪难得的。

阿丽思小姐，到这时，可想念起呆在茯苓旅馆的傩喜先生来了。她以为他是太寂寞了点。纵如她所设想，傩喜先生成天到公园去坐在上流人顶多的茶座上，比起自己当然就是很寂寞的事了！她所见到的，她以为傩喜先生无从见到，这是不应该的。那么远远的一条路，那么同伴的来，却不能一同到这个地方，阿丽思不免稍稍奇怪这个三哥了。

阿丽思终于把这个意见问了他。她说：

“二哥，你干吗又不让傩喜先生同我一块来?”

“让他在茯苓旅馆不是一件方便的事么?”

“他寂寞，会的。”

他便笑，说：“决不会。如今是正成天成夜为人约请到各地方演讲。那里会？可担心的是怕他忙不过来！”

阿丽思，却仍然以为这是不大合式，因此便使傩喜先生忙到演讲（他并不是预备来演讲的），所以更似乎不来是不应当了。

这真是没办法的事，来也不好，不来也不好：若是在先同阿丽思小姐一块，路上麻烦以及到地困难也是当真。但，让傩喜先生留下，像中国一些学会，一些团体，每天派一代表来请傩喜先生到一会场去（虽说请他演讲的意思，也不过是想详详细细欣赏一下傩喜先生的品貌，所讲的也可以听也可以不听），但就是那么的拉拉扯扯被人绑票上到会场的讲座边，一千对或五百对老鼠狐狸猿猴以及各样不同的眼睛，齐集中于这一位自己很谦虚的，自称这苏格兰小镇上的一匹兔子的傩喜先生身上，这兔子，尚能够从从容容如大哲学家罗素那么不脸红不喘气的站一点钟或两点钟，找出一些拍中国文化马屁的话么？且一回两回，还可以支持过去，到十回百回，也是应付得下的事么？

二哥觉到难，也很悔。他说最好是一处也不去，不给人例子，中国人便无话说了。中国人原是顶讲例子的。凡是有利的事中国人全能举出若干不同例子来证明这利益之继续存在，如作官的贪赃，如受考试的大学生作伪，如……

说来说去阿丽思当然也只有算了。

他们又过了一天，是说到这乡城中又过了一天。整天的玩。看过水碾子。看过一大群奴隶在河边急水中捣衣。是赤了脚立在浅水里，用大木槌子击打那浣濯的东西。看过了一个妇人拿鸡子同小筛子从土地堂将家中小孩子的魂喊回家，这喊法是很别致的。又看过一个很肥的屠户，回家去，扛了一个大钱筒，将钱筒无意中摔下，圆的钱便满街撒，一些很聪明的过路人，在屠户不注意当儿，于是很随便的把钱捡起，放到自己鞋中去，这捡钱的时候，是在装作扣鞋带的情形中的。

阿丽思小姐还是念着呆在茯苓旅馆的傩喜先生，因在一个晚饭间，同二哥商量，请许可她给傩喜先生一封信。她意思是傩喜先生即或在那里被人请来请去受了窘，见到这信也许心会稍稍舒畅点。而且她还应当对傩喜先生致歉，因为连通知也不曾，就离开了作保护人的他，是觉得极对不起人的一件事。

二哥自然是答应了。

那封信，能在傩喜先生面前展开，已是阿丽思小姐提笔一个月以后的事了，所以若是我们等到那时从傩喜先生的椅背后（不消说，傩喜先生读这信是一定得在客厅中那张紫檀嵌螺大太师椅上），去看这个信，未免太迟了，不如来听听阿丽思小姐自己读这封信吧。

信是从“亲爱的傩喜先生”起首的。信上说：——

……我不期望到了这个地方，来给最亲爱的傩喜先生一次信。

我是到了一个你所猜想不到的地方；也是我阿丽思自己猜想不到的地方——（一切很分明，又并不是梦！）

谁能说尽这地方一切？请五个都格涅夫，三个西万提司，或者再加上两个——你帮我想，加那世界顶会描写奇怪风俗，奇怪的人情，以及奇怪的天气的名人吧。——总之我敢断定，把这一群伟人请到这小地方来，写上一百年，也不能算说尽这地方！若是你相信我——请你相信我——这话不是诳话，你可以知道我这时的兴味。

这里是还藏得有一部《天方夜谭》，在一切人心中，在一切物件表面，只缺少那记录的人的。另外又还有一部人类史纲。一部神谱。一部……唉，这名字要我从什么地方来说。我实在是说这个也说不尽的，恕我吧。

傩喜先生，请你信我的诚实——这是第二次我的请求，我是差不多每写一个字都得说“请你信我”一类话的，因为太荒诞不经。

——你信我吧，我在此闭了一只眼，来看一分钟眼前的事，都可以同我姑妈——那个格格佛依丝太太，学一年还学不完！我到此只是在用一种奇怪的天分，熟读一切人间不经见的书本，我只担心在此住到稍久，就一辈子无从学毕这经过了。

倘若你能说，“我要明白什么，”又能说，“我想知道是什么。”那我就高高兴兴的来为你说明这一件事。就是说这样一件，我还怕我桌前这一支烛点完，（顺便告你吧，这里不是有电灯的地方。）还不能写尽。傩喜先生，我并不啰嗦，我姑妈就说我缺少这习惯，你也明白。但要我在一支烛下写一件你所要明白的事，实在是办不到的。更可惜的你又不能先说，要明白的是些什么，所以我更难。我不知写什么事是可以节短到你可以花一点钟看完的事。一点钟，正是，我也只能写一点钟便应当睡了，因为白天玩累了，不休息不成。可是我不敢说这一点钟能写完一件小小的经过！

让我替你想想吧，看你听什么为顶合宜。你欢喜谈什么，也像你欢喜吃什么，我是还可以估计得出的。

…………

还是让我来说大纲好喔。第一是我到了。第二是我住在这地方的……唉，说不完。

好了，我说赌博。听你说，朋友哈卜君作的那《中国旅行指南》，便说到中国人顶会赌博。这话不是假的。只是他的根据不是全可靠，并且似乎没有解说得很清楚。我想你若有意作一本赌博之研究，我可以贡献这一点材料。这是珍闻，像中国其他地方的人也不能很了然吧。我从一个菩萨的管家处女孩子听来，她是清白这种情形比大学院教授还多的。她懂得别的事，其实又敌得过两个大学院教授。但这个可不必说了。口口声声说大学院教授不及小女孩子，这是一种不信任神圣教育的罪过，像是法律上有这么一条，仿佛记得要罚款，我不说好了。

赌博有五十种或五百种，这数字是不能定准的。这些全是小孩子的事。其中全得用一种学问，一种很好的经验，一种努力，且同时在这种赌博上，明了这行为与其关系之种种常识，才能够站在胜利一方面。一个善于赌博的小孩子，据说是应得养成治汉学的头脑，研究得有条有理，才有好成绩的。比如说用湿沙作圆宝，应如何方能坚硬不轻易破裂？到挖一长坑，同其他沙球相碰时，又应如何滚下，才不致失败？有了裂痕后，再如何吃水？全是有学问的——一个工程师建筑一堵三合土桥，所下的考究不至于比这个为多，这又说要：“请你相信！”

他们赌博用钱，如滚钱，掷骰子，打牌，（并不是一毛钱以上的输赢）其次用吃的东西，如劈甘蔗，猜橘子。其次用蚌壳，瓦片，……从用钱到用搔手心，博具既多到无从数清，输赢所得亦不是普通能说尽。总之这中有学问，赌博者输赢上极其认真，这个是实在的。

这地方的小孩子，是完全在一种赌博行为中长大成人，也在一种赌博行为中，把其他地方同年龄小孩所不能得到的知识得到了。小孩子不明白如何和同伴在各事上赌竞输赢的，必是极笨拙的人，长大以后也极笨拙，例子极其多。

虽然他们泅水，打氽子，摸鱼，爬树，登山，以及种种冒险行为，多数为含有赌博性质，他们的特长，究竟不是其他小孩子所能够赶得上。他们并不比其他地方小子为蠢，大人也如此。小孩子的放荡不羁，也就是家长的一种聪明处。尽小孩子在一种输赢得失的趣味中学到一切常识，作父兄的在消极方面是很尽了些力的。管束良心方面既然有无数鬼神，一切得失是在尽人事以后听天命，所以小孩子在很正派的各样赌博上认真学习外，倒不曾学到大地方的盗窃行为。傩喜先生，这里若有让我参加意见的可能，我将同你说，这习俗是很可“爱”的。我爱它。鬼神的事在另一地方发达，只使小孩子精神变坏，此间却是正因为时时刻刻有鬼神监护，他们却能很正直的以气力与智巧找寻胜利的。我说这话并无悖教心思，真没有。

他们相骂，也便是一种赌博，不过所用的赌具本身便是输赢的东西，所以把话骂完胜利的走去，失败者也便走去，从不听到说索债一类事。对骂算赌博，据同我来此的这位先生说，这方法是从长沙传来，本来上面地方先年是不曾有的。

我曾亲眼见过三个八岁左右小孩子比赛掷骰子，六颗花骨头在一个大土碗中转，他们的眼，口，甚至于可以说是鼻子，那种敏捷，骰子一落碗便能将名色喊出，风快的又掷第二手，我还以为是在玩魔术！

在学校中背书，或者作数学题，也可以拿来赌三两个小钱，这是很平常的事，作学生的不会，就为其他人笑话。

据说在元宵以前——可惜我不曾赶得上了——这地方，玩狮子灯，或长龙，全是赤膊，膀子是露的，背肩是露的，胸脯照例也是露的，他们全是不到十五岁的男孩子。这样无畏的勇敢的先熬着风雪的冷，回头到一个人家，用蓬蓬的鼓催讨温暖，便给以满堂红的小鞭炮，四雨硝的烟火筒，子母炮，黄烟，……（全是烧得人死的！）在这些明耀花光下，在这些震耳声音中，赤膊者全是头包红帕子，以背以胸迎接这些铁汁与炸裂，还欢呼呐喊，不稍吝其气力与痛苦，完成这野蛮壮观。这是赌博。他们的赌注是一口“气”。这地方，输气比输钱还重要，事很奇怪，说来也难使人相信。

在私塾中读书的，逃学也成了一种赌输赢行为。对家是先生。拿一群学生打比，则先生是摆庄的人。赌输了，回头自己把板凳搬来挨一顿打，赢了的则痛痛快快玩一整天；喔，我说错话了，这种赌是赌赢全可以玩的。不过手法不高明的便应挨庄家一顿板子。这种赌博凡是这地方的小孩子全会，不会或者会而不敢的，当然是那所谓无出息的孩子了。

用很巧妙的手法，到那收了生意的屠桌边去，凭空逮住苍蝇一匹或两匹，把这苍蝇放到地坪上去逗引出两群蚂蚁子来，让这因权利而生气的蚂蚁决斗，自己便呆在旁边看这战争，遇到高兴且可以帮助某一处的弱者，抵抗胜利一方面，凭这个虫子战争也可以赌输赢，虽然赶不及中国人在其他方面赌输赢的数目大。

遇到两只鸡在一街上打架，便有人在旁边大声喊叫，说出很动听的言语，如像“花鸡有五文，赔三文也成”，“黑短尾鸡有十文，答应下来的出一半钱吧”，……这是减价拍卖赌博的。只要旁边还有其他人呆，这注子便不愁无人接应的。所打的是两只狗，或者两个人，他们却不问，仍然很自然的在这两个战士行为上喊定注下来，也不问这战士的同意。不过有熟识这战士必要的，是为的既明白过去的光荣与英武，则当喊注时不至于心虚。他们互相了解对方的一切；也比张作霖，吴佩孚，以及近来许多中国新兴军阀，互相了解对手拳脚还深澈。（话外的话是上列举各样人名，全是中国伟人，全很能操练军队，在中国内地各处长年打仗杀人，又明国际法，在内战时还能好好保护外人，除用各样口号鼓励自己的手下中国人，打死其他伟人手下的中国人以外，很少对外人加以非礼的行为的。）

傩喜先生，你别以为中国人是蠢人！有了这观念是错误的。至少我见了这些赌博的巧妙就非常敬服。还听到说的是赌博还可以把妻作注，这大约同童话上的狮子王故事相似，我不很懂这意思，同我说到这事的那女孩子也像不大明白，若是你一定要详细这个，以后有机会再问去好了。

…………

别了，先生。这烛只剩一寸，我不得不把这信来结束。我要睡了。这里老鼠分外多，这住处简直是它们的住处，在白天，那么大方的到地板上散步，若不是它也出得有租钱给房东，我不敢相信它们有这样大胆的。我每天睡时至少也得留一寸蜡烛，就是打发它们，这规矩我看并不算奇怪，不过假若遇到点的是洋灯，就是有点对不起它们了。它们要烛大约像小学生要钱，就是拿去赌，我猜的。……哈，还不让我上床，就来问我讨索了。傩喜先生，我告你，这些小东西，衣服一色灰，比这里小学生制服美观整齐得多，这时就派出代表上到我的桌上了我不睡不成。

我们再见。

…………

阿丽思小姐把信念毕，就赶忙脱她的绒褂，脱鞋，脱袜子，脱背心，……一些穿灰色制服的小老鼠，就不客气的把一段残烛夺去了，害得阿丽思上床以后四处找寻不到枕头。

她像姑妈格格佛依丝太太那么照料自己上床时情形，生着小小的气。在暗中教训到一些顽皮的鼠，说是应该如何，不应该如何；这些鼠，也像她们姊妹一样，除了笑，就是闹，全不理会。

是的，它们是在闹着，不会来听阿丽思话语的把那一段残蜡作注，它们是一起五个，正在那地板下巢穴里，用一副扑克牌赌捉皇帝的玩意儿（凡是皇帝得啃烛一口）；原来这地方的鼠，遇到玩扑克牌以及其他许多赌具时，也不至于错规矩了。

第八章　水车的谈话

阿丽思小姐，为了看那顶有风趣的水车，沿河行。

是一个人，并无伴。

这个地方河水虽不大，却顶为地方人看重得起。碾子沿河筑，见到那些四方石头房子，全是藤萝所冒，你走进这个房子里去，就可以见一个石磨盘固定在一根横木上乱转，又可以喊管理碾子的人作婶婶，（她是顶容易认识的，满头满身全是糠！）你看她多能干啊！碾子飞快转，她并不头昏，还追到磨盘走，用手上的竹扫帚去打那磨盘像老婆子打鸡，——因为磨盘带了谷子走。你见到这情形你不能不喊一声“我的天”。这是一幕顶动人的戏！碾子是靠水的，比如鸭子靠水才能生存一样。

还有呀！我是说这河里还有东西靠水，如鸭子靠水一样。这是水车。把鸭子喂养到家中，不让它下河，也许仍然能生蛋。但水车是生成在水中生活的。像鱼，像虾，像鳖——可不是，还是圆的，与鳖一个样！但你们有人见过鳖会在水皮面打半边斤斗如水车一样么？而且把鳖胸脯正中穿上一根木，而且是永远在一个地方打，而且在裙边上带水向预定的枧槽里舀。水车可是那么成天成夜做这样玩意儿的。不怕冷，不怕热，成天的帮人的净忙，声音大了不很好听，还得为人来用铁槌子在胸脯上敲打，或者添一根木钉。

水车是不懂什么叫作生气的东西，是蠢东西。

阿丽思小姐，沿河行，就是看这些蠢东西。这蠢东西在这个地方的数目，仿佛与蠢人在世界上的数目一样多。它们规规矩矩的，照人所分派下来的工作好好的尽力，无怨言，无怒色。做到老，四肢一卸，便为人拿去放在太阳下晒一阵，用来烧火，——是的，我说的是这些东西的尸身，还可以供人照路或者煮饭，它们生前又还不曾要过人类一件报酬。但是你在世界上的蠢人，活来虽常常作一点事，可是工钱总少不了，到死了以后，还能有什么用处不？……不，这个不说。这不是可以拿来比较的事。阿丽思小姐爱水车却只是因为水车有趣，与水车主人爱它究竟是两样。看她吧。

她是沿河走，沿河走，便是说有机会在三分钟以内遇到一个水车，这地方水车原是这样多。遇到大水车，阿丽思便为它取一个名字，如像“金刚”，“罗汉”，“大王”，这是按照这地方人的称呼来称呼的。有时见到的水车顶小，她就喊它为“波波四”，“鬼精”，“福鸦崽”，以及“小钉钉锣”。水车照例对这个类乎“第四阶级”、“第五阶级”的称呼不能理会到，仍然顾自转动它圆圆的身体，唱它悠远的歌。阿丽思也随说随走，不等候一个回答。

她站到一个水车旁边，一分钟，或十分钟，看它的工作，听它的歌。水车身上竹筒中的水，有时泼出了槽以外，像是生了点小气，阿丽思便笑笑的说：“别生气，这不是应当生气的。天气热起来了，生气是于健康极有妨碍的！”她又想：难道我看得太详细是不合理的事么？水车不愿意有人呆在它面前不动，也许水车有这种心。（看到它们那么老成样子，谁说它不是疑心人来调查什么而不高兴？）于是阿丽思，就不再停顿，与面前水车行一个礼，摇摇摆摆就离开这只蠢东西了。

水车脾气各有不同，这是阿丽思姑娘相信的。人是只有五尺高，一百六十磅重，三斤二两脑髓，十万八千零四十五根神经，作工久了，也作兴生起气来的，何况有三丈五丈的身体，有喊得五里路远近可听到的大喉咙，又成日成夜为人戽水，不拿一个钱花呢。但阿丽思又相信，这些家伙，虽然大，压得人死，但行动极不方便，纵心中不平，有所愤懑，想找人算账，至多也只不过乘到有一个人来到这下面顶接近时，洒他一身水，就算报仇罢了。

既然断定了水车也能生气，又因为没有眼睛看不出磨它的人，所以就呆不久又哗的洒水一下，意思是总有一个人要碰到这一击，阿丽思小姐可算帮水车想尽了。但她见到这行为显然是无益；不但不能给仇人吃亏，反而很多机会，吓了另外的过路人，故此劝水车少生气为妙。

有一时，遇到的水车像是规矩得很，阿丽思就呆得久一点。她一面欣赏这大身个儿的巧妙结构，一面想听出这歌声的意义。她始终听不懂，但立意要懂。

阿丽思，走了不知多远的路，经过不知多少的水车，终想不出一个方法来明白水车心中的感想。

“天知道，这些东西心在什么地方！”这是当她正要离开一个小水车时失望而说的。

可是那个水车却说起话来了。

水车道：“有心的不一定会说话，无眼的又何尝不可以……”

阿丽思说：“我请你说完这一句话。”

水车又说：“有心的不一定……”

“我请你说一点别的！”

她昂了头等待水车的回答。水车的答话仍然如前。原来一个水车只会把一种话反复说。

阿丽思无法，各处望，见一只螃蟹正爬到水车基石上散步作深呼吸，心想试问问这个有心有眼的东西也许可以得到一点指示。

她不忘记打赌的办法，便说道：“有谁敢同我赌输赢，说一个水车能如人一样说话么？”

先是听不见，阿丽思于是又喊。

“那个愿意同我打赌，说……吗？”

“我可以。”第二次可听见了，那螃蟹就忙接应。

阿丽思心中一跳，知道螃蟹可以作师傅了，但还是故意装作不曾听到螃蟹的答应那么神气，大声说出愿意打赌的话，找接应的人物。

螃蟹又大声的说：“我可以。”

经第三次的假装，阿丽思才作为从无意中见到这渺小生物，又用着那不信的态度对螃蟹望，惊讶这是当真还是好玩的答应。

这时的螃蟹，才停了它的深呼吸，用清清朗朗的声音，解释答应赌输赢的便是它。且指摘阿丽思小姐失言的地方，因为既答应了“赌输赢”就不是“玩”。

“金刚”“罗汉”“大王”

“你能够作到这个么？我不相信。”

“我要你小姐相信，我们不拘赌什么全成。”

“你是不是听真了我的话，我所疑惑的是……”

“你小姐是说水车不能与人一样说话——变相说，便是只有人才能够伸述痛苦发泄感叹以及批评其他一切；这个不对。我可以将你小姐这一个疑问推翻；我有证据。”

“拿证据来！”

阿丽思，说到“拿证据来”的话，那么大声的不客气的说法，致令那螃蟹吓得差一点儿滑滚到水里去。它当时不作声，只愿把地位站得稳，免得第二次被阿丽思欺侮。站定了，它才也故意装作不在乎的神气说证据可是有，要拿也不难——只是得赌一点东道。

“你爱用什么东道就用什么，随你便。总之我在先同你说，你的证据我猜想是不充分。”

“你猜想不充分的，你见了就会改正你的意见。我告你……还是先把输赢的东道定下吧。喂，请你小姐说。”

阿丽思心想：这小东西竟这样老练，真是可以佩服的一件事。她听到螃蟹说要把东道说定才告她的证据，又想这倒是为难得很了。这事很奇怪的是她算定这螃蟹所说的不过是全然无稽的罔诞话，还想赢螃蟹一点东道，就说用二十颗大三月莓作赌好了，只要证据从螃蟹方面拿出。

“不准翻悔的！”

“难道你还要我赌咒吗？”阿丽思于是又装成生气样子。

螃蟹忙致歉，说，说是要说定一，先小人而后君子，才不失其为“螃蟹”。

“我但愿你少说一点我所不懂的话。”

“那么，我不承认我是螃蟹，难道你就懂了吗？”

“好，你快说好了。说得对，我回头就拿三月莓给你；不对你可……”

“不对？不对你可以一脚踹死我！”

螃蟹于是告了阿丽思在什么地方有水车会说人的话。为了这消息的信实，且把水车旁边的一切情形全告给了阿丽思小姐。说了这话的螃蟹，就只得等待那二十颗三月莓了，因为那地方是它的外婆家附近，决不会记错。

“是的确的事么？”阿丽思总不相信小东西的话，又饶它一句。

“怎么不的确？你小姐去看，就可以了然一切！”

“是坎上一株空心杨柳，柳叶拂到枧槽水里，那两个水车吗？”

“是呀一千个是呀！说不对，你回头来罚我，让你踹我的背，我在此恭候，赌咒在你小姐回来以前不走开这个地方。”

“像你那么小的一个螃蟹，说到关于水车那么大一类东西的话，这个真不容易令人相信得过！”

“但是你们人类谈天文学只是比这个更渺茫的——我说的是证据，你看就是！”

“好，那我就去看，回头再说吧。”阿丽思小姐，说到此，想乘早走得了，就预备走。

“小姐，”螃蟹说，“你回头莫忘了那莓，我顺便告你，划船莓吃来清撇淡，我不欢喜的，我们所说的是三月莓！”

“是呀，三月莓，我若是遇不了这样水车，遇到了又不如你所说那么随便可以谈话，那我才……也应当顺便告你吧，我赢的三月莓是要新鲜的，全红的，你别诳了我走路，又逃到水里去不认账；我估量我脚痒痒的，真要踹你两脚才快活哩。”

螃蟹听到阿丽思还说担心它逃走，就马上赌了一个大咒。阿丽思，一面匿笑一面就遵照螃蟹所指示的路，走去了。

这时既有了目的，对许多水车她就不注意的放过了。她所取的路线，是仍然沿河向上行的，沿路全是莓，就一面吃一面走。莓单拣大的，就如同螃蟹帮到拣选一样，不好不算数。

螃蟹曾告她，从他们所谈话的一个水车算起，应走过二十一个水车，才到那个地方。阿丽思走时就算到这水车数目，一二三数去。虽说螃蟹告她是廿二个数目中最后一个。可是每一个水车面前，她仍然听到一句两句话。

阿丽思心想：成天这样喊口号，喊到连自己也莫明其妙，不如哑了口倒省事多了。这种想头当然是一种极愚的想头，理由是她以为水车自己想喊或愿意喊。其实每一个水车能说一句两句话，也全是人的意思。各个的水车，相离得是如此疏远，让它们成排成阵的站到河岸旁，在很好的天气的夜里，没有太阳，没有月，头上蓝蓝的天空只是一些星，风在水面树林中微微吹着，在这样情形下的水车们，各个像做梦一样的唱哼着，用一种单纯的口号来调节自己的工作，管领水车的人便不愁一切泰然的同家中娘子上床睡觉，因此世界上就有了生儿育女穿衣吃饭等等，这那里是阿丽思所懂的事？

说阿丽思懂到水车，不如说阿丽思懂到三月莓为恰当。这是实在情形的。在这一段路程上，阿丽思已把三月莓颜色与味道的关系了然在心，随手采来路旁的莓，不必进口便可以知道一粒莓的甜酸了。这学问使她满意处是她算定到这个地方来与人打赌的事不知有几多，设或遇到赌的是同螃蟹所赌的东道一样，那么在输赢上被欺骗一类事倒不会有了。

关于三月莓，究竟以何种颜色为好吃，以何种形式为好吃，以至于何种地方成长的味道浓厚好吃，这个知识不能在此多说了。有人一定急于明白这个，可以去询问傩喜先生借看阿丽思小姐第二次给他的信，那信上曾写得明明白白的。这里且说吃了一肚三月莓，时时打着酸嗝的阿丽思小姐，坐到岸旁听那两个水车谈话的事。

水车是一新一旧。那上了年纪一点，水车声音已嘶了，身体有些地方颜色是灰的，有地方又缠上水藻，呈绿色。阿丽思一见这东西，便想起在北京时所见到的送丧事执事前面戴红帽子打旗的老人，那老人就是这么样子。还有走动的步法，老人是那么濡缓，像是一步应花一分钟，这水车却也得到了这脾气。它慢慢的转，低低的唱，正像一个在时光的葬送仪式前面引路的人。在世界上不拘某一块地方，时光的糟蹋是一件必然的事，把全世界每一段小地方，全安置这样一个水车，另外加上一群无告者，被虐待者，老弱人畜的呻吟与哭号，于是每一个新的日子吞噬了每一个过去日子，用着这样壮观的一切；为时光埋葬的点缀物，真似乎是一种空气样的需要！

至于新的水车，那像一切新的东西一样，所代表的是充满了精力，充满了希望，充满了对世界欢喜，与初入世的夸张，——总而言之它是快活的。工作也苦不了它。镇天镇夜的转，再快也不至于厌倦或头晕。它的声音只是赞美自己的存在，与世界的奇怪，别的可不知。它从它结实的身体上，宏大的声音上，以及吃水的能力上，全以为比其他水车强。在同类中比较着生活与天赋，既全然高出一等，再不能给它满意，那就难说，简直可以说它不是水车了。然而这水车它是自己承认是水车的，所以它在各方面全是健康；观念的健康便是使它高兴生活下去的理由，如一切人与畜。

把这样两个性格不同的水车放在一块，自然而然它们每天有话可以谈了。所谈不拘方向，各样全可以每一个意思恰恰都是有两面：新水车总代表了光明同勇敢，与光明勇敢相反的却为它同伴所有，因此新水车要明白一切，就时时刻刻与老前辈讨论。

阿丽思小姐来到这两个水车面前五丈远近时，它们是正在说到各个对于生存的态度。

那旧水车说："我一切是厌倦了。我看过的日头同月亮，算数不清。我经过风霜雨雪次数太多。我工作到这样年纪，所得的只是全身骨架松动剧痛，正像在不论某一种天气下都可以死去。我想我应当离开这个奇怪的世界了，责任也应当卸了。我纵不能学人的口吻说'恨它'，可是我的确厌倦它了。"

"老前辈。"那新水车在这样称呼下是十分恭敬的。它自觉这恭敬用到一个比自己多经验阅历的水车面前不算蚀本。它接着说道：

"我倒不十分了解厌倦这两个字的意义呢。"

"不懂这个我相信这不是你的客气处。这个你不能十分了解，也不必十分了解。若是你自己有一本五十个篇幅（它意思是说活五十年）的人生字典，你就可以在你生活经验的字典上翻出厌倦两个字的意义了。"

"可是我这两页半的本子上全是写的可以打哈哈的字眼！"

旧水车点头承认这个是实在情形，并不再答话。

那新水车于是又说：

"我告你（它意思是不相信在水车生活上有厌倦），第一件，作工，我们可以望到我们所帮助的禾苗抽穗，是一件顶舒服的事。第二件，玩，这样地方呆下来，又永久不害口渴，看到这些苗人划船上上下下，看到这些鱼——我是常常爱从水里看这些小东西！而且螃蟹，虾子，水爬虫，身子全是那么身小个儿，还少不了三亲六眷，还懂得哭笑，还懂得玩。老前辈，我似乎同你说过，那螃蟹不是顶有趣味么？你瞧它，我那么大声吓它，也不怕，还仍然爬到我脚下石头上来歇凉，又常常同它们伙里伙赌博，用一匹水爬虫或三两颗莓。”

那旧水车皱了眉毛说，这个只是小孩子的话。水车不是有眉毛的东西，但阿丽思仿佛是见到它学司徒灰鹳皱眉毛的神气，就觉得这水车同灰鹳倒可以谈哲学。

“但是，老前辈，你不承认这个么？”

“你是不是说我也应当把阁下所说的话引为愉快的事？”

“我想是这样，而且每一个水车也只有这样。”

那旧水车听到这种话，想起自己过去也就是那种感觉，青年生活的回首，使它更难堪了，就不说什么，吐了一口水，叹了一声气。

阿丽思小姐，显然是同意于新水车的生活观的人，就心想插口问问这老前辈为什么不满意这生活的话。

不过新水车却先问到这个了，旧水车答的又是哲学上问题。

它说：“禾苗长成我们有什么分？看看别的小生物拜把子认亲家，自己有什么理由拿别个的快活事来快活？”

这意思，把阿丽思全弄胡涂了。它觉得“理由在一切事上都要”，可是旧水车说的不能乐他人之乐的理由并没有为阿丽思所见到。新水车到底是水车，容易听懂水车的话，便又反驳老前辈，说：

“我记得老前辈说过，一切的现象，冷冷静静的去观察，便是一种艺术，一种享受，那么，干吗不欢喜所见到的一切？”

“是要看！但是你总有一天要看厌的！到那时候你才知道无聊，知道闷，知道悲观。看别的，那是可以的。但我告你年纪青青的小子，看久了，就会想到自己，到你能够想到自己，到你想到自己为什么来到这世界上，——另外说一句话，到你想到生死与生死意义时，像我们这种东西，成天的转，别的小虫小物所有的好处我们无分，别的畜生所有的自由我们也全不曾有，……我们活来有什么趣味？活到这世界上，也有了名字，感谢人类这样慷慨。但在我们一类东西的名字上，所赋的意义，是些什么？我们从有了河就得戽水，像有了船就得拉纤的船夫一样。我们稍有不对就为人拿大槌子来敲打，这类命运与当兵的学阵式不好挨打一样。同样的是车，我们比风车就不如，风车成天嚼谷嚼米外，还为人好好收藏到仓屋里，不必受日晒雨淋，谁来理我们？就是说，我们有我们的自由，随意唱，可是你大声的唱，喉咙高，人就恨，且免不了受一种教训。我们地位高，据说是这样，地位的确高，但有过一次为人真心对我们的地位加以尊敬吗？你明白爬桅子以及检瓦的人的地位，就明白我们地位是单在怎样给人利益的原故而站高了。不是为人舀水，你看吧，他们人，不会吃了我们？幸亏也好是我们照理除了帮人的忙以外还不曾有被吃的义务，但到生后被人拿去大六月太阳下晒，晒干了再拿来煮他们的大米饭，不是俨然被吃了么？我们还听到许多人说，多亏有人帮助，身体才那么结实伟大，哈，这结实伟大，我们可以拿来作一点我们自己要作的事么？我们能够像老虎那么跳跳叫叫，吓别的畜生么？我们能够像老鹰那么飞么？我们大，强壮，结实，可是这不是我们自己所有。蟋蟀，麻雀，鱼，虾，它们虽然小，它们的身体可是它们自己的。……说来说去是无聊。我若是不看别的还好，看了别的我就不舒服，这是实话。我不是人所以我也不能说恨人，但我想，他们人中像我们生活的，他们总会找这些人算账。”

老前辈找出三十四种比喻，全把一个水车的不幸烘托出来，到后是新水车也仿佛觉得无聊起来了。

于是新水车的声音大了一点。

“然而老弟生气也是不必的。我这时倒觉得我作了一件错事，那么心中不安，我不该同你说这个哩。”

新的水车转动的声音更大了。

照例老前辈谈到这个地方也应当歇憩了，让我们来看阿丽思的感想吧。

阿丽思小姐，对这水车的话似懂非懂很有趣。这种趣味因正为对于话的本身懂到的不是全体。她在水车说到这些生活时也听出了一些哲理，但并不如新水车那么激动。委实说，是水车嚷一千个无聊，她觉得还并不是自己的事。她意见是虽不能学老虎那么跳跳叫叫，并不怎么难过。因为跳同叫全是很疲倦的事。生起翅膀飞，是顶好玩的事情，但始终轮不到她头上，她只以为这是时间不到，总有那么一天，她能够飞去，也不问翅膀是怎样生法，这意见，坚固的植在心里，当然是她最先还认定了这身体是自己的。关于这个她曾自己安慰自己轻轻的说出这种话：“我身子是我自己所有，我相信，纵不然，是我姑妈格格佛依丝太太所有。那良善大方慷慨的人，若果她说我是她的，这是常常说过的，不过设若我问她要回我自己，也容易办到。”

于是她又把这意见同水车讨论，像水车不一定懂她的话，因自言自语的说：

“我的身，即或是姑妈所有，我也要得回。”

她等候一个回答，像螃蟹先前的攀谈一样，可是水车并不像螃蟹。

“我敢同谁打赌说我办得到这样事。”

仍然不理会。原来这地方仍然有不欢喜打赌的（人物）在。

阿丽思急了，直接把水车瞪着，说：“老前辈，你的意见不与我的意见相同，你愿意我说说吗？”

那老旧水车说：“一个水车没有什么不愿意听人说他意见的道理。”

“我说我的身体纵不是自己所有——说即或无意中派归了我姑妈，我也能够要得回，你信吗？”

那水车说：“我信。”这是旧水车答的。

阿丽思又问新水车，新水车也说：“我信。”

“你们既然相信，干吗你们不问你们的姑妈退还你自由？”

旧水车先是严重的听，这时才纵声笑，在每一个把水倒去的竹筒子里笑出声来。

阿丽思说：“干吗呢？这是笑话吗？”说到这里不消说为体面原故，脸是稍稍发烧了，因为不拘在一件东西面前被别的东西如此大笑，这还算是第一次。

但水车似乎不知道这是“第一次”。

笑了很有好久，那旧水车才答道：“因为水车并没有姑妈或姑爹。”又对于笑加以解释，说，“小姐别多心，笑不是坏事。柏拉图不是说笑很对于人类有益吗？而且……（它想了一想）柏格森，苏格拉底，窝佛奴，菲金，……全是哲人，全似乎都在他的厚厚著作里谈到笑和哭，我以为对小姐笑是不算失礼。”

当到这水车，从它轧轧的声音中，念出一批古今圣人的名字时，阿丽思为这水车的博学多能惊愕到万分。她料不到这水车有这些学问。且到后听到“失礼”的话，于是自己先前的随便记回来，自己就觉得在水车不算失礼的事在自己可算失礼了，她忙鞠躬，且第二次红脸。

水车又笑。这时阿丽思，头并不抬起。

过一阵，重新把话谈起，阿丽思就自然了许多，有说有笑了。

谈过一点钟，使阿丽思在她自己的一本十二页字典上增加了一倍，这感觉由阿丽思很客气那么说出，水车就说这是客气。

她仍然把这恭维用很谦虚的态度送给水车，说：“老前辈，这个并不是客气！”

“并不！”

“太客气了！”

“这是我心中的话！”

到这时，水车可不好再说“请不必客气”的话也是“心中的话”了。因为它的心，不过只是一个硬木轴子而已。

阿丽思小姐，因为一面佩服水车的学问经验，一面想起先前水车谈的厌世，就问水车。她问它为什么“见得多”不好。她且说出少许见得多是好事的理由来反质水车，当然理由很浅近。

旧的水车说：“小姐快别说学问经验可贵了，像我们水车，用不着。多知道一样事就多接近死一天；我快死了，这一定。我不能断定我在某一天断气，但总是最近的事。”

于是那始终不搀言的新水车说话了，它说道：“老前辈，先前不是说到死是安静么？干吗这时又像恋恋到这无聊的生？”

“可诅咒的地方正是爱它的地方，……”以下是这旧水车引拉丁文格言两句，很可惜的是阿丽思并不懂到这个。

到后这旧水车又说到许多生死哲学上的问题，所引出名词，总像与面包，水，三月莓，螃蟹，阿丽思，全离得很远的一些东西。听得太多的阿丽思小姐，算计到——照水车说法一部人生字典吧——这字典页数真快到增加了三十，心想再不走不成，就走了。

…………

走到先前同螃蟹打赌的地方，螃蟹一见到阿丽思神气，就知道它赢了，见到阿丽思小姐抓荷包中物，它于是便很和气的请求阿丽思小姐把三月莓放在一个蚌壳里，好随时取用。

阿丽思照到这小东西的意见作去。这样一来螃蟹就不免与其他一次同人打赌的不欢而散情形两样了，它找出许多关于水车的话与阿丽思谈，阿丽思倒奇怪这仅只赢了二十颗莓的小东西，能够对输家有这样的客气，不担心口干，得不偿失。

回到住处以后小姐，想起那小螃蟹一句话就笑不能止。螃蟹对水车的批评，是“这老东西真是一肚子的希奇古怪。”从这句话上使阿丽思想起说这话的螃蟹来。“一肚子希奇古怪，”一个水车肚子除了水，有什么可以说这样话的理由呢？至于螃蟹，一到八月，才真是“一肚子希奇古怪”啊！

阿丽思设想，有机会再见到这螃蟹，就会同它开开玩笑，问它蟹黄那么味道鲜美，是不是算得希奇古怪。

第九章　世界上顶多儿女的干妈

是说阿丽思小姐所到地方，离城三里路旁的一株榆腊树。这树是雌的。在阿丽思到它身边以前，并没有知道它是世界上儿女顶多的树。她简直就不曾想到在世界某一地方有这种不聪明太太会想同一株树认亲家的。

一株树，又不是凭它结果子多，又不是凭它门阀好，居然作许多阔太太的干亲家，一年四季成天有千金小姐公子少爷，由奶妈带来为干妈作揖磕头，这没有理由，简直比许多人类无理由被人尊敬还胡涂。譬如说，有些地方人，善于扯谎便可以发财，如卖神仙药，如用很好口白谈主义，这还可说。又如作中国官的，新新旧旧全会哄平民，与利用“民众”，他们纵不存心在“纪纲”，“法律”，“礼教”，“廉耻”下作事，但至少他们可以说这个话，说得极动听，这在中国算有理由的。又如愚人国，国王其所以被人推举，是因为他一人食量独大，一人极懒，这也是一种理由。但是一株路旁的树，凭何等本领可以作成干儿女的长辈呢？

可怪的是这地方人，既然与中国其他地方一样规矩，作兴把儿女过寄给别一个，为什么就这样蠢，不把儿女去作伟人阔人的义子，却来同木石认亲家。虽说鬼神默佑人的祸福比官家势力强，作家长的未尝不是深谋远虑，然而作同样的义子；阔人所能给儿女的好处，究竟也不是一株树可以为力的事！

当阿丽思走到这树身边呆下，见到无数妇人把儿子引到这树下烧香行礼时，先还以为是别的事，就看着。

这些中年老年妇人，自己先磕头，呆会儿又令小孩子下拜，情形全是很可观。一些曾拜过四五个干妈，懂到规矩的孩子，便不待使唤，很有体统的磕头；至于这是第一次，那就不得不费家长的心，用手来按后颈了。人家还先翻看过历书，选定了今天日子来的呀！多幸的阿丽思恰恰在今天来到此地，所以她就不再离开这树向他处找有趣的事了。

在平常，小孩子骂人，如像在阿丽思小姐给傩喜先生第一次通信上说的小孩子对骂为乐的话，他们采用的工具，是离不了五族五服之内，而加以性的行为为必要条件的。譬如喊对方作“儿子”，则在已俨然的站在上风以外，还有“你母亲与我睡觉”的用意。又如骂“我同你外祖母女儿相好”，则这句话既很艺术的便宜的说到是作了别人母亲的丈夫以外，仍免不了有“我是你爹”的愉快。既把这类话作攻击用，则引为可羞也是自然的事了。然而问问这些小孩子，干爹干妈究竟有几个，在平均四个五个干父母中究竟有几个是人，他们假使明白你问的人是诚心，再不然是你送了他有小费，要他说实话，他所告你的，真是如何给你惊讶！拜偶像，拜石头，拜树木，拜碑，拜桥梁，拜屠户的案桌，拜猪圈中的母猪，凡是东西几乎便可以作干爹干妈，多奇怪的一个地方呀！这地方不拘每一样废物，全有作干父母的资格，比如——像我再诚实的抱歉来借用一次平常社会作譬吧——比如在中国每一个废人皆可以有资格作国家高等官吏。小一点野蛮一点的地方，徒然庞大，或奇怪，或肮脏，种种物件皆可以得到全民的敬畏；大一点开化一点的地方，则人所敬畏的对象，便渐渐移到一切善于说谎，善于装痴，善于赌咒，善于杀人的伟人身上了：从这正负两事上已明白的看清了一部人类进化史，中外一理不同的地方是小处。

认人作父母已是一件失便宜的事，认畜生或器物自然是更不合算的，然而每家小孩子，全有四个五个奇怪的干妈，不以为作畜生用具儿子为可羞，想来当然在保佑平安上原是可以扳本了。至于如何作了这树的儿子，便蒙神赏福赐寿，阿丽思小姐并不明白，我们还是让她去问问好。

且看她怎样开口。

她问一个老太太说：“老太太，请你告我一件事。”

这老太太自然就答应了。这地方的老太太，若是她口角并不曾生长有干疮，又不曾在嚼松豆，花生，葵花子，则谈话是共通的一种嗜好。你问她所不知道的事情，她还可以随意编排一些话答应，或者说及类似的，菩萨说过的，仙娘说过的种种话，使你求帮助者得到一种帮助，她心中才能舒服。至于你问到的是她心中一本册的明白，则自然不会说不知道了。然而有那例外的，是有一种在平素脾气很好的老太太，输了钱则她有理由不高兴同谁说话，这是少数中之少数可仍然总是有的。然而也不一定。

这位老太太，是不是输了钱，那看看她脸色便可以明白了。这脸色，可是欢欢喜喜的。她因为记起昨天一连坐五个庄，被上手倒牌的“挖心”、“砍脚”全作过，庄它还是不下，这运气，真是应当如输家所诅的“死运”了。有钱赢，不论它死运活运，总不能使她到今天就不格外和气！

“小姐，你要明白这规矩，是想也看一个日子来拜干妈么?”

“倒不一定——但也好。”阿丽思说但也好，全是想起应酬这老太太的好意而起。

“但我就先要告小姐，今天日子顶好，所以我家小崽子才来到这里。”老太太说了就拖那小子过阿丽思身边来，阿丽思吓了一跳。

多标致的一个小孩呀！

阿丽思小姐，过细看这小孩子，才奇怪自己起来。因为这地方小孩子衣服，作兴用破布，是从这小孩子身上发现的。这一件长不过一尺二寸的短衫，至少是用过五十种材料拼合作成的，从这样看来这个地方的裁缝司务的本领也就不小。阿丽思是知道和尚的袈裟，但料不到袈裟以外还有这一种体裁。她的聪明又使她敢于估定这小孩子不是平常人家的小孩子，因此说：

“老伯娘，你家少爷这衣可以到我们地方开展览会去，我包有人出大价钱买。”

这算是顶客气了，即或是傩喜先生也不会把这说得再好。

“但是我不是卖儿女的人。”老太太意思可不为阿丽思明白。

阿丽思以为老太太也不明白她的意思，就说：“我这是说衣服呀！”

“正是，我也说衣服呀！我耳朵并不聋呀！”

“但衣服是衣服，怎么说卖儿卖女？”

“怎么说？我才不明白你是怎么说！我告你……”

诸位，以为这是相骂了么？不是的。请不必担心。阿丽思是懂得了这里规矩，同老太太说话生气，是有非生气不可的理由，然而总不作兴认真的。同老人家说话不带着生气模样，则她无从在这话上找到意思。虽然有时越生气也只有越不懂，但生气仍是必要的。若阿丽思不生一点气向这老太太盛气相凌，那这老太太，也许就不会同阿丽思小姐解释这衣服与小孩子的关系了。

且听她说吧：——

“嗨，你这人！”她这样起了头，照例是阿丽思应当说“喳，我这人怎么样？”于是她就接下去。阿丽思小姐，既然学到了这些谈话的套数，自然如规矩的答应了。那老太太继续说道：

“你胡涂（这是很亲爱的责叱意思）。我为这件衣，花了两三年工夫，才得到，我能够卖么？……”

原来这衣服是一百人的小衣襟作成，而且这是一百个作把总的老爷的小衣襟。把这东西得到，看好了日子，专请成衣人到家，用四盘四碗款待这成衣，于是在七天中把衣制成了，于是再看日子将衣服请托划干龙船的人带去，挂在于龙船上漂游一年零八天，到了日子再由两个曾经戴过红顶子的老辈一同捧这衣服进门，披到小孩子身上去，——于是到今天，被阿丽思说拿去开展览会卖钱。

听到这些的阿丽思小姐，张了口合不拢来。她料不到这一件衣的价值大到如此。试请想，这样一件东西，倾煤油大王的家便可以得到么？一百个把总的小衣襟，一个十全十美的黄道吉日，七天的四盘四碗酒席，一年零八天的放荡日子，……这些那些不算，还有两个戴红顶子的阔老，真不是容易的事！

阿丽思只好当面承认胡涂是当真了，幸好是老太太即刻就原谅了这外乡人。

认了错，赔了礼，无事可作，阿丽思才记起原来要问的话。她仍然用生气的调子说：“这才怪！这些人都来这树下拜！”

老太太说：“才不怪！我猜别人听到你这话，才真奇怪！”

“没有理由。”

“自然有理由，不然她们决不拜。我附带告你的，是这些人头脑都是很好的头脑，并无一点疾病。”

“我不信。”

“我要你信。”

非要阿丽思相信不可，老太太的话坛子又打开了。她就告阿丽思以各样理由。要紧的是这老太太再三解释，凡是拜这树的全都是有门阀的人。我们能说凡是有门阀的人还会作傻事么？

“……我告你，”老太太一面指手一面说，“这是王统领挂的红。这是曾家；——曾家就是北街曾七大人家。这是宋太太；宋留守的五太太。这是方所长。这是刘；——做厘金……邮政局……管它是什么局，总之是局长！硬过硬，一月有一百吊收入的局长。这是田家的。这是……”

若不是阿丽思打岔，老太太是无论如何至少数得出一百个有门阀人家挂红的证据的。阿丽思见到这老太太心中一本册，头绪分明，全不是在说谎，所以不待她说完就无条件相信了。

老太太又告阿丽思，使阿丽思知道自己是一个统领的老太太，以及一个做当铺老板的岳母。

“这全是可尊敬的身分，”老太太说时不无自满的神气，“我老了，人到了六十，全完了。可是儿子是有身分的人，家中用得起当差的人，用得起丫头，用得起……还有那女婿，是地道的正派人，不愁吃不愁穿……”

老太太说了一大套，只似乎是在那里解释她非成天拖了小孙子到处拜干妈不可的理由。阿丽思当然很用心的听这老太太的叙述，因为这无论如何比起格格佛依丝姑妈太太说的《天方夜谭》好得多。她有些地方听不清楚还详细的来问这老太太，老太太自然不会吝惜这样事情的答复。

到后，又说到干妈一事来了，阿丽思说她很想明白一个人至多能作若干人干妈。

“那看人来。”

“我想知道的，是各色的这样那样的人可以作人家干妈的数目，譬如说，管带管兵是三百六，哨官就只一百零四，——是不是作干妈也适用身分这样东西？”

“我的妹，你这样年纪。亏你想得到这样话！”

老太太笑了。笑是的确的，虽说在先我曾说过同老太太们谈话，时时得生着气才成的话，她的笑只是有要阿丽思小姐拜她作干妈的意思，她欢喜这样干女儿。

阿丽思也居然看出这老太太用意了，因为这存心不是坏的存心，阿丽思所以也笑。

她同老太太说：“请把作干妈的数目限制相告，那感激得很。”

“作干妈么，是说树还是说人呢？说树我不知道，——但我听仙姑说过树中也有分别的——说人则我不必找比譬，就拿我作例。我的命里是有三百六十个干儿女的，恰恰如我儿子的所统带的屯兵数目。这个是据天王庙神签的吩咐，多了则是与神打斗。但是我家少爷升了都督，恐怕到那时，全省的小孩大人全都可以作我的干儿子。人既然做了都督，则这样事也不算僭越了。”

“老太太你以为他们都愿么？”阿丽思打了一句岔。

“我找不出他们不愿意的理由。……嗨，莫打岔，听我说！我告你，我们这里有一位顶多儿女的干妈，是一个例外的人。她作许多人干妈的理由，是她能打发每一个干儿女的一份厚礼。她有钱，所以神也不反对她。”

“可是，”阿丽思很乖巧的这样说，她说她，“所要知道的倒是究竟老太太有多少干儿女。”

“有多少？已经早就超过了神所定的数目了。没办法，处到这样没办法中似乎得神的谅解的。”她告阿丽思一个略数，说是至少已“一底一面。”所谓一底一面者，老太太解释是“作统领拿薪水的办法，也是作小税局局长的办法。”一个管带至少是收入可以希望明里三百暗里三百，一个局长则至少是收入明里一百暗里一千。老太太在这第二比喻上还生了感慨，她说：“请想想，他们是十底一面。既然这样国家较高的官和到较高的神都不来干涉，我所以想我收的干儿女数目若在一千以内，无论如何总不会怕神的干涉了。”

管理这地方的神，无意于取缔这违反命运的事，似乎也很显然了，因为老太太告阿丽思的是在儿子作管带以前就有了三百六以上的数目。（她又不忘记附带声明，这并不是为有打发干儿女的礼物的原故。）她还不知道这一个吓人的数目，在阿丽思耳朵中起了何种的惊奇！

"看不出，这是一个七百二十个以上儿女的干妈呀。"阿丽思想起很不安，她觉得自己是失敬于这老太太了。她万料不到的事，这"出人意表之外"正如那小少爷身上的那件百宝衣一样，全是自己大意弄出的笑话。若是回家去，同妹说，一个很平凡的全不像历史上人物的老太太，居然有历史上出奇的事情，作兴把干儿女的数目很不在乎的放到一千的号码上，那四妹五妹会将笑得不能合口了。而且最爱说怪话到姑妈格格佛依丝太太也总不愿相信这话是真话，就因为这老人家却做梦也不曾梦到这样事。

可是说姑妈干吗呢？能够作一万儿女的干妈，还有树！不过一株当路的遮荫树！明白这个难道还有人好意思拿干儿女多来骄傲旁人么？

还是来尽阿丽思同到这七百二干儿女的"干妈人"站到这万万千千干儿女的"干妈树"下谈一点别的吧。

她们还有关于干儿女与干妈间义务权利的问答的。

话语的照抄，若是不怎样感到读者的厌烦，请记到这些事情，是可以供给民俗学的研究者作博士论文的。

阿丽思说："老伯娘，干吗要在这地方多有这样一件事？"

"谁知道？谁明白在另一地方会产生另一种事，也总不能明白这里要有这样事。"

"但你作干妈的总知道这……"

"我的女……（她说错了口，又纠正，）我的妹，你是不是问'意义'？'意义'是作干妈的成天可以到亲家公馆去打牌，倘若你并不以为打牌是为了输钱的话。遇到喜事多，有酒吃，也是要干儿女理由的。逢年过节想热闹，这少不了干儿女。归土时送丧，干儿女是不好意思不来包白帕子的。……我的妹，这就是你要问的'意义'了。凡是一件事，总有意义的，决不会平空而起。不过这是一面，还有那另外一面。那一面譬如是这比我多十倍百倍干儿女的干妈树这亲家，它既不打牌，也不爱喝酒——虽然有人送好酒，我不敢相信它分得出酒的味道比我这外行高明，——爱热闹的脾气是它的脾气，我也惑疑。而且，说到死，它在生缠红绸红布也缠厌了，它要干儿女缠白布算是报仇吗？我们这亲家，其实是全然与我不同（说到这里她怕亵渎这亲家，声音轻轻的了）。它是被人勒迫的，不过这勒迫出于善意，不比在同一地方有些人被勒迫却受大委屈。若说受了委屈总得申诉，那受大委屈的是人还不能用口说话，要这树说它的不甘心的受人款待当然更办不到了。”

“做干妈有些是权利，有些又变成义务，这倒不是我所能想到的。”

“你那么小小的年纪会想到多少事？”

“世界上许多事不是一样？既然一样则我当然也应当想到了。”

“但你这时就并不想到世界上一些在这人为权利在那人又为义务的怪事情。这如同干妈的事情在别地方并不缺少。”

“我！我想到……”阿丽思说不下去了，人觉得古怪。她看看老太太的孙儿，这孩子正在“干妈树”面前打赌，用一颗骰子，预先同那榆树干妈约，骰掷到地上，单点子便欠干妈十根香头的账，双点子则在神桌前香台里抽出香头十根。骰子已经报出点数，是个五，小孩子很聪明的又引出本地规矩来说“一不算数。”第二次正将下掷，却被老太太见到了，这老太太并不反对这行为，以为骰子的下掷方法倒有研究必要，她嗾着小孩子用撒手法将骰子滚去，则可以赢干妈的香头了。这样事是阿丽思小姐觉得无从到别一世界上去找那认为同类例子的。

照老太太指点，果然骰子第二次成了四点，老太太一面代替孙儿拔取香头，一面向阿丽思说：

“瞧，这干亲家多好！”

阿丽思只能点点头。

老太太以为这样诚实的同神赌博，决不是无教养的小孩子所能办到的，所以在此事上又不免对孩子夸奖了两句，阿丽思又想起这事也不是在别一世界上找取例子的事。其实，反过来说，别的地方所有的类乎老太太夸奖孩子公正的事又何尝是这里所有？在另一种教养得有法有则的成年人所作的事上去看，那给阿丽思怀疑的事就更多了。而且这事便是例子，可以证明老太太夸奖小孩的行为，是另一世界也曾有过了。这只能怪阿丽思愿意自己的胡涂。

“同神赌博与同人赌博还容易占便宜，那是只有这一个地方小孩子懂到的事。”阿丽思这话是并不成心为老太太而说的。

但是听到这个话的老太太，很感谢阿丽思的称赞，要小孩子为阿丽思作揖，小孩子在作揖却说：“请小姐保佑我再赢一点香头。”

“我决不能够保佑你什么的，我是平常人！”

“小姐，你是平常人就更可以保佑我这孩子了，因为他命大，还得拜许多平常人作干妈呀！”

阿丽思可真生气了，因为老太太这话的不检点，好像是以为阿丽思有作小孩干妈必要的样子，所以生气想走。

“我的妹，你要走就走，但不必生气。我知道你生气的理由，但我们普通作了错事还不当回事，说错话当然是更不应当算一回事了。”

“我并不说算一回事呀！”

“但是你走吧，不然我就不客气说要你拜我做干妈了……准我附带的说你若作了我的干女儿决不是使你吃亏的事吧。……但是你走吧，我要打牌去了，而且今天好日子，虽然利于拜干妈也利于赢钱，我的妹，我们再会好了。”

“再会也好，不过，然而，但是……”阿丽思说来觉已无话可说，便不说下去了，——她看到这两祖孙沓沓拖拖的走去，消失到一个土堆里，她才放了一口气。

…………

“七百二十个人的干妈，真不是一个小数目！……”阿丽思小姐，在晚上，是利用这类乎珍闻的起始文字写信告给住茯苓旅馆的傩喜先生的，末了，是要那兔子也告她一点珍闻，类乎拜干妈穿百衲衣，这一类事。在中国，谅想是不至于缺少这希奇古怪的一切一切，阿丽思人太年幼，年幼则免不了遇事奇怪。至于中国人，则虽比阿丽思还幼稚，他已在先养成了一种不随便惊讶的镇定精神了。

回到家来的阿丽思，最出奇的还是中国此地小孩子的聪明。

第十章　看卖奴隶时有了感想所以预备回去

"我不愿意一个人出去了，你引路，带我玩去吧。"阿丽思小姐一面说一面吃小汤圆，汤圆是用豆沙作馅，味道是甜的。这是"过早"，是吃早点心；情形同欧洲一样，同是口，牙齿，牙板骨，有些咀嚼的是咖啡，焦黄的面包，牛奶饼，有些却是马铃薯与白米汤的。

另外还有一个人也伏在桌前吃汤圆。这是什么人，我不能在此再费神加以说明了。但你们读者，记性若好就会记得这个人是谁。记忆力不行，那我即或在此又点名道姓的说这是某；是某人的哥，呆一会儿那你仍然就又忘掉了。

这个他，见到阿丽思有意见，他答应还是不答应？暂时不作声，只空笑，仿佛是还得听读者的意见，再来决定。且帮他想想吧。去是不去？这里应不应有一个向导之类，读者总有意见可以提出供商酌吧。尽阿丽思一个人走，离开了傩喜先生，离开了仪彬的二哥，（除了这次以后我决不说这是谁的二哥呀！）看见了水车，看见了干妈，看见了……但这个可不行呀！这地方，还有许多好看的东西，总不止这点点吧。并且这地方，狗是可以随便咬人，像喝足了烧酒的英美水兵有随便打人的趣味一样，作主人的不但不负责管束，反而似乎因为奖励才把它们脾气弄坏了。此外马也可以随意踢人，牛也随意触人，单欺生。作这些骄傲放荡行为的禽兽，且居然是社会所称可的事；阿丽思有一次还被一只公鸡追过，多危险！（中国人怕外国人，狗同牛马之类，是还懂不到容忍客气的。）这样来看缺少保护人，阿丽思一个人出门，真近乎是一件冒险行动了。

但是，到苗地去是不必怯的，苗人的狗也懂到怕汉人三分。这地方，从不曾闻有苗人欺侮汉人的新闻，也不曾有这故事。他们有口，有手脚，有硬朗的头，（可以碰倒一堵墙，仿佛是那么有劲！）可是口只专为吃粗糙山粮而生，不及汉人的灵便，要他们用口来说谎骗人那是不行的；并且也不能咬人。苗子的脚不过拿来翻山越岭奔路而已，那里及这地方一匹马的两只后蹄呢。（还有头呀！）是的，还有头，这东西除了顶适宜于尽作主人的敲打以外，真找不到什么用处了！这地方苗子比狗比牛马还驯良，不消说是不奖励的原故（这一点我们是应明白地方官值得钦佩的）。地方官奖励苗子作奴隶，于是他们就作着奴隶下来了。……如此说来阿丽思到苗地方去，却是什么危险也不会有的。

阿丽思是非常想到苗地去，因为她不忘记仪彬姑娘为她说的话，她要同苗王握手，同苗公主认同年，同苗歌女学歌。苗子是好的，好在他的诚实待人。他的样子似“人”，却只仿佛是人。凡是人类的聪明处他不有，他有的却不是穿大礼服衣冠整齐的中西绅士所有的德性。

应当设法到苗地去一看，是无疑了。

问题到了阿丽思是不是一个人可以去同苗人接近。事实上这是不行的。她不能用小费一类挥霍来问路了，也不能用“我是英国人”那种话来问路了。傩喜先生的老友哈卜君，在他大作上，提出送这小费的常识，却只能适用于中国大都会，苗疆乡僻可不成。他们苗人知道发洋财的意义，是从一个洋人手上攫到一笔钱，这钱如天赐赏号一样，这个只不过一个通俗的梦，比鸡下金卵的故事还来得更荒唐更不合事实，所以真的洋财他们是不能接受的。你是英国人，想吓他，他也不怕，因为他只信菩萨。他们的巫师，是除了说妖怪洞神应当尊敬畏怯外，还不曾说过外国人也有妖怪一样法术的。

没有人引路，那又怎么成事呢？

到了非要人引路不可的地步，那一个吃着汤圆的他，自然应当让阿丽思再要求一次，把陪去的理由说出，就好好的答应下来了。

我们把一些不重要的业已明白的事情，且节略过去，看他们俩到新鲜地方去见的是什么情形。

…………

随了一群作生意的商人，走到石牌溪。石牌溪是一个场，五日一场卖生熟货，这里苗子多呔多[②]。好像是苗子因为是不咬人的东西，很容易管理，所以这里一切交易以外还有一个地方作奴隶的买卖。一面是从各处大城来的人贩子，一面是携带儿女来的父母，（这些作父母的到这场上来卖一个女儿便可以换两只小猪回去）两方面各扛有大秤，秤杆用椿木作成，长的像小桅，杆上还嵌有铜星，非常美观。在苗子方面，多数还是那小奴隶背着大的铁秤锤；（也正因此才可显出奴隶是强健的无疾病的奴隶！）还有经纪，才真可以称作名人要人，值得我们佩服！他们那公正不阿，那气概与魄力，那责任，说他不比一个县知事为重要，那是不行的。遇到两方面对于秤上有争持时，他那从中取和的手腕，这才干，是更应在一个县知事的才干以上的！

奴隶的父母长辈，把奴隶从各处地方带来，将奴隶放在自己身边（这时是不必用绳索牵捆的），尽人看货。作这样买卖的城中人，总不是全然外行的。他们知道一切的方法，才不至于上当蚀本。他们在秤上全知道用二十两作一斤的大秤。在货上则常常嘱咐奴隶把上衣搂起，检验有无疮疤伤痕。又用苗话问奴隶，试试是不是哑子。又要奴隶走几步路，看腿脚有不有毛病。奴隶年龄多数是三岁到八岁。在这情形下，这些天真烂漫的孩子，全然是莫明其妙，只规规矩矩的尽人检察一切，且痴痴的望到父母同人讨论价钱。当到把她用腰带捆起。挂到秤钩上去；或者要她藏到经纪所备置的竹笼里，预备过称时，多数是还望到这些人作着生疏的微笑的。价钱一讲妥，那经纪，便用了习惯的方法，拿出一点糖果之类来，把小孩哄到一旁去，以便两方负责人，在用粗棉纸印就的契据上画押交钱。到这时，比较懂事一点的孩子，从父母眼睛中看出了这事的重要，就低低的哭起来了。然而这不是妨碍，哭归哭，也决不敢大声的！因为在汉人面前，哭也不是随便可以放纵的，这是在作奴隶以前的苗子，一出娘胎也就懂得的事了。

阿丽思来到这场上，就看到了这事，看了一阵。

今天的行市，是大约在八十个小钱一斤起码到二百六十个小钱一斤为止，因为奴隶的价钱，平均多是三串到十串。虽然在肥壮以外，也还有货物好坏的估价，但行市是决不能超过五百文。

来此买货的人贩子，真不少。但到了午后，行市还是有逐渐下跌的趋势，这就可知近年来奴隶的出产，已渐陷于产量过多的模样了。产量过多真是可怕的，虽说奴隶遍布国中，国中上流人也才有福可享，奴隶的位置又用法律制定，永远是奴隶，原本适于作奴隶的苗子，又加若干聪明有学问人的计划，怕是不应怕了。然而另外不是仍然有可怕的原故么？……说来说去似乎又不得不使人记起近年来国内战争的影响了。因了战争的延长，交通的断绝，把奴隶的输出量便减少下来，靠养育儿女卖一点钱来维持生活的苗子，也就更多悲惨的命运了。在目下，则虽说革命已经成功，裂土封爵论功行赏的事已经快到了，交通恢复是当然可能的事，奴隶的滞销，当不过是一时的情形吧。然而最近的最近，想要靠卖儿女得一点钱的苗子，将怎样来对付这日子呢？革命成功后，建设的时期已到，不是正有许多聪明有学问的人，为国家体面打算，在那里提倡废去娼妓么？真把娼妓废去，这些国家的新贵，这些在社会上有名望有权势的人，是如此其多，姨太太的需要自然可以激增，奴隶的销路也当然可以转旺，这是一定吧。可是娼妓的废除，就只用驱逐一个简便办法可以作到，不会又有那类聪明博学的人，想到奴隶是中华民国一种耻辱，因此也来禁止么？

所有的苗人，不让他有读书机会，不让他有作事机会，至于栖身于大市镇的机会也不许，只把他们赶到深山中去住，简简单单过他们的生活，一面还得为国家纳粮，上捐，认买不偿还的军事公债，让工作负担累到身上，劳碌到老就死去，这是汉人对于苗人的恩惠。捐赋太重，年又不丰收，他们就把自己生育的儿女，用极小的价钱卖给汉人作奴隶，终身为主人所有，算是借此救了自己也活了儿女，这又是汉人对于苗人的恩惠。他们把汉人与上天所给的命运，拿下来，不知道怨艾与悲愤，委靡的活着，因为他们是苗子，不是人。使他们觉得是苗子，不是人，应感谢的是过去一个时代的中国国家高等官吏，把这些东西当成异类，用了屠杀的血写在法律的上面，因此遵行下来了。但从废娼一事上着想，则眼前不久，这些扁鼻子大脚板的蠢东西，作奴隶的机会，不是也将因为顾全中华民国国际体面而失去了么？革命成功的民国是用不着有奴隶存在，也用不着有苗子存在，这是真的。他们所有的命运是灭亡，他们的存在便仿佛一种不光荣的故事存在，凡是国民都应当有这样心情吧。与苗子同在一个国度为一种耻辱，觉得这个才是一个好国民，是的，这是真理，大致不久当有人正式提倡了。

且说阿丽思，和她的同伴，在此看热闹是怎样一种心情。

她看看这个又看看那个，她奇怪这些小奴隶比小猪小羊还乖的道理。小猪小羊被卖时，是免不了要叫要跳的，奴隶却不曾如此。有些羊被人买了去舍不得母亲，就咩咩的喊，还随意生气用角触撞买它的主人，这里小奴隶多数却是只会在被经纪讵她过秤以后不自然的笑。——当然阿丽思也承认这除了笑是找不出什么方法的，但这笑总是特别得很。

同伴呢，见过很多了。见过多，不动心，那是不行吧。见过既很多，又明白这是普遍中的一件，就又有一些比目下更深一点的感想吧。

他见阿丽思为一个小女孩心中仿佛难过，就说道：

“我们走了吧。”

然而他是要在阿丽思先走以后才会动身的。

阿丽思说：“不。”她也笑了，是勉强的笑，如所见到的女孩笑着的态一个样子。

阿丽思同到她的伴，似乎都注意在目下正讨论价钱一个女孩身上去了。女孩子是那么小，黄黄的脸与一头稀稀的发，加上一对圆眼，并不比一个洋娃娃为大。看样子不过三岁。但当到那经纪代替买家问她年纪时，却用了差不多同洋娃娃一般的低小清圆声音，说是：“朱。”

那经纪，就大声的豪纵的笑，说，这小东西可了不得，她说她有六岁，这可信得过么？大家也笑了。

当然是不过三岁罢了。三岁应当说“不”，大家意见全是如此。

但这奴隶却因了众人不相信的样子，着恼了，她用苗话问她爹，要爹找证据。

经纪也问那作父亲的人，问这奴隶到底是几岁。

那中年长鹿模样的瘦汉子，用半生的客话说：“是五岁，又四个月圆。”

“价钱?”

作父亲的不能答应出来了，把头低下在思索。又像似乎在思索另外一件事去了。他为难，不敢把价钱说出。于是那女儿用苗话同经纪说。她说：

“……骨来大洋钱，……骨来，……”说不明白了，便用手比拟，那手小得像用米粉搓成的东西，两手作环形，也不像是在形容洋钱。

于是有些人就笑了，因为这手式的比拟可以说是只要十个当二十的铜子。目下奴隶的行市，纵怎样不成，两百钱不过是一个羊羔儿的价钱，虽说一个人还比不得一个羊羔可以下酒，不过究竟还有市，想来也不至于如此烂贱吧。

那作父亲的，先是低头迟疑不敢将这大价钱说出，如今却听到有人笑说两百钱了，才滞滞濡濡的同经纪说，这是最后一个儿女了，预备卖十块。而且这十块钱，他是预先分配好了的，给这作母亲的坟前烧一块钱纸，还五块账，送菩萨还愿三块，用一块作路费，自己到贵州省去当兵。但这是一个多么吓人的数呀！这个数目说出时，经纪把舌头伸出作了一次丑相，其余的人贩子倒不出奇，因为喊大价钱是毫不可怕的，只在货。

“十块钱么?”一个某甲问，因为这数目他觉得近于荒唐。

“是的，值得十块。她乖巧得很，不相信可以试试看——阿宝，阿宝，学学城里的太太们走路。”

那小孩子羞涩的望阿丽思一笑，在那人群当中空处走起路来了。像唱戏，走了一阵就不走了，又望到大众同阿丽思笑笑，阿丽思也只有对她笑笑。

“告他们老爷，你叫什么名字，好好的说。”

如那作父亲的命令，这洋娃娃就说：“名字是阿宝，姓吴。”

人贩中一个问：“有阿奶不有?”

“不。——阿爹，阿奶到土里去了，睡了，是不是？”

“阿宝，可以唱歌，唱春天去了第一节。”

她又照到拍子唱了，是苗歌。是送春的歌。小孩子唱的歌只阿丽思一个人深深懂得，虽然也只有她一个人不明白这歌中的用意。

把歌唱完以后，买奴隶的到把货同价来较量的时候了，说先试称称看，好还价，这时作父亲的见到女儿的出众，有着勇气要价了。

那父亲说不能称。理由是这个女儿不比其他的女儿，论斤可不成的。

“老哥，十六两正秤！”

“我不卖斤的，送我五百钱一斤也不行。”

“不先过秤怎么好算账？”

“那有货在这里！”

“试秤秤，也可以有一个打算。”

“那不行。人在这里，看就是！”

到了最后是两面都似乎不作这一次生意也成。其实两面全愿作成这生意，因为阿宝已为人贩子中看中了。

因此，经纪出来转圜了。当然他是帮同人贩子说话的。他说用公秤稍稍打一下斤两，并不是坏事。其实这能干人，眼睛下的估计较之许多秤还准确，若要他猜出一数目，则至少也不会超过五斤的。但习惯，是应当在字契上填下斤两，所以非过秤不可。他就把习惯提出窘倒那父亲。

“先说价，说好了过秤。”

“那先说洋钱合多少价……十块，不是二十六吊吗？你们听过近来有什么地方值廿六吊钱的小丫头么？”这意思是太多了。

阿丽思是的确也不曾听到过人值二十六吊钱的，浮士德卖灵魂给魔鬼，大约就不到这数目！

“货不同。”这作父亲的虽说了这一句硬话，但想起二十六吊，也不由得不馁了气了，就又说，“你们还一个价钱看！”

经纪也帮同说，“还一个价钱是理由。”

于是有人还出三块的价钱了。起码还三块，算是一个慷慨的数目，这第一次还价实在就已超过了其他比这还大的丫头价钱，不免使其余作父母的人歆羡。

经纪见有出了价钱，就站在场坪中央，拖了阿宝的手打转，说，谁加钱，就是谁的了，请赶快。

有人加一吊了。

有了说四块加一吊了。

既不是买去就可以腌吃的东西，还值九块钱。当然作父母的是应当欢欢喜喜呵！一个三岁的孩子，只三岁，养来究竟花费这父母多少东西呢？要这苗子说，一年他自己究竟要多少钱用，除了上捐在外，除了敬神在外，还除了送乡约地保的孝敬在外，穿的吃的算一总账，大概也算不到十块钱。

价钱既说定，当然过秤了，当经纪人把这奴隶斤两告给在场众人时，伸舌子的事轮到了其他作父母的全体，全都吓然了。那奴隶的价，已超过三百文一斤的行市了，这是近来稀有的大价。虽说这小小活东西，会唱歌，会走路，会数苗文的一二三四五，且明白左转右转，但我们应当记清楚，是十块少一点儿的一个数目呀！

在欧洲，出十镑钱买一洋娃娃，也是平常事。然而若把洋娃娃比奴隶，那已类乎把欧洲人的狗比苗子，一个狗应比苗子尊贵值钱，是谁也都明白了。

成了交，写字了，阿丽思不走，我们难道还要阿丽思在此作一次中人么？

他们走了，在路上，那同伴问阿丽思，有感想没有。

"有感想。"阿丽思说。的确的，她是有感想。她就在想。

"那就试说说。"

"说吧，"阿丽思正预备说，却见到一个女人牵了一头小猪过去。

用草绳作圈，把猪的颈项圈好，匆匆忙忙的赶猪回家。她说："我们就呆在此地一下，看看他们把买来的奴隶用什么绳子捆头颈吧。"

呆下来了，预备看。所看到的只有长成的苗女人颈下有银圈铜圈，却不曾见到过一个人贩子带奴隶过身。

"这就怪了，难道他们怕她们跑掉，所以用笼子关，像关雀儿一样，不用捆颈项的办法么？”

同伴笑。

阿丽思可莫明其妙了，因为每一个人过身，背上所有的大小竹笼竹篓，都很小心的望到了，却仍然不见一个奴隶。

“大概是用布包了，是不是呢？”她把这话问同伴，同伴也不很分明这事情。

阿丽思觉得，这真怪。把人不当人，来买卖，这倒不出奇。奇怪的是买来有什么用处？人是还得成天吃饭喝茶的一种东西，难道买来家中吃饭喝茶吗？小女孩是只会哭的东西，难道有些人嫌家中清静，所以买一个女孩来捶打折磨让她成天哭，这家庭就有趣味了么？……

她的感想真不是三言两语可以说尽，她以为只有预备同姑妈格格佛依丝太太去说谈三天三夜，才会谈得完，所以她真到了以前仪彬姑娘说的“要想回去”的时候了。

①江擦，方言。门前屋檐下的石阶。亦作“礓礤”。

②多呔多，方言。极多。

好管闲事的人

《好管闲事的人》1928年7月由上海新月书店初版。

原目:《好管闲事的人》、《或人的太太》、《焕乎先生》、《喽啰》、《怯汉》、《卒伍》、《爹爹》。

好管闲事的人

一

某一个星期四日，在一个画报的编辑室中，一个年青人口里含着一根烟，坐在一张摇动椅子上摇来摇去看他的信件。信件是一堆，在一种无从清数的凌乱无次情形下散满一桌子，这少年编辑先生，每把一件东西攫到手，就随便撕开，看一看，或是叹声气，或是笑一笑，又或是在那远地寄来的照片上用铅笔画上一个符号，就马上丢开，又取第二件。

是这样，在这少年人以为有大的趣味在？看他在一种工作中，眉只锁拢去，聚成在一处，似乎工作已苦着这少年人的心了。然而在那为烟子包围的脸部，常常是不自然的在笑，工作于少年，又似乎未尝无大的趣味。以生活作游戏的心情，纵有着那疲乏的颓丧，也许这不是根本的无聊原因吧。

这编辑室房中，除了这编辑先生以外，就只有一架钟似乎可以代表活动东西了。钟挂在壁上，对着窗，编辑先生把头从写字桌的信件堆上举起，向左望，是窗子，向右望，就望到了钟。一个圆脸汉子似的钟的表面，笑容可掬模样一为编辑先生见到就联想起他一个朋友，于是他就去注意这朋友脸盘上的长短针所指地位。

——还只三点呀！

一种突然而起的怪想，在心中涌起，类乎在嘲弄另外那个朋友濡缓的语腔中他把钟责备了一次，就又低头到外面寄来的稿件中去了。

钟却是仍然嬉皮笑脸的走。钟的达滴达滴声，在编辑先生脑中所起的联想是胖子朋友剥瓜子。剥来剥去不见瓜子壳落地，但时间在这种细咬轻啮中，却当真一分一秒糟蹋了。

这少年，把一枝刚抽到一半的香烟，随意丢到脚旁痰盂里面去，烟头落水嘶的响一声，就在这种响声中，少年却又燃了火吸上一根新烟。

一件件看去，照例的，一些顶坏顶糟的文字照片，也不能不裁开瞧瞧，这于少年就免不了有些委屈似的。不幸的是每一天总是如此。虽然在十张较精致的照片中有一张较佳，则已不为辜负编辑人的眼睛，但实际上则可以用得下的总在二十分之一以下，一个画报社，原是要靠各方面的材料供给，既不得不已在报后面加上欢迎稿件字样，则丑的乌七八糟的自然而然就源源而来了。有时且还得在这类全属糟粕的材料中选取那稍稍敷衍得去的东西，为刊登出的，以免一些蹩脚摄影家无端攻击，这事业，真有许多地方使人提起是摇头，没有办法的！

少年正吸着烟在一张女人相片上加以“放正面”字样，在编辑室门外，有人用手背敲门。从声音上少年听得出这是经理的知会，便把烟从嘴巴上取下，说：

“少甫先生？请！”

所谓少甫先生者，正是与少年从钟面上想起的那个胖朋友形貌相反的一人。这人在瘦长的脸上安置了一对大的圆眼，种类上每易使人引起这人先人为猴子的误会。鼻子梁下塌，也与平常人相异。说话声音是天津土音，但从骨格的细小上就可认得出这类秀气身材不是江浙以外人所有。

少甫在房中人说请以后，就把门推开。他们于是点着照例的头，编辑先生起身来让经理坐那一把自己所坐的摇椅。

“勿客气，谈谈就得过去。”

经理不坐，少年也不好意思坐下，两人都站在桌边。经理把那张少年正打着记号的女人照片拿在手上看。且念那原来的附注：

“……亦即阁卿将军之七女公子也。阁卿将军既于日本故去，近闻女士方奉其生母寓于……”

少年见其经理一面读一面手颤不已，就很怪。随后复见经理在这女人相片上以极惨怛色相向，若不知身旁有少年在的样子，少年更其吓然了。

少年不知不觉就略退。

在少年的退走中，已把经理惊醒悟过来。经理还是颤着手向少年摇拢，意思要他不要去。少年知道这相必是同经理有大关系，不知应当如何是好，就走近少甫身边去扶着他坐倒到椅子上去。

他急急促促带着惊诧又若十分了解的模样，说：“少翁，少翁，痛了么？……”

“不，不。”说着就强立起身。然而又复不得已坐下，这相片，无意中为少甫所见到，少甫从这相片上把所有半生颓唐情形全记忆起来，全身失去了弹性，欲行动也不能自由了。

坐下的少甫，手中还捏着那张相片不放，一面结结的问少年这是打从那儿来的。

少年一时为这怪异变局所讶，不知所回答。然而少年立时就又记起这封面的地址还留在桌上，就拿把少甫去看。少甫念着那封面背后的文字，不住的点头。

“君，我以为这个此时不必登载，换一张好了。”

少年说：“少翁既然以为不妥，那就莫用他也成。不过不知道相片对少翁是什么关系？我看少翁气色不怎么好，不知是不是这相片……”

“不，不，并不是，并不……”

少甫越分辩说与这相片无关系，少年则益深信这相片与经理关系之大。

“那么，少翁，这回信是由我还是由……？”

“我想暂时莫回信，君以为如何？”少甫一面说，一面惨怛望看少年，少年忙说“成”。

少年看经理样子，似乎须把这相拿去，就笑笑的说：

“少翁可以把这相片拿去吧。”

经理见少年正说着自己心事，又似乎奇怪少年对自己太注意了，就两可的说：“不拿去也成，左右这相放到我那里又无用处。”

“我以为还是拿去，到将来有信来问到时，再到少翁处来取，好不好?”

“那就如此办，我拿这相……这相像一个我熟的人，所以，哈哈，你莫见我刚才情形着惊，我是因其为太容易使我想起那……哈哈，君，这相不是很美吗?”

少年见到经理先生勉强的笑，不符内心的言语，心想“这相岂止像”?然而对经理不好说什么笑话，且明明见到此时的经理，神不守舍的样儿，就带笑的安慰似的说，“初初见到这相也一惊，大约就是太美了。想不到这与少翁的……”

“这一期都有些好一点的东西?”少甫把话岔开到下期画报上去。又说，“以后应当告印刷处共印一万张，在外省近来销路似乎好点了。”

少年也顺到说当真在八千数目上面加印两千，大约不会剩多少。

经理拿着相片那只手，竟离开腰部特远，如相片为一极可怕之怪物，这情形在少年冷眼中也看出了。少年本来先就惊于这相片突然寄来又并未附有何种信件为疑。且相片中人之模样，秀雅妩媚，不类其他平常女子，而附注中文字又大异乎普通男子，则相片来源更觉可怪了。如今见少甫一与此相片寓目即呈不能自持之兴奋状态，始了然于此相片的用意，或者，寄相片人初非欲在画报上露面，殆专为少甫亦不可知!

少甫来此把欲说的事情亦全忘，不久借故走去后，少年一个人在编辑室中摹想适间的情形，已断定这相片中必有大秘密在，就想到明白这内幕的方法，想了半天还是少结果，只好一面低头看未完的稿件一面瞎猜下去。

二

其次一个礼拜的银光画报中，在第一页上刊登了一个本刊经理郁少甫的相，一切布置为经理自己所作，且在四围用了无数的文字。这文字，作一种自述式体裁。其中一半忏悔一半是牢骚。少年更觉奇怪了。

少年又不敢把那一次见到女人相片经理的情形告知其他同事。单去问经理以往的事情，则同事中所知都正差不多，全无补于这秘密的暴露。但他总以为这女人是同经理有极深关系，不过这关系不是瞎猜瞎想所能算得到。他还断定这一来，以后总还有事情发生，说不定还有同前的相片寄来！

在下一个礼拜四的日里，少年仍然是在拣选着外埠寄来的稿件，想起在前一礼拜这日，恰有那样的一件意外的事情发生，或者今天这一堆稿子照片中又有一女人的相片发生另外一件事！

想到这样时，少年在他那微作红色的净白脸部，漾着一种微笑了。

那钟还依然在素壁上剥蚀着时间，如今还不到两点钟！

编辑室中一些烟气，袅着找出处不得，编辑先生却老脾气烟只吸一半又重新另吸上一枝。

“哈，又来这莫名其妙的文章呀！”他把一个信封连同三张用铅笔写就的新诗，一齐丢到桌下字纸篓里去。叹了一声气，冷笑了一下，这个殷勤的投稿人的大作，就算送终了。

于是第二件东西又在他手上；照例的撕着那来件封面。照例的笑。后照例的放在一边或即记上号头与应当附注的文字。一个画报编辑先生的命运，就是这种命运！

在日头底下的事无新的，这就是说在上一个礼拜有的这一礼拜的这一天也未尝不可以发生。年青的编辑先生，把那桌子上一大堆来件，顺次的裁，看，丢字纸篓，打记号，随即又把一件如同上礼拜一样的封皮的邮包拿在手上了。看字迹，是与上次完全一样。少年编辑踌躇了。裁开还是不裁？不即裁，先拿来放在手掌上称量，一种无目的底估计，结果不会从这估计中猜出这包封的内容来。

负责编辑的责任，把外面寄来的稿件裁开，不算怎样罪过。然而这明知道是同经理有关，且这东西实际也就是为寄给经理的东西，虽然按着责任的裁开，作去是无所谓不该，可是良心怎么样？多知道一点别人秘密自己也无形中加上许多累赘，这又是少年所有过极好经验的事情。并且裁开倘若又是上礼拜那么一张相片，自己倒不如作一人情留与经理来裁为妙了。然而万一从这张相片上可以发现一点另外秘密？

发现别人秘密亦人之恒情，在这想望中并且也无所谓恶意，少年就因这无害于事的好奇心又放不下这一件东西。

…………

正因为并非与怎样大节有关，少年倒为两种矛盾心情不知如何是好了。

他想从这两种去就上找出一种折衷的办法，因此去请壁上钟的教。是怎么一种方法？钟告他在时间上来看这来件可不可以裁开。自己定下私约来，此时时间是二点又二十五分，还差三十五分到三点。把这一件东西另外搁到一边去，让时间为断这当与不当的公案：如果在三点钟响后，经理还不来过这房里，就裁开，若三点钟以内经理因其他事故到此，来则这一件东西就交经理为好了。

滴达，滴达，一秒一分的过去。

在每一秒中少年编辑先生脑中有一个幻想。

他想到这经理或者是同到那阁卿将军的未亡人是有点恋爱故事……这并不是不近情，人在年青时节谁不有几件不能对人言的秘密事情？

他又想到这经理或者同那阁卿将军有一点政治上纠葛，或者钱财上纠葛，因而……无意中见到这相片就变色。

他又想到这女人寄相片来或者是无意，但经理同这女人的生母有一种在友戚以上的联系，而这时经理又正欲把这不愉快的过去忘却。

他又想到或者是经理先曾爱过这女人的母亲吃过亏。

…………

越想越荒诞，到自己也觉得是很荒诞时，钟到三点了。

把那件未裁的来件拈在手上的他，决心裁过后再送交经理了，就用剪刀铰那包封的边沿。心中有一种说不出的希望在，且俨若知道这时经理会刚于自己把这东西看过以后一分钟就来敲门。又不即剪下。

托托托，门是真于是时有人在敲了，他把剪刀废然放下，幸好所剪的口还不到两手指宽。

编辑先生搓着手说进！那人随即进来了。进来并不是经理，倒是经理房中一个听差。

这一来，显然给了一个虚空惊愕，未免不高兴，因此在编辑先生脸上就有不很好看的颜色。

“怎么啦？”他问着，手又把那来件拿着了。

听差垂手站立在一旁，恭恭敬敬的说经理请。

经理请，不是经理也念着这事情么？答应着说就来，他就拿着那黄色包子从西边院子走过经理室。

一路走，一路就想。不知怎么忽然聪明起来又把手上的东西塞到衣袋子里去。到了经理房中时，见到经理正在房中一沙发上斜斜卧着看一本书。

请坐请坐，就坐下了。两人坐在一块儿，经理把那书送到少年这边来，少年始知是一本英国牛耳朵图画杂志。大约经理正看到所摄中国之明星照片，是第二十七页，全是目下的中国各式各样的明星。

“少翁看这个如何？”

“中国也不是全无望，明星目下也蛮多咧。”

两人就打了一个共同哈哈。少年想起身边的东西，不便先说出，就问经理说有什么事。

“什么事？就为看这个！看外国人把中国人说得多可笑，全是错误！”

“少翁，今天又得这样一件东西。”他从衣袋子中掏出那黄纸包儿，递给了经理。想从这样情形下看看经理脸嘴神气。经理的神气自然已看到了。可是不如他所设想的变化，少年就觉得很怪，且悔不该不早剪开边沿看看内容了。如今见经理把相接到手即搁到一旁去，似乎不愿意在少年面前裁开，少年更以为经理的秘密有应知道必要了。

“少翁，我想这个相似乎——”

经理装作并不曾听到，顾别的事说话。

“君，我想我们也在下几期报上办一个女人专号，怎么样？这年头儿是世界关心妇女问题的年头。北京饭店的外国阔人谈的是孟小冬，各部衙门谈的是某小姐同某窑姐儿，学校的学生宿舍谈的是某女校交际之花的风头，……下至于小贩子，也拿小桂红吴四奶奶来作新闻道，这不算是顶热闹的关头？”

“当真吗？”编辑先生问。

少年见经理又另外扯到一件事上去，明白经理是要自己回头自己房子的意思了，就说“少翁，没有什么事吧？”

今天可没有大变颜色，或者已……

少年一事不作就尽想这奇怪的相片。自己又深悔不该先送过去。先就一剪子剪下，看看内容不就可以了然吗？或者这又另是一个人，或者就是那将军的未亡人，那……总之，自己不应该不裁开。裁开看过后，经理也不会因此有所抱怨，明明封面写的就是银光画报编辑部！到悔也无可奈何时，他就期望到再下一个礼拜的怪相。一种聊以自解的期望，但除了这样自慰，又有什么方法可以把经理先生手中的相片拿回。

三

一个小小的聚会里，有少年在。

这里有新闻记者，有海关的科员，有小银行的会计，有作花报戏评的“百事通”。

一记者同少年谈，问及近日画报销行的数量。记者名字叫善芝。少年说：“善芝，见不见到我们经理近日的文章？”

说：“见到了，妙哉！此老亦复满腹牢骚。……”

那位善芝君像满不在乎又扯到另一件事上去。这使少年略略感到不欢。见到这样的文章，是“妙哉”两字可以敷衍得过的？且为什么经理又不在其他时节发他的“牢骚”，必得此时发？他为了记者对这事太淡然处置，就更不作声，走到室的另一端去同那海关科员谈。

“君，见到我们上期画报？”

“越来越见精彩了。少翁不是还特作了点文章？”

“这才像话！”少年想着随即说，“君不知少翁是为什么作这文章么？”

那科员不能即答，少年就得意似的笑。笑的意思中有“阁下果欲知其中之秘密我们可以谈谈”的表示，可惜科员为答应另外一个人的一句问话，倒不曾注意过来。少年见到自己又失败，索性抖气走出院子了。

院子中，主人——一个印刷业经理，正同那棚儿匠谈话。

“是吧，先生。各样生意全不大成了。”

“几年来全要变。”

“大喜棚一年碰不到十回。”

那匠人一面拉着木杆一面同到主人说，少年走过去。

“天气今年免不了是热，棚子竟像非搭不可！”

“对了。先生那边报馆怎么样？”

原来搭棚匠就认得少年是银星画报的先生。

主人说是难道那边报馆也是你们一个铺子的生意？匠人又答应对啦。

主人见少年出来，就丢了健谈的棚匠，同少年站在院中丁香树边看搭棚。相片的事在少年心中涌着，打着呢。怎么办？竟像比自己事还关心的他，真不知要怎么办！不消说，从少年方面又把话谈到少甫先生身上去了。

主人说：“昨天遇到贵经理，说画报近来得君一整顿，大有起色！”

“那里是我的力量？不过……上期少翁那文章见不见到？”

“像是有点秘密消息咧，很难测！”主人说了就用着商人式的笑打哈哈。

这像是对了劲了。少年想，自己有所参考了。

“君，知不知道贵经理近来有一种好消息？”

“好消息？不知道。”虽说不知道，少年已经就料到与那相片有关，故意说不知道，实则就想从这个经理更多知道一点那个经理的事。

“应当知道的。”主人说，“少甫发财了。”

“怎么，发财了么？”

“你不知道他储蓄曾得了两千块钱特奖吗？”

“那早知道了。”

特奖两千元，是上礼拜的事，每天在一处的少甫，岂有不告编辑先生的？这也算值得特别相告的消息！这也算消息！少年想起这些人都不足与谈大事，延缠了三两句话又顾自走回到客厅中去。

在平时，这些人中也有着三两个在少年心中是认为知己者在。这知己，到今天，话全不投机，少年感着不可堪失望，以为这里全无人可以共语，不待终会就走了。

有谁知道少年是因失望而走的？不，简直无一个人明白。

回到报馆见到经理留下的字条，说请下午七点过其家中去。从字条上看来，谁能断定这不是经理特意欲把相片的事相告？……秘密呀。难道是经理还有所商于自己么？难道是这相片的所谓奉其生母——母是经理的恋人，而那七小姐……？

一个人，在心上常常作着一点快活的梦，把自己置身到一种分外的希望中，翱翔着，飘摇着，似乎并无多大的罪过。少年这时可不是正如此把自己灵魂举起来，奋力掷到空中去！

怎么去为经理设计，让经理把那未亡人接过手来，这在少年计算过了。怎么去鼓励经理，也想到了。怎么去请经理，同那小姐，……不敢想，然而仍然得想到！

按照经理所说的时间，雇车到了经理的家中，少年一路背诵着为经理为自己一切前途的计划。

命运是什么？就是忽然而来的一种祸福。最大的祸是什么？是杀头。最大的福又是什么？是今天！三小时以前，在那聚会上尽剥瓜子，想把这事来同别人过细研究一番也无一人注意。如今则经理找到头上来讨论。忽然而来，为少年所料不到的一着，谁知以后又是些什么忽然而来的?！这女人不会自己来画报社？来画报社找少甫不到，不会说就会会编辑么？

少年为一种光明所照耀，于是在路上见到一些瘦马拉着装煤大车，向前一步一步奔，就觉得非常同情这类兽物。

命运是什么？是凡事均在人意料以外。如今的少年，就正如此为命运戏弄了一阵。请他七点来，原来就是吃一顿新请来的厨子作的鸡丁炸酱面！“鸡丁”，或者甜面酱，或者面条，同所设想的事实进行的秩序是如何远！经理的口中，本应说的是“将军”，“爱情”，以及“请教”，“设法”一类话语，谁知是尽在一碗面上夸奖厨子如何如何，多可恶的命运！

他不奇怪自己为什么先要这样想，却以为经理先本也想到要商量这事，到后又忽然信不过他却只把吃炸酱面一件事来借故。一种自信的愚人，就常常容易把自己同别人牵落到一种谬误的漩水里去，越久也就越不可救药。然而少年并不愚。也许真是那样吧，我们看下去！

第二天，在银光画报的经理室中，有少年编辑先生在。此外还有一个本社的同事，专门担任滑稽感言的编辑。这是一个小胖子。凡是小胖子，在他本身脸嘴行动上，已经就是一件滑稽作品了。这胖子，姓黄，从经理以下到门房，全在他姓下附带“胖子”两字。一个人胖那是没办法，这没办法的情形也正像经理那瘦一样。在一肥一瘦的对称下少年就已生了不少感想了。

以习惯，少年照例得在胖子编辑名分下小开玩笑，于是少年装作莫名其妙的神气，问人如何可以胖的有效方法。

“吃得多，睡得多，你不想胖也不成！”

“真的吗？”

“难道是假的？”那小胖子一面把膀子展览出来，“瞧，这是什么，知不知道？这就是睡眠的结果！‘肥肉’同‘睡’等于胖，是公式，不信可以去问问秋生！”

所谓秋生者，便是少年在办事室中每天办事，一抬头便见壁上活动着那钟，从钟上可以生一种联想，联想钟与人有相等圆脸的那位朋友。然而钟的圆脸也是因为……？少年想起却独自笑了。

从肥转到瘦，是平常的事，因此不久少年就同那胖子编辑谈到经理猴相的远因近果。

“我们的经理，所以瘦，我猜他是有一点秘密！”

“对呀！”少年觉得独有胖子有知人之明，一出口就抓到了题，“黄，你以为这秘密线索在什么地方？”

“还得猜吗？我们的经理，上期报上那文章，不是一篇详细供词？”

“是极了，我也以为——”

“还有什么能使人瘦？除了女人。”

少年一面钦服黄胖子一面故意作为不什么了解的问：

“少甫先生难道近来还有什么故事？”

“近来倒不，可是——话长咧。”

…………

话说得入港，经理却从会计处转回来了。讨论当然到此应暂停。胖子把一件信交经理商量，少年坐在远处一张椅上细嚼细咽胖子所说的话语。

多一种证明经理是与女人有着纠缠的缘的话，少年也在那奇怪相片加以一分的关心。将军，将军夫人，以及那七小姐……一串单个的名字，同到一堆如像恋爱，作媒，结婚，亲嘴的字言，四面八方的掷来，少年为这些来去无踪的零碎片段思想包围，人是苦恼了。

不知因何事，胖子在经理面前连说“笑话笑话”，经理也说“这真是笑话”，少年因此也想起自己所烦恼的所关心的是“笑话”。不过他同时记起，“凡事无不是可笑”一句名言，就仍然尽自己“笑话”下去了。

当天的下午，少年把肥人黄邀到公园去，结果请了将近两块钱的客。请客的结果，得了些什么？一样不得！从女人上起，胖子把无数新闻供给了少年。在少年听来，全是无用处。先是本想把相片事情同到胖子来讨论，到后见到胖子仍然是个平常人，话是平常话，平常人实不足以与言大事，在心里认失败玩一阵就分手了。

放下这事情，行着所谓“事不干己莫劳心”的金科玉律，少年便恢复到以前爽快了。然而这那里能办到。

命运是什么？是我们常常把有凭有据的实生活丢开，虽穷虽苦也能处之泰然，但时时又会为一种虚空幻象烦恼着，求摆脱而不能摆脱。

少年是在两个礼拜以来把精神生活完全变更了。

四

“少翁，我实在想要知道你那相片的原委。”

“什么相片？”

“什么相片！就是那将军的小姐。”

经理迟疑不语了。脸色也变了。经理用一种疑问记号望少年，少年竟不敢再用平常态度对经理看。

编辑先生又悔不该如此说。但又深深自幸忍无可忍已说出口了在经理方面总有一种答复。

“我不明白君定要知道这事的用意。我看你对这事也太注意了，君，这是太好管闲事，你不要红脸，我说得对不对？”

管闲事，经理的话说到少年的心里的里面。不过在经理说他以前，他想不出这是“管闲事”的毛病！脸是不得不红了。话一时也不能再说了。他不知要笑着解释是“并非管闲事”还是红着脸说“闲事不得不管”好。

少年编辑先生的忸怩情形，已为经理看得透彻到底。

“君，你一天不明白这事情你就一天不爽快。年青人多半是这样。不是么？我始终不同你说你或者还会闹出病来，这就是我的罪了。我有什么可以隐瞒的？我不是不想同你说，你是太过分的关心这事了。笼统告你吧，我在年青时也因了管闲事如今才来办这一个小小画报，不然我们不会一同办事了。”

少年见经理说话时十分叹慨，就非常同情，且以为这管闲事决不会使经理生活坏下去，可相信似的，说，“是管闲事吗？那少翁可以说说。”

于是两人坐在一张沙发上，少甫讲：

…………

失望了。

命运是什么？是料到这样偏那样。

经理所谈的是经理的事，相片却无关。经理因这相片想起另一相片，因这一将军女儿，想起那一将军的女儿。其所以感慨百端，只为这女人有几分同那女人相像。这相像的事，不是很多么？不然少年见到编辑室中的钟，也不会想起朋友秋生了。

“那吗，少翁并不认识这女人了？”

“什么时候我说认识她？”

“那为什么……”

“你是说，为什么我不要这相登载到画报上？君，我并不这样想过。不过我想拿去看一看。君到后又把第二张送来，我倒莫名其妙了。第二张是一个日本女明星，可以瞧，——”

经理把那第二次寄来的相片取出给少年看。少年不很信任那样把那相片反复瞧看，又去同那放在一旁的封面印证，都可断定经理所说无虚语。编辑先生不知怎样说为好。

“那……少翁这寄件人是谁？”

“是我们社中一个老朋友，现住……不知道么？”

“我以为……”

…………

回到编辑室的少年，像忽然心上掉下了一件东西，立时觉得无聊起来。倘若说先时生活是充实异常，则这时已在精神生活方面成了荡然无存的破落户了。

一个画报的编辑先生，若果是不幸具有那种管闲事脾气，爱在一件平常事上幻着许多好景致，那他有的是机会。

又是另外的一天，少年碰到那位秋生君，谈到经理的故事，少年编辑先生以为这真不值得许多人注意。然而到少年发现真不值得注意时，每天在银光画报编辑室那秋生式的圆形的钟，倒有时时刻刻注意必要了。

十一月二十日

本篇发表于：1927年12月19～24日，《晨报副刊》第2156～2161号，署名罗俊。

或人的太太

天气很冷。北京的深秋正类乎南方腊月。然而除了家中安置有暖汽管的阔人外，一般人家房子中是纵冷也还不能烧炉子。煤贵还只是一个不重要理由。不烧炉子的缘故，是倘若这时便有火烤，到冬天，漠北的风雪来时，就不好办了。

因为天气冷，不拘是公园中目下景致如何美，人也少。到公园的不一定是为了到公园来看花木，全是为看人，如今又还不到溜冰季节，可以供一般多暇的为看人而来的公子少爷欣赏的女人很少，女人少，公园生意坏下来，自然而然的了。公园中人少，在另一种地方人就渐渐多起来了——这地方是人人都知道的“市场”与“电影院”。

这个时候是下午三点时候，大街上，一些用电催着轮子转动的，用汽催着轮子转动的，用人的力量催着轮子转动的，用马的力量催着轮子转动的，车上载着的男男女女，有一半是因为无所事事很无聊的消磨这个下午而坐车的。坐在车上实际上也就是消磨时间的一种法子。然而到一个地方，一些人，必定会为一些非意思的约定下来的事情下了车子。当从西四牌楼到东四牌楼的电车停顿在中央公园前面，穿黑衣的大个儿卖票人喝着“公园”时，有两个人下了车子，这情形如出于无可奈何。然刚下车子的他们，走不到五步，卖票人嘘的一声哨子，黄木匣子似的电车又沿着地面钢轨慢慢走去运载另一些人到另一地方去了。

下车的是一对年青夫妇，并排的走进了公园大门，女的赶到卖票处买票。

同是卖票人，在电车上的，就急急忙忙跳上跳下像连搔痒也找不出空闲时间，公园中的卖票人，却伏在柜上打盹：倘若说，那一个生活是猴子生活，则这个人真可说是猫儿生活了。猫儿的悠闲是也正如此除了打盹以外无事可作的。

女人像是不忍惊醒这卖票人模样，虽把钱包中角子票取出，倒迟迟的不遽喊他。

“怎么？”男的说。

“睡着了。”

于是两个人就对到这打盹的隐士模样的事务员笑。

一个收票的巡警，先是正寂寞着从大衣的袋子里掏出一面小小镜子如同时下女人模样倚在廊柱间对镜自得，见到有人来，又见到来人虽把钱取出却不买票，知道是卖票人还未醒，就忙把镜子塞到衣袋里去，走到卖票门处来。

“嗨，怎么啦！”

给这么一喝，睡着正作着那吃汤圆的好梦的卖票人，忽然把汤圆碗掉在地上，气醒了。巡警见了所作事情已毕，就对这一对年青人表示一个北方仆人对上司极有礼貌的微笑，走过收票处去了。

“一碗——两碗？”他还不忘到汤圆是应论碗数，把入门票也应用到“碗”的上面。这人算是一个很可爱的人。

“是两张。”女人对于“碗”字却听不真，说是要两张。

“二六一十二，三十二枚。”一面用手按到那黄色票券一面说着在头脑中已成习的钱数的卖票人，用着令人见了以为是有过三天不睡觉的神气，望买票的一男一女，在卖票人心上，是在这样时节来到这地方的，总不是一对正式夫妇，就用一个惯用的姿势，在脸上漾着“我全知道”意思的微笑，这微笑，且在巡警脸上也有着，当女人在取票以及送票给那长脸巡警时，就全见到了。女人也就作另一种意义的笑。

把票交了后，一进去是三条路，脚步为了在三者之间不知选那一路最合意于他，本来走在先一点的她就慢下来了。两人并排走，女的问：

“芝，欢喜打那一条路？”

“随便你。”

“随你便。”她似乎为这话生了点小气，却就照样又说转去。

“那就走左边。”

“好。”

他们走左边，从一个寂寞无人的卐字廊上走到平时养金鱼地方，见到几个工人模样汉子正在那里用铁丝兜子捞缸里的鱼，鱼从这缸到那另一可以收藏到温室的小缸里去，免得冬天冻坏，就停下来看。

“鱼全萎悴了，一到秋来就是这样子，真难看。”女的说，说了又去看男的，却见男的正在用手影去吓那鱼。但又似乎听到女人所说的话，就说“那我们走吧”。

于是他们俩走到有紫牡丹花处的水榭。牡丹花开时的水榭附近，人是不知数。这时除了他们俩，便是一些用稻草裹着的枯枝。人事变幻在这一对人心中生了凄凉，他们坐在这花坛边一处长凳上，互相觉得在他们的生活上，也是已经把那春天在一种红绿热闹中糟蹋干净，剩下的，到了目下一般的秋天了。虽然两人同时感到此种情形时，两人都不期而然把身靠拢了一点，然而这无法。身上接近心更分开了。分开了，离远了，所有的爱已全部用尽，若把生活比着条丝瓜，则这时他们所剩下来维系这瓜的形式的只是一些络了。这感觉在女人心中则较之男人更清楚。也因为更清楚这情形，一面恋着另一个人，一面又因为这眼前的人苦恼的样子，引出良心的惶恐，情欲与理智搅在一处，不知道所应走的究竟是那一种道路。她能从他近日的行为中看出他对自己的事多少有些了然的意思。他的忽然的常常在外面朋友处过夜，这事在她眼中便证出他所有的苦恼全是她所给。他在一种沉默的忧郁中常常发自己的气。她就明白全是作太太的不好所致。然而她将怎么样？她将从一种肉体生活上去找那赔礼的机会？她将在他面前去认罪？在肉体方面，作太太的正因为有着那罪恶憧憬的知觉在他心上，每一次的接近作太太的越觉热爱的情形也只能使他越敢于断定是她已悖了他在第二个男子身上作了那同样的事，因为抱惭才来在丈夫面前敷衍的心也更显。流着眼泪去承认这过错吧，则纵能因此可以把两人的感情恢复过来，但是那一边却全完了。若在这一边是认了过错，在那一边又复每一个礼拜悖了丈夫去同那面的人作那私秘的聚会，则这礼是空赔，更坏了。

男子这面呢？想到的却是非常伤心的一切。然而生就不忍太太过于难过的脾气，使他关于这类话竟一句不提。隐隐约约从一些亲友中，他知道了自己所号的地位，为这痛苦是痛苦过两个多月了。可是除了不得已从脸貌上给了太太以一点苦恼以外，索性对并不必客气的太太十分客气起来了。在这客气中，他使她更痛苦的情形，也便如她因这心中隐情对他客气使他难过一样。

她知道他是在为自己受着大的苦恼，他也知道她是为一种良心苦恼着：两人在这一种情形下更客气起来，但在一种客气下两人全是明白是在那里容让敷衍，也越多痛苦。

是这样，就分了手吧，又不能。凡事是可以“分手”了之的事，则纵不分手，所有的苦恼，也就是有限得很了。何况这又不是便能分手的事。分手的事在各人心中全不曾想到，他们结了婚已有了六七年。且这结合的当初，虽说是也正如那类足以藉词于离婚的“老式家庭包办”法子，但以同样的年龄，同样的美丽身体，互相粘恋的合住了七年，在七年中全是在一种健康生活中过了，全没有可以说分手的原因！倘若说这各人容在心中的一点事为分手最好的原由，然而她能信得过另外的一个他爱她会比这旧伴为好？且作老爷的，虽然知道她是如所闻的把另外一个人当了情人，极热的在恋，然而他仍然就相信太太爱那情人未必能如爱自己的深。明知她爱别人未必如爱自己的深，却又免不了难堪，这就正是人生难解处，也就是佛说人这东西的蠢处。

一个人，自己每每不知道自己性格因为一种烦恼变化到怎样，然而他能在自己发昏中看出别人的一切来。一个在愁苦中人非常能同情别的愁苦的人，这事实要一个曾经苦过愁过的人就能举出证据来了。他便是这样。他见到她为种种事烦恼着，虽也能明白这烦恼一半是为自己作老爷的嫉妒样子以及另一个男子所给她的，但他因她另一半为一种良心引出的烦恼，就使他非常可怜她。

为怕对方的难堪，给一种幽涩的情绪所支配，全都不敢提到这事。全不提，则互相在心中怜着对方，又像这是两人的心本极接近了。

今天是太太在一个没有可以到另一个人处去的日子，寂寞在家里，老爷从一些言语上知道别的地方决没有人在等候她去，又觉得她是有了病，才把太太劝到公园来。到了公园，两人都愿意找一点话来谈，又觉得除了要说便应说那在心上保留到快要胀破血管的话以外再无其他的话。

柳树叶子在前一个礼拜还黄黄的挂在细枝条上，几天的风已全刮尽了。水榭前的池子水清得成了黑色，怕一交冬就要结冰了。他们在那里当路凳上坐着，经过二十分钟却还无一个行人从这儿过身。

作太太的心想着，假使是认错，在这时候一倒到他身上去，轻轻的哭诉过去的不对地方，马上会把一天云雾散尽。然而她同时想在她身边这人若是那另外的他，她将有说有笑的，所有对老爷的忧愁也全可以放到脑背后去了。

听到一只喜鹊从头叫飞过去，她抬起头看。抬起头才察觉他是像在想什么事情，连刚才喜鹊的声音也不曾听到。

“芝，病了吗？”

“不。”

“冷吗？”

“也不。”

“那是为什么事不愉快？”

“为什么事——我觉得我到近来常常是这样，真非常对不起你。”接着是勉强的作苦笑，且又笑笑的说，“原是恐怕你坐在家中生病，故同你到这儿来玩。”

笑是勉强又勉强，看得出，话也是无头无尾，忽而停止下来的。

“我看我们——”她再也不能说下去，想说的话全给一种不可当的悲痛压下，变成了一种呜咽，随即伏在他的肩上了。

“不要这样吧。我受不住了。人来了。这是为熟人看着要笑的。回去再哭吧！唉，我是也要……”把泪噙在眼中的他，一面幽幽的说，一面把太太的头扶起，红着眼的太太就把满是眼泪的眼睛望定了他，大的泪是一直向下流，像泄着的泉。

他不能这样看她的哭，也不愿把同样的情形给她看，就掉过头去，叹着气。

“你总能够相信我，我还不至如你以为我能作的事！”

听太太的话，也仍然不掉回头来。只答应说：“是。我信你。”又继续说：“我难道是愿意你因了我的阻止失去别的愉快吗？我只愿意你知道我性情。我不想用什么计策来妨害过你自由。你作你欢喜作的事，我不但并不反对，还存心在你背后来设法帮你的忙。不过我并不是什么顶伟大的人，我的好处也许是我的病。一个平凡的人所能感到的嫉妒，我也会感到，你若有时能为我设想，你就想想我这难堪的地位吧。……”

他哭了，然而他还有话说。他旋即便解释他在这两月来的苦楚，是怎样沉闷的度着每一日，又是怎样自恼着不能全然容忍致影响到她。总之他为了使她安心，使她知道他是还在怎样的爱她，又怎样的要她爱，找了两个多月还不能得到机会，这时是已经得到了。他的每一个字都如带得有一种毒使她要忍不来只想大声哭。

“我知道是我的错。”在男的把话说到结末时，女人说，“如今我全承认了。”

“我并不是说你错。你做的事正是一个聪明女子做的事。听人说是你同他来往，我就知道结果你非爱他不可。他有可爱的地方，这不是我说醋话。一个女子同他除非是陌生，只要一熟就免不了要感觉到这人吸引的力量大。我也知道你并不是完全忘了我。不过我说过了，我不伟大，我是平常人，要我不感到痛苦，要我在知道你每一次收拾得很好时便是去赴那约定下来的聚会，仍然不伤心，却怎么办得到？”

仍然作苦笑的他，其实心中已经爽然泰然了，他说：“你说你的吧，我们这样一谈，一切便算一个梦，全醒了。”但他眼睛却仍然红着。他听她的话。她用一个已转成了喜悦调子的话为他说。

“我明白全事是我不对。认一千次错也不能赎回这过去行为。我看到你为我受苦，然而我又复为你苦着的样而受更大的苦，我身在这类乎生病的情形下我想到死的。我一死是万事干休了。我不明白我有什么权利和希望可以仍然活在这世界上，我不敢恨别一人，只恨我自己。我恨我是女人，又偏心不能够见了可爱的男子时竟不去爱他。我又并不是爱了他就不爱你，就在他顶热顶乐的拥抱中，亲嘴中，我那一回会忘了你呢。他吻我，我就在心上自己划算。唉，多可怜的芝呀！倘若是知道了这事，不是令他伤心么？他要我到床上去，我就想到离开那个地方，但是我不能不为那谄媚的言语同那牙色的精致身体诱惑！我如他所求的作了使他的满意的事以后，我就哭，我念记了一个人在办公桌上低头办公的你，我哭了。我就悔。我适间用了五分的爱便在后来用一倍的恨。但这又没有用处。我不能在三天以后再来抵抗第二个诱惑。他是正像五年前的你一样全个身心放在我这边。他也并不是就对你连不置意。正因了我们作的事是不大合情理的事，他是怕见你到十二分。你们的友谊是因了这件事完全毁了。他可怜你着，然而这消极的可怜不能使他放了我，因为不单他爱我，我也是爱他。我知道这样下去不是事，就劝他结婚，没效用。你要我怎么办？他要我一个礼拜去他那里一次，我是照办了。他要我少同你为一些小事争执，我是不在他说也就如此办了。他还要我爱他不必比爱你深切，这里我不能作伪。我爱他，用我的真心去爱他，我在此时是不用再讳的。但一个情人的爱决不会影响到丈夫身上。爱不是一件东西，因为给了另一个人便得把这东西从第一个人手上取得。同时爱这个也爱那个，这事是说不完只有天知道。我在你面前为你抱着时我当真有多回是想到他，不过在他的亲嘴下我也想到你。我先一个时节还是只觉得正因了有他我对你成了故事的新婚热情也恢复了。我感觉到有一个好丈夫以外还应有一个如意情人，故我就让他恋着我了。……”

…………

一切都说了。一切的事在一种顶了解的情绪下他听完了太太诉说。他觉得他先所知道的还不及事实一半，她呢，也自己料不到会如此一五一十的敢在他面前说完。两人在这样情形下都又来为自己的忍耐与大胆惊诧。他们随即是在这无人行走的冷道上成排走着，转到假山上去了。

“芝，你恕了我吧。”

“你并不作了别的不应作的事，我怎么说恕你？”

“这事算一个顶坏的梦，我知道他不久就走，以后我想我们两人便不会为别的——”

“他放你？我恐怕他不恕你。”

女的听到这话就昵着男的肩说这不是那么说。她又问他：

“那你恨不恨他？”

“你要我恨他，我就照你的方法恨他。”

太太羞羞的说她要他爱他。是的，一个太太爱上另一个男人，也有要丈夫还跟到去爱这男人的理由，这理由基于推己及人。然而他却答应照办了。

他们回家去吃饭时，像结婚第一年一个样子。但是她却偷偷悄悄的把一天情形写信给那个另外的他知道，还说以后再不必羞于见她的夫了。

十二月在北京

本篇发表于1928年3月10日，《小说月报》第19卷第3号。署名甲辰。

焕乎先生

焕乎先生是坐着，在窗前。

像老童生的脾气，一坐下来就是三点四点钟。不看书，不作文，单只坐在这地方也办得到。这脾气可就是近来才养成的，当然假使不拘何处寄来一点钱，这脾气马上会又失去，桌子边成了不可耐的地方了。

虽说是坐到桌边，且神气还坦然泰然。但把一堵白粉墙作背景，前身点缀一个肮脏不堪的墨水瓶，两枝曾代替过火箸职务把头子燃去的樱桃木杆钢笔，三个因积垢而成不透明的玻璃茶杯，一个火酒瓶，一个酱油瓶，一个黑色钢质热水瓶，以及一些散乱无章的稿纸，或者稿纸上除了三两行字以外又画得有一只极可哭的牛，与一个人头一类，得不拘一个人为在这样情形下摄一个影，这便是一幅可以名之为忧郁的创作了。若是画为一幅画，画由他自己指定，则这个画将成一幅苦闷象征的名作；他是苦恼着。就在桌前用着俨然十分兴发的神气在写什么，不久又低头用拳打自己腿，用手爪抓自己的发，这便是内心在自煎自熬时候，人是顶难受的。

他又常常笑着自己从心中幻出的好的事情，为这所能想到的生活片断而笑，然而这个却多数只能给他哭的机会，少数能使他笑；而且这笑是苦的。

天知道，这个人把他那无着落的心，寄托到些什么事情上面，就有勇气活下来！

一

能够镇天坐，把心当成一座桥，让忧郁每天慢慢的爬着过去，这耐力，正不下于一个司法厅里的誊录生。不，他是作过誊录生的！四五年的训练，终日坐在一张旧白杨木条桌前，用“夺金标”笔在公文纸上写着那“等因奉此”“仰祈鉴核”一类枯燥无味的文字，无事也很不容易离开桌子，他就慢慢的养成幻想的本领了。有了幻想的营养，这个在小时一天玩到晚还不够要在梦中玩的他，把身体上活动的不羁习惯渐渐除去，成为一个平常我们所引为挖损某一类沉默人的“精神生活者”了。

这精神生活者在自己方面常常容易觉到伟大堕入骄傲现世的，这骄傲在他却全找不出。精神生活者常常表示着超物质超实际的希望与信仰，这个退职誊录生，则非常需要比虚空来的落实一点的东西在他生活上出现。

他是在北京城所谓许多年青穷人中把作小说来抵抗生活的年青人之一，这个生活方法，那以前四五年在中国南部一个小县分上的可怜事业，倒帮助了他的许多好处：一面供给了他人生的经验，一些希奇古怪的材料；那另一面又助成了他长呆在一张桌子面前人不吃亏的本领。事业固然靠得是自己信心，与命运——我们是明白国内的文学界情形，一个作者的命运，全在一个杂志报馆编者手中，就是自己并不缺少信心，也常常因了初初出世被编辑先生压迫终于从失望中夭折了自己的希望的。——信心在他既并不缺少，在他分内所有的命运又并不算坏，到如今，在生活上他似乎不会再遇到摇动得太厉害的事情发生了。

把文章，就如当年钞公文一样，钞下他自己的经验，以及在经验中所能产生的幻梦，且在一些头尾腰上莫忘记精巧的措置，一面先就在这文章的创作上得到一点悲痛或欢乐，文章是这样的终于脱稿了。文章一脱稿，就寄到所熟的有过交易的报馆或杂志编辑处去，尽这编辑人所能给予的慷慨，在一月或半月之中把一纸稿费通知或一张支票之类寄来，钱一得，就又房租呀，伙食帐呀，洗澡呀，吃一点什么糖呀，玩呀喝呀的用，钱稍多则买一点本不必要的东西，如像很高价的玩具与只合给女人用的贵重香水之类，回头又随便的弃去或给一个人。若说钱的来源是来的比起其他作工的人未免太容易了点，那么这个花钱方法也已经比其他富人还容易了。

在他最初一次预算中，每一个月能有三十块钱（当然这已近于奢望），则生活虽不说充裕，至少“安定”是可以得到了。一个初初从内地小地方来到大都会的穷小子，生活的保障只是三年当兵四年作誊录生——以及一点内地小学教育的幼稚知识，——倘若这也算资格的话。拿这样资格，来到全是陌生充满了习惯势利学问权力的北京城，想每月得到三十块钱，这希望，就真算一种勇敢的希望！初初是，一半也不到。把所有能耐尽量放出，若不是说有命运不让他死的话，就总值不上一月拿十五块钱，学士或硕士，脑中充满了哲学几何学以及莎氏比亚但丁孟禄罗素的精粹言语，仍然倒在公寓中挨饿的，并不是少数。一个时代在纷乱中实在每一个人都似乎为一种不可知的命运支配着，不信这个那是不成的。这不是说在这时代中生活的人，就应当放下自己工作去让命运摆布（当真如此办的青年自然正不少），一种政治的纷乱，一切事业全离了它固有轨道，一切行为都像用不着责任，时代原是这样的时代！

也可以说他是叨这时代的光，虽然明明白白是供着那市侩赚钱与吃文化运动的饭的领袖们利用，努着生命的力给这那种人当着物质的奴隶，然而他是这样的在四年中间，居然把生活提高到出他初心意料以外了。

四年前所希望的实际到四年后成了一个几乎可以说是渺小到可笑的数目。在一种市侩赚钱方便的机会上，别人把他价值提高到一般所谓名家大家的地位上去，这样的撺掇当然是他所得的无论如何还不及各处文化运动的老板十分之一，然而每月将近五倍三十块的收入，在他是已经应当说很合式了。看看那些头脑中充满了哲学几何学文字学教育学等等的大学教授，每天翻参考书编讲义，忙得废寝忘餐，不善于同新校中当局要好的且时时刻刻恐怕饭碗打掉（到部里去做小官的，则得费了比办公五倍以上的精力去迎合上司，今天为这个拜寿，明天为那个送丧，而所得仍然不过如斯），在生活上的他，到如今，真不应说是苦了。

然而是苦着。实际生活与内心的不调和，长期的冲突着，这就苦了他。且一种生活上应有的秩序全糟蹋到单调中，他就初初不能因为收入较多把生活改变成为不单调！

我们常常见到那类人，每月到一个小公司中去拿七十元或八十元，回家来，把这钱应付到各方面去，且家中还并不缺少生儿育女的事情，一面把家中太太收拾得成命妇模样，而自己也官派十足，这是所谓能干人，社会上很多。

我们又常常听到过有的一家五口七口人，全依赖到一个以拉车为生的汉子，而全家人口似乎也并不怎样比别人脸上显露饥瘦颜色的。说到他，却令人不相信似的仍然常常显着很穷很穷的相。在四年前所有的窘迫，在这个时节就仍然时时有，自己也莫名其妙。这样说，似乎又是窘迫倒并不是为钱了。

钱见那么近乎轻松的来，得来总不忍尽它在衣袋中久处，这样就只好分送到各消费方面去了。受窘迫既成了习惯，则钱一得来，要他为明天生活想想，也成了办不到的事。

当一个朋友走来，见到他那用两只手支撑着了头颅到桌边忧愁，就明白这是怎么回事。朋友见这个是已四年，这是他在文章以外保留下来的东西。

“又空了么?”这样问，则答得是：

“是！不只空，心也全空了。”

把钱用到可以说是不合他身分的点心铺与电影场的包厢上去，用到买一面镜子（回头这镜子就有一打机会可以摔碎），或者竟买一些顶贵重的纸来胡胡涂涂写草字，当用钱时人似乎是得到一点报复的快意。但钱一用完，自己就看出自己可怜起来了。钱一用完则感觉到金钱与女人两者的压迫，心是当真为了一种连自己也说不明白的恋爱希望蚀空了。低头到桌边，就是把日间电影场的咖啡馆的大路上的车上的各样年青女人的印象联在一起，或者一个一个在印象上跑过，自己就为这恼着。似乎是这一群女人中不拘谁一个都给他一点想望的心情，似乎一些小小的嫩白的脸，或者一只手，就都可以要这个人的多量的痛苦。

在这种痛苦的慷慨中，想来谁个女人也不会知道。人是那么无意的一面，挨身过去或稍久的并坐在一处，因此就得耗费多量的苦恼，这责任，要说若要一个女人去担负，则一个姿色稍佳的女人，为了她的美丽就永远只在担负对他的责任中生活去了。这汉子（可以说是无用的汉子），“勇敢”二字不知在什么时节就离开他身体而消失到不可找寻的地方去了，若能在恋爱中稍勇敢一点，则所给女人的就是不愉快，也许别人总能把他放在心上吧。他所能的只是在心头的无望无助的粘恋着女人，就从不给女人以明白有人在爱她的机会。这种人，当然也只合在生活中永远不求报酬的来挥霍他的热情的固执的爱！

这理想主义者在先则以为是穷，故悲愤成了不可免的事。到见着别人比起自己更穷也凭了勇气上前把女人征服带走时，才明白在自己性格上，原缺少了勇敢成分，对女人的悲愤倒不再有，只永远在女性的美的怀想上去难过了。

他见到好些恋爱的英雄，勇猛如火的去爱他全不了解只很方便的女人，不久又勇猛如风的把这爱移到另一个更方便的女人方面去，别人是这样纵失败于西方也可以征服东方，作着所谓英雄事业的，自己则倒类乎被别人侵略过时节还要退避，把自己弱点看得如此清白，又不能设法除掉，故一天一天下去就更见其安分了。

“我这样的难过不是任何男人女人所知的”，他在他的一本小说集的序上曾这样说过。正是，别人是不会知道的，除非是心情正是他一样，而又在某一种内部的康健下转成病态，是永不能感到这人的苦恼的。

就是那么过着烦恼日子的每一天，他在他自己心身两方面还是找不到随同春天而来的新的生命。然而春天却是真来了。

天气从冬的僵死中转到春的苏生，在他只有更多无可奈何机会的。

心中的不安分又只仅仅是心中的事。虽不缺少那欲望，却缺少了那推使欲望向前同实际证明的力气，这究竟中什么用？

若把女人当成一个神，则在朋友中正有着新的教训，是只要觉得自己崇拜，也就不必问她是不是别人所专有，去大胆的爱，未始不会产生好结果的。若把女人当成猪狗，低男子一等，或简直不能有所谓平等观念，则手中并不是不能得四十五十去买女人一次两次。这地方，女人又是如何烂贱！

女人即或具有佛的哀怜与耶稣的慈爱，似乎也要恳求她的怜爱的那人在她面前去陈诉，才能蒙到所赐。他究竟曾经把谁当成神对这神诉过苦？在他观察中，则凡是好的女人，都对他具有神的威力，他相信全能使他得救，不拘那一个的爱。但他在命运安排下，各以时间的长短，却全是痴痴的站立在这个神的面前，连脸上也不敢安置一点要神对他注意的颜色。

凡是使他倾心的女人，别人在他面前提到这女人名字，心也紧，脸且会发烧。

一个朋友无意中说到他所认识的女人，已同谁成了极亲密的朋友时，则他就诚心希望这作情人的某男子对这女人永远忠诚，希望他们爱情的圆满，坚固，且希望女人对男人极其满意。在这私心的希望中，这无用的人，生活与经验使他认识自己的如何无用，却常常露着可怜的谦卑情形，以为任何男子总比自己配作这女子情人。这自视无当于女人心的平凡认识，当然更无谁能了解了！

既承认女人的人格与自由，则用钱去作这可耻的交易就从不曾有气概去做过一次。一个人，在二十五岁年龄的左右，在身体方面的需要至少不次于心灵方面，他不否认的。然而把一个女人，陈列于面前，一面从这俨若极随便的劝驾下，发挥着习惯的谄笑，他能同样闭了眼睛来与这女子？……他要一种放肆：一种娼妓的放肆，然而他却要这件好处在他所欢喜的女人行为中。认作娼妓的女人是为莫可奈何而如此大方，也正如自己是莫可奈何而守身如玉，要他把别人的弱点来补救自己弱点，当然是作不到的事了。

做梦似的在他作品上，一再写着同一个土娼怎样怎样的好，梦而已。把命运所安排的事，来接受的无依无赖的青年女子，自然其中也总不会无一个天生就缺少那女性的心灵的美处的人，但他若有从这情形中去发掘他的爱情的金矿能力。在一些更有把握的普通女人中也早去努力了。

“阿那托尔”这个人，在他印象上还不失为一个勇士，可以明白自煎自熬，这一件事给这个理想的维特是怎样相宜！

有一次，给一个朋友写信，说是，“只要有一次恋爱落到我头上，我愿意为这个死，我相信我别的勇气缺少，同维特作一样的事倒并不以为难的。”

朋友回得妙，那友人说：

“我也相信你能作维特，不过，恋爱是应当自己去寻，去找，去发现，决不是如你所说‘落到头上的’可能事！就是‘落’的话，以我瞧，老弟名分下也常常落过不少的机会了，除非你不承认都是‘落’！”

是，在这个无用人头上落下的，倒并不缺少，很有过，可是到那时节只见其他更显出无用，终于另一个人便抢上前把这机会伸手接去罢了。

春天来了，发着大誓愿，要另外作一个人，这个人大致至少能如阿那托尔。

——“若不再勇敢一点，

愿天罚我这一世永不为女人垂青！”

然而当赌咒时，却把眼泪湿了两颊，自己是很明白自己，真只合永不为女人垂青了。爱情上的勇敢近于气质，勇敢的贫乏则与天才的贫乏一样：在学问上努力有时用不着天才，在恋爱上则除了期望命运中的女人具特别勇敢外，在他的本身，祈祷是永远也不敢大声的了！

二

焕乎先生坐在窗前的时间，到近来似乎更长了。

再不作什么，只呆坐。

住住上海的弄堂房子，住得有经验的人，全明白有许多事是不像住北京地方公寓那么隔阂的。房子的构造特别，给了许多机会使左邻右舍生出一种不可免的关系。在早上，把窗子打开，或者上晒台，适如其会的情形，互相望得到，那是常有的；晚上则房中的灯更成了认识的媒介。即或是人人都知道把窗帘一类东西来盖掩自己房中的一切，不使给另一人知道，但那非故意的给别人机会的事，仍有许多许多。何况是纵间隔一层薄帘，且即或是一层厚毡，假若是，——譬如说，一个女人的笑声，能不能用窗前的绒帘遮掩，就不再让邻居听到呢？——假若是，女子又并不缺少，且假若是这女子为年青的相貌也很好的女子，这影响，会不会使对楼或隔户一个男子为到这边一举一动心跳？

各把一堵墙，分开来各自生活，我们人类是原本不相通的。各人的哀乐，各人的得失，因为一堵墙，能使各人是各的生活。两夫妇于豀勃以后，在心上各筑起一堵高墙，则这夫妇虽成一块不可分的锡，也不能心与心相通。当然没有所谓关系的人，就更容易互相疏忽了。然而有一事，是能够不受任何高墙厚墙挡拦的，这便是恋爱的心情。从不拘那一方出发，只要这是真，墙这东西是挡不住的。

虽然间隔着重洋，两颗心，还是一样热，还是一样俨然在一块的纠缠着，是爱情。要解释这事，谁能够？但谁都正是这样在他生活中总有这样一段事，把生活糟蹋到这事上面。

凡是爱，一见倾心也有之。本来不觉得怎么好，但命运，把这一对青年人放在一块，——又不很近，仍然说是近，久而久之则两人间不拘谁一个就会油然的在心上生了一种恋爱的情绪，无意中为他一个人影响到生活上一切。还有人，是太需要女人了，在自己的心中把女性的麻烦人处全弃去，择取了女性的各样的好处，当女人成一尊神，又因为无从证明这具有神的本领的女人究竟是怎么会事，就见了任何一个女人也觉得可以把心中所想象的女性清洁的灵魂寄托到这个陌生的女人身上去，爱会不很顾吝的浪费。这三种事各以其因缘粘附了每一个年青人的命运。他却在最后的话上中了毒，是那么非常可怜的，无望无助怀想着一个女人的，机会有是第二种机会。无形中，在他窗户对面住亭子间的一个女人，就把他的心抓着了。

女人的搬来还是很近的事，不到一礼拜，从住亭子间的生活上去看，则这女人当是生活也很苦的一个人，这种认识反而更给了他对这女人放不下的理由。他要一个女人，若说这女人是一个比自己还穷的人，则给他的勇气同方便都比一个小姐之类所能给他的为多，所以三天左右他的心，就不是他自己的心，只要在那一边稍稍有点声音，这心就跑过去了。

这女人，或者是一个美术学校的学生吧，这也只是大概估想而已。但总是学美术的，或者是绘画，是音乐，从那模样可以明白。

先是不知道对窗那屋子搬来了这样一个年青女子的。大约在搬来了第二天，一个清早上，他到晒台上去晒他的一条手巾，无意中见到了对面窗户里一个剪了发的女人的脸。这脸随即消失了，但一个净白的圆脸同一对眼睛，却在他面前晃着。

……不拘是怎样身分的人，有一个很好的头，以及似乎并不坏的身体，人又是那么年青，则可爱也一定了。想到这样的他，就不能不在晒台上呆着，在心中希冀那第二次的一面了。第二次，则所见到的是一只小小的白手，这手是为了想拉下那窗帘而伸到窗边的。似乎明白了另外有人注意到这窗中一切，那手是迟迟疑疑的伸到窗边，到后又忽然决心把窗帘一拉的。

在窗帘拉下以后，立在晒台上的他，感到一种羞惭，一种怅惘，最后是一种悲哀占据了心头，走回自己房中了。

"这是一件罪孽"！想着，便把两只手撑托自己那颗头，搁到窗前桌子上。又不能抵抗这一种罪孽的诱惑，他把脸，随即就从自己窗口望到别的窗口去了。窗并不是正对着，所以纵能望到对面窗户，而那窗又无帘幕，他所能见到的也恐怕只是那一边的窗里一条狭狭地方吧。

然而他就俨然透视过去，他看到那床，那椅子，那写字梳妆用的条桌，且看到这女人正坐在那床边，而所想的是适间拉窗帘的。

他又苦恼了。假使女人真如他所幻想的情形，那女人当不会忘记望到他的脸是怎样寒怆的一个黄色尖脸，是这样，自己的讨厌样子将把女人的轻蔑增加起来，他以后只有绝望了。

又想到，或者是正在读自己的文章吧，因为他在晒台时还见到这房里一个椅子上有一分依稀像现代评论的杂志，若果这杂志是这几期现代评论，则女人当不会不见到了。

……是呵，一个女人看杂志，决不会放过了小说来注意前面的政局评论！

……那么，知不知道这作押寨夫人一小说的便是站在晒台上发痴望着的尖脸汉子？

……若是知道又怎么办？

知道不知道，与看小说不看，总之他很难过。在文章上他以为或不致使一个女人感到他的寒怆处，但他在他自己的脸貌上的自信，等于零。他又从一些过去经验上找那因相貌不扬为人瞧不上眼的证据，这恋爱，他就似乎已经看得明明白白，是在女人第一面的印象上破坏了。

悲哀着，如同为这还未曾恋的失恋预兆悲哀着。这样也是在另一时有过的事，不是第一次！

若不知道住在对窗隔一丈远近的房子里是一个年青女人，则他坐在桌边的意义当另是一种意义。那时纵有一些恋爱的情绪，燃烧着心子，当是那离得很远很远的渺茫的薄薄无望的悲哀情绪。在自己幻想的恋爱上来失恋，还可用目下工作来抵抗这不落实的遐想。如今则明明在一个女人身旁，而又似乎明明遭女人拒绝，他把这失败原由全放在自己不大方的相貌上，一个样子不敢自信的人，在未经女人选中以前，就先馁了这希望，无法啊！

他愿意在假设中把自己的长处补足了不标致的短处，这长处总以为并不缺少。且将另外一个生得极丑的麻脸男子得好女子垂青的榜样保留，以为自己假使办得到，则自然是可以照例成功的事。然而那朋友，所补救的是一个剑桥的硕士头衔，与将近二十万元的遗产。他有什么呢？这时代，已进化到了新的时代，所有旧时代的千金小姐怜才慕色投奔的事已不合于新女子型，若自认为在标致上已失败落伍，还不死要爱新时代女子的心，则除了金钱就要名誉。他的名誉是什么？一个书铺可以利用他赚钱，一个女子则未见得有这样一个情人引为是幸福。一个杂志编辑者，在同他要稿子的信上，可以客客气气称他为先生，朋友，一个书铺在他卖书广告上，可以称他为天才，名家，——然而这不能算做抵得过一个情人或一个丈夫的资格。反之凡是作这一门事业的年青人，在实际上许多人可以享受的实惠，这类人却因了工作上把性格变成孤癖无用，应付思想中的问题俨若有余，应付眼前一件小事却彷徨无措，恋爱则更容易居于失败地位了。并且除了那少数中少数的女子，真需要爱情，其余多数的女人，她们就都如何聪明，懂得到用各样方法去侦察向她要好的男子的门户与事业。还有另外一种女人，就都如何蠢笨，只晓得让一个机会内的男子随意用热情攻袭；结果则在征服下归了那她怕他还比爱他成分还多的男子：他，让人挑选既已决不会及格，征服人又缺那无耻无畏的勇气，凭什么敢在对女人事上乐观？

“然而我有长处，这长处也将有女人需要这个，”他想着，又稍稍自慰了，“女人不是一个样，也像鸭子不是一个样那么：不住溪不见过水的鸭子，也许不欢喜泅水，倒欢喜上树。这那里能断定这个女人不是一个特别性格的女人？”

他唯一的又很可怜的，是希望女人中也有特别的，而这特别的意义，又似乎是不要他去爱她也将来纠他缠他，撒赖定要同他要好。也许是有！也许他这时所遇的就是这样一个女人！

命运安排中使这个无聊汉子要更多一点苦，这女人恰恰从后门挟了书去上学。听到门开时，他把脸贴到窗上去，就见到这女人打下面弄堂过身。从窗中所见的女人，却不是全体。

一件青色毛呢旗袍把身子裹得很紧，是一个圆圆的肩膀，一个蓬蓬松松的头，一张白脸，一对小小的瘦长的脚干，两只黑色空花皮鞋。是一种具有羚羊的气质，胆小驯善快乐的女人。是一个够得上给一个诗人做一些好诗来赞颂的女人。是一个能给他在另一时生许多烦恼的那种女人。

他想在这个印象上找一点毛病出来，譬如说，年纪大，脸上有雀斑，或者胸部不成形，或者臀部发育过火，……想在这毛病上提出一点自尊心，却不能找出。从走路上他想看出这女人是个阿姨之类的女人来，好莫在心中太难过，可是这女人的俏处美处，却有一半是在走路的脚步上。那么轻盈与活泼，那么匀称，都只给他更相反的一些希望。

这样一个好女人，住的地方去自己住处又只是那么一丈二尺远近，真是一具使灵魂也不忒安宁的闹钟啊！

先是自伤着，这时却又睁大了眼睛，作起许多荒唐的梦来了。

他想到同这女人认识以后的一类事：他想到他将使这个女人如何搬家搬到一个好一点的房子里去。他想到帮助这个女人，使她在念书中不受生活上压迫。他想到这个女人将来可以同他在一起过生活，而这生活又是很充裕，一切满足的。他又想到他将来会为这女人——那当然算是他的妻——写一本长长的小说，大致超过一切目下的长篇小说，从这小说上她成了一个不能老去的美丽漂亮人物，以后社会上许多人都把他们生活拿来作谈话资料，他却便把这小说得来的一千块钱稿费为女人买精致的画具，以及一个值四百块钱的提琴，女人自然就常常用这个提琴为他拉有名的外国曲子，让他坐在大写字台边一旁写小说一旁听。……

他且想到他那个时节两人来说当初相识的事。"是的，我要问她第一次见我是怎样一种心情！要她说她怎么就爱上了我！那自然只抿了口笑。然而一定要说。然而一定不说，只是笑。那笑的神气，就值得在颊的左边右边亲一百次！"

他想到妻的笑着的神气，却在瘦瘦的颊上漾着枯涩的笑容。可怜的样子，在他心中不但爱情温暖着的家庭已完成，他把小孩子也在最短一瞥中培养到五岁了。

……新学得吸烟，就把一枝大炮台用小牙烟嘴吸着，小东西来了。去，爸爸要做事，为去学阿丽丝游我们苗乡里时的故事啊！不肯去，则罚坐在桌边，为爸爸数稿子页数。

……还应当有一个女儿，小洋团团那么爱娇，为小东西找一个妹妹！是的，哥哥五岁则妹妹三岁，是这么才合式！

怎么样就同这女人好下来，他忘了。

三

他自己伤起心来了。无缘无故的，只伤心。心中酸着，辣着。他要哭。要揉打自己，要嘲弄自己以后又来可怜自己。在一种已渐成了规则的浪荡生活上，忽然加上一件把心神搅得无主的事情，这事情过细研究起来且正若是自讨自找，他为了俨若悭吝这荒唐梦境所耗的精力，就在要求与牺牲上生出赔本的难过起来了。

是赔本的事。

就是那么单想，单恋，来在脑中结成若干崇楼杰阁，若干喜剧与悲剧，若干眼泪与缠绵，以及一切有室家人有爱情人的痛苦与欢乐，把实际权且抛开，但眼睛一睁，当面站的就是一个圆脐形的墨水瓶，墨水瓶，是这梦与墨水瓶，只是两个敌人。在势便难于两立。做着梦下去，墨水瓶上便只合积上一层灰，墨水也只合慢慢起了沉淀，下月的用费便成问题了。使墨水瓶能尽其天职，终日把那枝形同僵蛇的樱桃木笔杆周旋于墨水瓶与白稿纸之间，则这梦已破碎到成了小片小粒，——是这样，一面写着一点什么小说，一面让邻家一些俨若含有恶意的软语轻歌摇撼着这不安定的灵魂，这又将成什么生活！

在损失上去计划，是这个人所不惜时时划算的。

在光明美满的梦中他发见了一种自己终不能忘了自己是在做梦的苦楚，这个使他自馁下来，想找另一条路走。走另一条路，便是他应当学一个骑士（恋爱中原是有骑士风味一类人者），学骑士，便是说他应卤莽一点，脸厚一点，怎么设法先试同与这女人接近。

也许是这样作去，这梦的基础就居然稳固了。也许这样作去是给他勇于自保的一种好方法，前进既有了阻碍，则急流勇退不失其为明哲。

然而焕乎先生能成其为骑士或明哲不？全不的。

他想如此还不如死了吧。也不会真如此轻易死的。然而想。

“想到死”，凡是一为了类乎这种麻烦便要想到死，是成为生活上必需的一种思想了。从死上，于是到怎样难受的创处。把手指按到腰或头的某一部分，被按这一部分便灼着烧着。于是便俨然一具尸骸的陈列。于是第二天便有若干混帐东西，装作朋友来为开追悼会，或在报纸上做成若干追悼专号的文字，结果则好了一些曾花了些钱买有他小说集的市侩，……就为了不能尽让这些人赚钱，便应好好活到世上了。好好活到世上啊，那为女人也就暂时莫过分从好奇中悲哀吧。不过到另一阵儿，仍然就应得要从这可笑的思想上救出自己！

不死，那怎么来活，还“好好的”？结果是想还是想，悲哀也还是悲哀，到悲哀抵当不来，又想死，仍然也让它想。所以放心的是决不会因仅仅想到就能去做，想到不一定能做。

“在笑！”这是与先一段思想距离一点钟以后的事。

就听到一种笑声。轻倩的，娇的，甜的，以及近于在谑戏中被谁拧着扭着挣扎不来的纵声的笑。这笑声，影响及呆坐在桌子前的焕乎先生，比吃酒还容易醉。——不，这是说比嗅着酒还无可奈何。当一个酒徒把一种好酒置在鼻下闻着时，感觉到要喝要咽的欲望（至少是要抿一口），连抿一口也无从的嗅着，真是无可奈何！

这女人或者是从前面大门回的家，不然那走路声音，从胡同口到门前，是那么长长一段，他总不会不知道。也许又是另外一个女人，因为这笑声的放纵竟似乎不应出于那女人。即或是另外一个女人，这笑声也很可爱。

“不拘是谁一个的笑声，总之全是作孽！”他想着，“若我是一个女人，我就不乱笑，因为我明白在随意一笑中，即或不是当面，所能给另一个男子的痛苦也就很大！”

然而笑者还自笑，不到一会且轻轻唱起歌来了。

一个年青男子的趣味，在女人的不拘某一事上总比在许多事业上还固执。焕乎先生就是那么一个年青人。他把所应作的事全搁下不干，一个下午全在一种听隔壁戏中消磨了。

日子是这样消磨，与在一个电车上消磨究也无多大分别。不在此呆就跳上电车，让一个车匣子把自己从静安寺搬到靶子公园，一趟至少将近花一点钟，来去既当加倍，则应在两点钟左右了。花两点三点，到电车上坐着，去看一切人，与一切货物房子，并嗅一切女人身上的香味，及一切男子的臭味，这已作过无数次，似乎也应换换方法了。如今则所换的却近于意中所选择下来的一件事，不过假使是下文还能如意中所选择，那焕乎先生将成另外一个人的。

这另外一个人，将把幸福与苦闷揉成一个生活，这生活是因来到这上海而得的一种事业，事业的继续把自己就变成另一个人，……只有天知道这样一件事！

这生活，如果如所摹拟的继续的下去，那真是一个荒唐不经的梦了。在不拘谁一个人，总能如所希冀去做吧。到焕乎先生，则将成为一个笑话同一件喜剧。他要的是生活，随到生活后面的一切责任初初还不曾想到。譬如同一个女人玩一次的代价，至少是花贡献殷勤十二天，用钱二十元，写信八次。（也有本不必要的，但那是什么样的命！）他并不缺少空闲，也有钱，可是这方法，真是一个“大举”！他会设什么方法使一个女人陪到他去上卡尔登看一次卓别林的马戏？他会设什么法要人离得他近一点？他能想什么方法把自己靠拢不拘谁一个女人一点？

要，那是要的。他就只知道要，还学不到怎么就可得到这东西。女人是那么多，正像是随处都有碰触肘子的可能，但要他认真去撞一个女人，那撞法在他便成为一件难事。不合宜也罢，就在顶不入时的方法中，仍然就有无数女子长年陪到一个陌生男子睡觉了。在他的情形中无一个女子不像是不配同他生活，但把自己接近女子方法用到新旧两种女人中，则似乎都不相宜。结果则须要自是须要，想要而不能得的难堪也几几乎成为一种平常义务。这义务，如今是轮到为对窗这女子尽的时候了。

“是这样，那就多么好！是那样，那又多么好！好是好了，然而，……”接着，他便自己如同与另一个他说，“全都好；失也罢，得也罢。朋友，可是我还不明白怎么样去把这一件事成为两边都引为责任的时候！”

问题仍然是要另外那个女人知道。就是尽她笑话，也得明白才好。

尽她笑话，正是，假若这一边，所有的热情，全用了一种乡下礼节送过去，在那一方又正是一个顶瞧不起这类男子的，那才真有笑话讲！

从笑话上他便看见了他的一个失败以后的未来日子。那时这女人，正拿着他写满了蚊子头大的字的一纸自白，笑着递给她那个原有的情人。

于是男子也笑。

男子且说话了。

“胡闹！一千个无聊加上二十个混帐，成为这样东西！”

“是啊！在先，见到他，常常有意无意的从那个窗子口露出一个可笑的头来，我就为这个心里怪着，不知道还是一个痴情汉子咧。”

“痴情汉子”，那大概是吧。在那女人口中，这样称呼恐怕是顶相宜了，夹一点嘲弄，一点可怜，一点儿恨。然而全无爱的意思。且那男子至少是同情于这一句批评。男子或且说，“痴情汉子？”把这句话加上一个疑问符号，那是更合于一个被保护者受人无理取闹时其保护者从冷笑中说出的口吻了。男子或且应该采用一些本地土产骂人言语，赠给这痴情汉子。

男子，这是一个情敌！

焕乎先生在这个虚空的情敌身上，把价值估计下了。

……是白脸。是长身。是穿青色洋服，有着那通常女子所爱的一种索里[①]习惯，以及殷勤的天才。还有着钱。虽然这女子的情人应是一个穷人，因为女子像并不富，但一个穷女子并不妨有一个有钱男人。

……这男子，就是在美术学校与她认识的。怎样就认识，自然也不出于平常的几种。到认识，于是她成了他的情人，他也成为她的情人了。

……他在她欢喜的时候必定很放肆，作着一个年青男子对于女人所作的平常事情，她为此便更欢喜。

……他必善于作伪，会假哭假笑，会在认错时打自己嘴巴以取悦于这女人。又必能赌咒，用为坚固他们爱情之一种工具。

……她见他一事不遂意，脸上有忧愁颜色，必用口去亲他哄他，使他发笑，于是他在这样胜利下就笑了。其实这就是假装，他为了试验女人的心，常常是如此作伪的。

……男子家中必定家里已有了太太，且曾同别的妇人恋爱过了，可是在她面前他会指天誓日说自己是黄花儿，同她恋爱是第一次。

……这男子，在口上必用着许多好话，在行为上用着许多柔驯，在背地里又用着许多鬼计，来对付这女子!

焕乎先生愤然了。愤然于此男子之坏，且以为女子因怕这男子，是以明明不满意这关系，也不敢另外再来爱谁，他想象她必定有时候是以眼泪为功课的一个女子了。他又想象她是曾想到自杀，且终于还真去尝试这自杀方法，不过到后却为这男子阻拦，且为男子所威吓，只有委屈下去。

"一个该杀的男子！一个滑头！一个——"

那一边，忽然听得一个男子的声音，嘎嘎唱着革命歌，焕乎先生心中矍然自失了。料不到，当真就有一个，且是一个革命者！一个这样青年给占有了这样一个好女子，焕乎先生自己便又看出自己落伍的可怜情形起来。

四

"我问你，对面那个女人——"

那房东老太顶知趣，懂到当一个年青男子打听不相识的女子时，所欲明白的是些什么事，便贡献了焕乎先生一些作梦的新材料。

第一是学生，第二是学音乐的学生，第三是同了一对年青夫妇住此，她住的便是这亭子间。房东老太婆还很谦虚的说所知道的不多，以后当代为问询，但焕乎先生已心满意足了。他要知道比这个更多，也是没用处的事。他只要明白所估计的不差到太远，便已算是够了。

当到老太婆一出房门，他便自言自语："自己的错误，多可笑的一种错误!"他因为记起在另外一个时节听到那个男子的说话声音，才了然于刚才唱歌的那一位即对楼另外一女人的男子，便马上又心中若有一种希望在动着，这希望，为了到凉台上一看的结果，且滋生长大，又惭到以前一般情形了。

上到凉台上去，是下午十点左右光景了。望到街上的灯光，以及天上的星光。但焕乎先生注意的是那对巷亭子间的窗。

窗子是关着，然而玻璃可以透过见到房中一切。他见到的是一种类乎特为演给他看的剧之一幕。先是房子空空无一人，只能见到一张写字桌的一角，以及一张有靠背的平常花板椅。人是到那一边临街房子去了，在那一间房中则厚厚的白窗帘，遮掩了一切动作。所无从遮掩的是灯光与人声。大致人数总在四个以上，其中至少且有三个以上女人声音。唱着不成腔的歌曲，且似乎在吃酒，豪兴正复不浅。女人中他算着必有她在。

像一个花子在一个大馆子前的尽呆，焕乎先生所得的是惆怅而已。然而这惆怅，到后边转成说不出口一种情形了。是为了那亭子间房中有了一个人。这便是日间所见的主人了。第一眼使焕乎先生吃惊的，是这女子若有重忧，又若疲乏不堪。白白的脸在灯光下辉映着，似乎比白天所见更白净了。剪短的发蓬成一头，且以一只手在头上搔着。一坐到在那张椅子上后，便双手捂了脸伏在桌前了。

人是纵不在哭泣，已经为一种厌倦或忧愁苦恼着，想要哭泣了。

这样的情形，若是在白天，焕乎先生所想到的，必定以为是为那所悬想的男子欺骗伤心，故独自在此暗泣。但此时却以为另为一种事了。另外一种事，谁能说不正是思量着一个男子作着那荒唐的梦而伤心呢。又谁能说不正是感着一种身世寂寞与孤独而难过呢。总之是有着痛苦，一个女子的苦痛，在对男子失望与想望两事上，还有什么？

若果是事情所许可，焕乎先生便能凭藉着一件东西沿着过去劝慰。他自己是觉得太应在一个女人身上尽一点温柔义务，故这时便俨然又以为是一个机会了。真算是一个很好的机会！不到一会儿，房子中已有了三个人，全是年青女子，看情形，便知道是他所揣测不错，是来劝慰这女人了。

女人在一种牵扯中反而更放赖了，只见其用手捶桌子边，头却仍然伏在桌上不起。声音无从听到，看样子则女人已大声哭着了。

怎么办？真使一面焕乎先生为难！

看到那种混乱，焕乎先生便着急万分。只愿意把自己搀人，作一个赔礼的人。即或是过错在女人，他也愿意把赔礼作揖的一切义务由自己尽。他觉得，女人的痛苦全是男子的不善，他愿意以不认识人的资格来用一种温柔克制了那眼泪，即或止此一次的义务！

看到这种种，却终无法明白这事的原委比见到的稍多一点，焕乎先生忽又为自己难过起来，感觉到别人即或是相打相骂也仍然是有一个对手，自己则希望有一个人发气发到头上来也终无希望，便不能再在凉台上久呆，顾自百无聊赖转回房中了。

且想着，一个大学生，与酒与眼泪连合起来，这身世的研究亦太有趣味了。

另外他为这女人又制成一种悲哀成因。他把这悲哀安置到一件类于被欺被骗的事上去。

……必定是一个男子，或者便如白天所设想那类男子，
把热情攻破了她最后那一道防线，终于献身了。到最后，
她却又从朋友中发现了这男子在另一个朋友身上所作的
同一事情，于是…………该杀！……

假若这男子这时正在此，焕乎先生的义愤，将使这男子如何吃亏！他想："是的，这样人实应在身体上得一种报应，才能给作女子的少少出气！"可是他也想到自己是无从为一个人报仇，但她要的若是补偿一类事，他却可以作到的。

什么地方有一个被人欺骗的女子，要来欺骗男子一次，或从一个痴蠢男子方面找到报复么？

尽人来欺骗，也找不出这样一个女人啊！

至于身为女子，在社会上来被男子一群追逐拖挽磕头作揖，终于被骗，那又正是如何平常普遍！

在悲悯自己中焕乎先生又想到这样徒自煎熬为赔本之事，便睡。

五

凉台上，常常有焕乎先生，徘徊复徘徊，望四方。

凉台为房东老太婆晒衣之用。当头全是一些竹竿，太阳好，焕乎先生把自己被头也拿了出来，搭在架子上。把被搭在架子上，把自己留在凉台一角，同是在让太阳晒而已。

冬天太阳虽热，能如在对角小晒台上横横一根竹竿子上的一双

长丝白袜之使焕乎先生心热？望那一双白丝袜，则焕乎先生便如在同炉边。然而假如此时照得是六月毒日，则这去身不到一丈远近之女人脚上物，便又成为一把绸遮阳了。

单单只是一双袜子，也便知道美的全体的陈列到眼前，焕乎先生是太善于联想了。

把眼望四方，则望见的是突突作声的各色汽车奔驰，汽车中大半坐的是女子。女子，则焕乎先生又把思想移过来，到那一双白袜子的主人了。

那么近！相距的是不到一丈，（然而心的距离真不知正有多远！）在平常，一对情人，一对夫妇，同在一个大房子中，不正常常有离开一丈两丈时候？如把这两间房子，与一条甬道圈在一处，不是还比别人寝室小？但是如今却如此隔膜，如此不相关，俨然各在一世界。虽在这一世界上的人如何愿与另一世界人认识亲近，而另一世界人倒像全无知道可能。焕乎先生在此时，便想到自己欲伟大而实渺小的情形，不知如何措手了。

在往常，这人与人隔膜，是使焕乎先生想努力成一点什么伟大东西的引子。他想若果能在这隔膜的上面找到一种相通的机会，那就好。文字是一把破除人间隔阂的刀，他是信这一句话。然而他这时，是把这目下的欲望来写一点什么小说，还是直接写一封足使这女人感动的情书？

不拘是何种，总之因这欲望的驱使，他将在一支笔上发泄他这一腔奔放的热情，那是一定的。

坐到桌边后，笔是拿起了。然在两者中他不知道选择的是那一种。

时间便在他呆子一样的占据桌前情形中，一分一秒过去，要作什么全不能作的焕乎先生，到后在房东老太婆到门边嘘嘘作声时，他便喊老太婆为他拿饭上来。

饭是吃过了，又无事。在这一边虽无可作为，那边亭子间的灯光却已明亮，歌声轻轻的，缓缓的，越唱越起劲，正像有意来诱引他一样。真是一种难于抵抗的诱引！渐渐的，这歌声，就把他拖到外面去了。从凉台上望对面灯光，则灯光下的人影隐约可见。

这是为谁而唱？真只有天知道了。或者为房中另一个人，或者为她自己，或者就正为这个露立在凉台上让风吹的傻汉子。可是这轻轻的缓缓的歌声，在焕乎先生耳边宕着摇着，不问其用意，仍然只是一种影响，这影响便是使他难过。

把许多问题到心上来过堂，问了又问却不能自己开释自己成为一个清白人。站到这里只是一件可笑的事，不过虽明知是可笑也仍得怯怯的站到这地方，那就是他莫能自解的心境了。怕人家知道又似乎愿意别人知道，站到这凉台上真不明白是出气好还是不出气好！连出气与否也成为一问题，则其他类乎直接麻烦人的事情当然不会发生了。

假若说，这是一幕喜剧或悲剧，恐怕自始至终也只能这样闭幕，我们的主角，所能的就是这类角色的扮演，即或是事实可以再热闹，也只能这样终场了。

到了二月他搬了家，搬家也只是为朋友劝告见面方便。但女人的影子总是在心上，不能去。但也自幸是搬了好，虽略略对离开这个地方难过。

要忘也无从忘的结果是一有机会过霞飞路时节，他便绕道走善钟路，到旧居停处去问有信没有。

问房东老太婆，他知道人还是在现地方，每日上课与在家中唱笑，皆如常。然而知道就只此。窗帘是似乎常常开着，常常的开。则焕乎先生之惆怅又可知已。

“搬回来了吧，”那老太太似乎明白他的心思，那么劝着这年青人。

“想到搬”！真是想到了。到后却又说“很费事就不搬了”。

想到搬，终于也就不搬的。

然而在目下半年中焕乎先生不会把这个女人从心中开释的。梦还是做下去，只是不思量可以从两边凉台上互相说话了。

本篇曾以《新梦》为篇名发表于1928年5月1～5日，7～10日《晨报副刊》第2279～2283号，第2285～2288号。署名王玖。

①索里，干净利索。

喽　啰

“好，你做得真好！”说话的是个小伙子，脸儿白的，身个儿在他年龄上算起来是高了点，但这山竹笋子抽条样的发育却形成了他的美观。他是在夸奖我哩。

什么样东西做得真好？我不说，看大家猜。

有人会说这是在讨论文章。不是的。关于这人同我的一切，到此时，本身已成一段故事了。让我来说这个故事吧。

那时我是在用一把笨重方头凿子雕琢一个木人头。我不瞒你们，在过去我的某一时代中，我对于一个木匠的兴趣，是比拿笔真要感到好玩许多的。若果机会给了我另一条路，也许我这个时节，已在我们乡下做了多年专门雕佛像的大师傅了。我承认我的才能若果是向雕刻那条路走去，比之于做文章也还容易见好一点的。这不是自吹。但是，到如今，你就送我一把德国式的精致方头凿，一段削得四四方方材料合式的洋橡树，我可不能雕成木傀儡的样子了。时间隔久了，我把我的手艺全丢了。如今我是只能拿笔来雕这社会各样面孔形体的一个人，且总雕得不如意，我想起过去，真有点儿惨。

我是一匹肥羊，别的人是这样硬派下来的，其实并非征求了我同意。正经话，我成了“肥羊”了。这名词，像有点滑稽。每到冬天我们住在北京不拘那一块地方，不是都可以见到一群或一只毛长长的身体胖胖的绵羊么？有些人，无事闲着闷得慌，走到东四西四或别的有小馆子的门前，不是就有杀羊剥皮的热闹给瞧一个饱么？我就是那类羊。虽然我身体还比如今瘦小得很多，但人家是把我当羊看待的。不一定剥皮，也不一定要杀，但只一种，吊上山来，家中不出钱，可不成。其实照我的意思，像近来常常因了馆子不赊账的原故，终日要挨饿，到了节期又得躲到街上去，怕见寓中掌柜的脸孔，倒不如那时在山上做肥羊，受他们喽啰善意的款待，每日用白水煮鸡汤泡大米饭吃，为好过的多多了。我相信除了少数卖卤鸡铺子中的人或者比我多吃了些鸡以外，我敢说我那年吃的白鸡比任何人都多！每日吃；过早是，午饭是，晚饭是，消夜也是：一直是五个多月。若是家中不即赎我恐怕我还要吃一百两百鸡，那是无疑的。我不明白别一个被山上大王硬派为肥羊的人，关在山上时，是不是也有这样款待？实在说，结果家中只花五百串钱就放我下山转回家，照近来鸡的市价来作价，以每日一公一母两只鸡来算，我就已经扳本了。就是住公寓，半年来，也就不止此区区数目。还有一种事，是我得在此说说的，下山返到家时家中人见到都说我胖了许多。被人当成羊看待，渐吃渐胖也是平常事，不过我的朋友进到医院三个月，出来瘦得像猴子，使我想起另一世界又不禁神往。我是想找一句两句俏皮一点的话来批评这肥羊生活的，半天却觉得竟无一处能令人引起坏的印象的地方。山上大王气派似乎并不比如今的军官大人使人怕，喽啰也同北京洋车夫差不多；和气得要你一见了他就想同他拜把弟兄认亲家，这我有什么法子可想？我不是不明白我们做百姓的人，在过去，有被县太爷冤枉打了二十个板子，爬起身以后，还应叩一个头，说是“谢老爷恩”的礼节，直到如今，也有随时诵扬政府官吏的义务。讽刺了国家委任的官吏是有罪，夸奖了落草的英雄是有暗中宣传什么化的嫌疑。

但我没有法。当时我家中不敢请官家为我报仇，只是怕麻烦官家，并无别的用意。如他，我倒很愿意先筹这一笔款子，送到山上去，请他们收容我，伙食比先前开得稍差一点倒无妨，倘若是还有这样一个地方的话。五百串南钱，按最近北京洋价折合约在一百二十五块钱左右，这比我住五个月公寓用的房饭钱还要少好多。就是到西山卧佛寺一类地去避暑，也未见得有那山上的凉爽。我眼前一点儿咳嗽病一到那有大王住的山上去，也会自然而然告痊的。算起来，真是太划得来了。并且若是这种招待所在北京附近设得有，我还包劝我的几个朋友不妨也去住，因为这样一来不单是我们的便利，也省得警察厅许多的麻烦——做肥羊的人一多，公寓中住的人就会少，公寓中人一少，清查容易，就不怕再隐藏革命党了。……有了，我得说我的故事，笔一纵，就溜到别的事上去，类乎在同法律开玩笑，这是不对的。要我管理一支笔，不如管理一把凿的容易，我才说过了，请你们看我雕的木傀儡吧。

这是一段柚子树。我在那上面刻了一个半体相。我暗中是仿照朱五哥（二大王的名称）脸孔下手的，不过脸部刻成时，我就觉得这全不像他，与田大哥（大大王的名称）反相近了。相近，也不过鼻子同眉毛部分略相近而已。然而一为三傩见到时，就大声的笑，说是“简直是大哥”。不久其他几人全知道了，围拢来看的结果，硬说是为大哥雕就的，体贴人情的本能我是存在的，我将计就计，便说是特意描着大哥刻就的，不很像，但改正一下或者就对了。

当大王让我在他吃饭的时节，在他面前取样时，我把大王鼻子耳朵口及下唇的线全给修正了。这一来，我想着我以后会成一个雕刻家，我高兴得很。我把家中母亲同大姐二姐忘记了，只一心一意雕那段木头。我相信，设或当到那时像还不完工，家中就已派了帮工老廖来赎我，我愿不愿走还无把握的。

眼看头是大体一定了，我就用力把那段木头按到膝上去，刻画肩部的衣襟。大哥头上原是挂有一条银链子，我又小心小心去雕浮起那颈链。看的喽啰比我还出神，尤其是三傩两兄弟，都不离开我，凿子一有毛病三傩就差派四傩去磨凿。一个外山喽啰来到这里时，三傩就从我手上攫过那段木头去，给人家欣赏，我从这中就得一些比喊我为少爷以上的亲热体己称呼。

“三哥，你莫闹他啰！”四傩每每这样为我抵抗他三哥，这四傩，就是我所说的那个白脸小伙子。我们是同村子人，先可不相识，到山以后他却介绍他自己给我，算是监视我，实际上是比家中看牛小子还顺善，凡事同我在一起。他生来说笑的天才，却不为在山上做了喽啰而失去，就是手，同脚，也一点不见得同一个普通乡下人两样。虽是破旧的却干净的衣裳，把袖子卷起到肘以上，配上那副苍白的常有笑容的脸，我想起一个表弟弟，简直全都像。这小子，我一见他心里就似不受用，若是要研究我生活的全体，我是怎样认识美同爱，我老实的说，就是他；由他身上我开了我自己生命的大门，放爱情进心中了。想来还使人忸怩，在我同他到一处，有一次，因为上树去摘林檎子，我抱了他上到树椏去，我觉得我是用抱一个妻的章法去抱他，才应如此的。我私下就红了脸。至于他，是不是也在爱我？可就不知了。

有一天，我们在堡寨门前大桐子树下雕那木人头。

“好，你真做得好！”

四傩说了，对我笑。我是高兴那称赞我以外的笑容的。

三傩正从后坡下到庙里来，两肘平平的捧了大堆杂货东西，满头满脸全是汗。四傩从他哥手上抢了一只大乌梨，摝到我脚边。

“这是大哥叫拿来的，四傩！”

“那要什么紧？”

我见到这样，恐怕三傩发他弟的气，就想起身退他那只梨。四傩拥着他的哥的背：“快走吧，告大哥，二少爷吃了一只梨子算那样事？”

“四傩，我不渴，退他吧！”我跟上去。谁知这一来，三傩倒说要四傩再拿一只梨，且抓一些枣。

“……我这抱兜里有枣，你就为少爷抓点。”三傩是两手无空不能活动的。四傩听他哥的话，就又从三傩肚子前大皮抱兜里抓出一大捧枣来。

我把木头放下我们一同来吃枣，天气热，太阳晒得狗发喘，我们一同坐在梧桐下头只是让风吹，满地是枣核，吃了枣子又是梨，梨子酸得我们打牙战，谁说不是顶好消夏方法呢？

“少爷你的手艺真是了不得，你是可以雕观音菩萨的。”

我就始终不明白，人这东西究竟为什么，一听到同他相好的声音就心中发痒！传说普通雕匠各样佛能雕，惟有观音菩萨的法相，那是选人的。不单是这人得虔心，就是雕匠的平素为人也就有关系。雕过观音的人死后升天不算数，就是生前这人不得好妻也得养出好看女儿的。这是观音菩萨的报酬。但我心想我即雕观音，能得一个好妻就会比四傩长得更好看么？是不敢信的。

我想到另外去了，便说错话，我说：

“四傩，我可以为你雕一个，你保佑我好吧。”

“我能保佑你么？”四傩微微的笑我已感觉到他保佑我能得到他的永久友谊了。

“你能的，四傩。你保佑我以后能得一个妻，像——”

“像陪到观音菩萨站立的龙女。”他见我不说下去，就为我补足。

但错了，我不是这个意思。“龙女配善才”，是有主儿的。我想要四傩保佑我将来能得一个同他一样好的妻，我怕说，不说了。

我们从雕像移到梨子上头去。四傩说了个故事。

他说梨，比这酸的也还有。过去不久大王同到他三哥到一个地方去请客（变一个说法是捉羊），到大路旁摘了一个梨，差点把牙齿酸掉，大王一发气，拔出刀来把那梨子砍剁得稀烂，还叫他三哥上树去摇落这一树梨子，免得后来又害人。

四傩说了四傩自己笑，我可不。

有什么可笑？四傩的话声音像唱歌，一个人，尤其是近来，我觉得一个年青的喽啰，会有这样天赋的良善的美的一切，我不笑，一点都不笑，当时就是这么的，我为这天工的巧妙分配与奇怪的装置我真要哭了。

我说：“四傩，喽啰这事业于你真不合，你怎不去学唱戏？”

“这比唱戏好多了。”

“将来你莫要做大王吧。”

“我哥一做头子我就变成二大王——但喊是应喊四大王。”

“我可不是那样想。我想读书去做官。”

“做官比做土匪找钱容易点，是不是？”

我答应他是。当真是做官比做山上大王容易找钱点么？这是一定的。因为山寨里，大王同喽啰，得来财物纵不是平均瓜分也得算清数目按功劳分派，大王独吞可是办不到的事。至于官，则从中国有官起，到如今，钱是手下人去找，享用归一人，是又不单止找钱有法律为作保障不怕人说了。但我当时说做官，可不想到找钱事上去。住在城中的孩子，他的人生观，做官比做大王方便一点是真的，若是我是个喽啰，一定也是只想升大王，做喽啰头子去了。

麻衣相法我是从小就留心，运用到来观察四傩的将来，长的鼻子配上宽的额，是个翰林相。

“四傩，你若是读书，将来怕要点翰林，中状元哪。”

“靠不住。”

“靠得住。我会看相的。你是个翰苑相。”

他不懂“翰苑”，但知道是上京去做文官的。他说他要考武举，中武状元。只要是状元，武也好，文也好，又有什么分别呢？我就赞成他的喽啰生活了。（过了两年我去做官家的喽啰了，危险是一样，长年随同城里大王到处跑，钱可还不及四傩一半多。这只好说是我的相就不如四傩。）

这我得补说两句话，是关于我的性格的。因了爱逃学，逃到城外大河钓鱼我才被人捉上山来当肥羊。这一来，初初自然是不惯，哭哭闹闹要回家。到后看到在山比起住到家中时的自由，完全是两样，我在拘束中的放肆得简直同一匹小马，对于玩，感到比饮食还重要的我，就怪自然怪舒服的打住下来了。不是家中来赎我，纵让我逃走，我是也不高兴去做的。地狱的名字，我看来，就是形容私塾那东西，倘若孩子们也有地狱在的话。我是被先生发气青起个脸嗾我自己搬凳子过去打屁股的刑罚吓够了的人，直到十五岁以后，遇到做梦还有时要哭，未必不就是过去的威严刻在我心上的结果！到山后，书是不必读，玩，各样的野蛮粗糙的玩法，随意都可做，且有一个内行的又和式的伴，我是在我自己世界中也成了一个大王了。除了用心去找新奇一点的玩法以外一点事不做，又不怕谁个管教，人家完全把我当个客，对我很客气，按照我的生活分派算一个总账，那一时，真是一段好运气。直到如今我还是有些地方露着野马的性格，这便是那五个月自然教育的影响。只可惜是时间太短了，竟使我成一个有野性而缺少那更要紧一点的呆气力的人，不然这时真去落草也并不算迟！

三傩的脸孔是个田字形，情形又像不曾耕过的山田，随意长了些头发同胡子，身体壮，田里长的东西也比别人格外粗，按时除草也像不中用啊。四傩呢，简直是个可以在打大醮迎故事时装观音的模样。那样终日怯怯的略带病样的印象，或会永远没法把它从我的脑中消灭！

大王那木像，雕成后，送把大王我就不再过问了。只有四傩的像是雕在我的心上的，我将带它在身边，到老死。

本篇发表于1927年9月5～8日《晨报副刊》第2053～2056号。署名璇若。

怯　汉

黄昏了，我独在街头徘徊。看一切街市的热闹，同时使我眼，耳，鼻，都在一种适如其分的随意接触中受着不断的刺激。在一个不知第几周年纪念的旧衣铺子门前我停住脚了，我看到些三色小电灯，看到铺中三个四个伙计们，看到一个胖子把头隐在一个喇叭后面开话匣子唱，旋即就听到有“……请梅老板唱葬花”，这是纯粹的京腔吧？不知道。没有听完我又走开了。

这是我春天的黄昏！

一到黄昏西单牌楼就像格外热闹点。这时小姐少爷全都出了学校到外面来玩，各以其方便的找快乐，或是邀同情人上馆子吃新上市的鲜对虾，或是往公园，或是就在街上玩。车子来来去去像水流。糖果铺初初燃好的煤汽灯在沸沸作声放浅绿色光。远处电灯完全是黄色。

擦着肩膀过去的，全是陌生人。

我只是心中怪凄惨。我没有意义只是来回走。我就看那些打扮得好看的年青女人买东西。我又随到这些本来有着男子陪到走的年青女人后边听他们谈话。我还故意把步法调成前面人的速度一个样，好多望到那女人背身一会儿。但我发现另一事情时，我就即时变了我的步法或者回头走，于是我就跟上第二对人又做无形听差了。

我疑心这中间女人就未必没有这样无聊无赖的一人，我疑心有人在对我注意，我疑心我近来各方面全进步了许多；不然我怎么在这大街上像一个有精神病的人无所谓的来回尽走？

其实，在那个眼镜公司隔壁挂有“乐家老铺”的药铺，我是可以好玩似的买一点眼药之类也不妨事的。我可以进到茶叶店去买二两红茶。我可以到滨来香去买一包蔻蔻糖拿在路上嚼。我还可以跟着别的女人进到绸缎铺去看看夏服的料子。总之，我能够做几多事，但不是，我全不去做。我尽走。

一个蓬松的头的侧面正面反面全给我心跳一次。一个妇人背影增加我一点自视可怜的情形。女人此时外出来到这街上的偏是那么多。我怎么办？我除了装作无心无意的把脚步加快减慢，走在这些身上擦得极香的女人背后，来嗅嗅这汗与脂粉香水混合发挥的女人气味外，我能怎么样？

这些高的矮的难道不是拿来陪到男人晚上睡觉尽人爱的么？爱这些美媚年少的女人的，难道全是如同梅兰芳一样脸子白白的以外还多钱，其中就无一个呆子么？然而我，却注定只得看。我知道，这正是天意，恰如同爹没有能力多找点钱使我受穷受苦一样，凡是这世界，各样东西别人可以拿的用的到我名下至多只准看，再不然，看还不准只准想。这时的女人，在灯下，我是恣肆的无所忌惮的看而且嗅了，唉，这三十来岁没有能力没有钱财没有相貌的我呀！

在平常，我在各样事业上去找我生活下来的意义，全是无着落，此时我可明白了。我就是为了看看这活的又愉快的世界的全体而生活的吧。或者是，我是为集中与证明“羡企”“妒恨”一些字典上所有字的意义而生活的吧。

在异样寂寞下，我还是在人的队中走，我像失了知觉了，然而一个高的柔的少女身子从我身边过去时，我感到我心中的春天。我为这些影子同到一点依稀的气息，温暖在心中，没有能消灭。唉，我就全为这些模糊影子心才能够继续的跳动！你这些使我尝着女人的此梦相似的爱恋意味的青年姑娘们，谁一个会能想象得到在你们全个幸福生活中，还有这么一个委琐颓靡的中个男子，因这些可怜的一瞬就居然能够活着下来？你们谁一个能会又想到，无意中一面的男子，他会回家去用眼泪将你们影子施以洗礼？唉，你们的影子——我的爱的偶像！

我不知道我为什么要这样傻。我跟着一对女人走。走到皮库胡同东头时，女人在一个卖小玩物摊边捡选了一阵，另一个，就买了一件泥小猪，走了。我也买了一件泥小猪，这是前头那女人选过的一只。我为鬼迷似的又赶过去跟到走。我应当听听她们一句两句话，我就回头从这简单话语上，来测这两人的生活及此时行为。慢慢又走到菜市，此时的菜市，人已怪少，那个长廊，也怪冷静了。她们进到内里一个南货店买松花，松花不是我高兴的东西，但因了仿照也买了四个。这一来，其中一个年青一点的对我开始表明她的鄙视意思了。我羞惭到万分。但我仍然买我自己的松花。为了证明我在这女人中成了很可鄙的人以后，她们站在柜台另一处，故意移过去。

其他一女人，同时也露出轻蔑微嗔的样式。

让这样为人用眼光压迫与欺凌的我，从袋里出钱时手也尽只颤。我没有羞惭了，只愤恨。我想变更我自己的样子也不能。唉，这嗔着的不屑于对人的，有光的眼瞳，不就是在另一时给一个男子用温情克服后，那醉人斜睇的眼瞳么？这脸，冷冷的，像铁样的，不就是在另一时给一个男子粗暴的贪馋的吻着时发红的地方么？唉！在我明知一个坏的命运在我面前故意作弄我来开心的时节，我想起反抗，虽然是怯怯的，靦靦的，又装作胡涂的。我更其依恋这女人，我跟着她走我要看她是究竟到什么地方去。

过单牌楼了，还是向南，——是女大吧，我心想。进手帕胡同，我是在一丈距离以后跟着进。我故意坚持着我这若有所不利于人的闲心跟到人后头，除了女人时一回头我依稀从这回视中察出她对这行为表明不愉快以外谁都不注意此事。

——是的，你回头吧，我正要你不愉快。你们这类人使我心痛时太多。你们这些人，平常就只会收拾得像朵花样子，来故意诱起中年可怜的男子的悲哀，今日可输到你头上了。我愿意我能更无聊一点，更大胆一点，待你们像暗娼，追逐你们的身后，一直到你住处！

我察觉我眼睛是湿了。

我仍然跟着，就实行我所设想那把这女人当成暗娼荡妇样子的计划。我要她也感到我对她们虽爱慕实轻视的误解。我希望听一句不入耳的詈语，特又把距离缩得短一点。

她们走得快一点，我也快，相去是七步，是六步，是五步了。

——你们的心也许在跳吧。你们也许愿意常常有这样一个中年萎悴男子跟着身后，回头拿来引为姊妹们谈笑资料吧。你们也许还愿意我更大胆一点，走近你们身边问贵姓，倘若我是样子滑头衣裳撑头一点时，你们也许到街上去招摇就是找男人喔。

从教育部街西端横过去，出石驸马大街，再转西，傍墙走，我知我的戏到最后一幕了。我更快，赶上前去，我索性是傻，轻轻撞了那个低一点女人膀子一下还回头来望。

“这是个痞子。”女人说。声音轻，又像不愿意前面男子能听到。

另一个女的，那被撞的人，却害羞似的不作声，同时也觑我一眼。

一个“痞子”，正正的那一眼，我得了这两件赠物便快步走过了女子师范大学的门前。

坐上归途的车子时，我呜咽的哭了。我为什么定要麻烦别人？难道这是所谓男子报仇所采取的一种好方法么？样子不能使人愉快，生到这世上已就得了别人不少的原谅，为什么我故意来学到一个下流人样在人前作怪模样？另两部女人的车子在对面过来了，我怕人看见我的脸儿，用手捧了脸。

我成了痞子了，这是我亲眼见到的人在我面前说过的，但是，我若当真是一个地道痞子时，或者，也不至有今日吧。以后再要一个人来喊我为痞子也怕不是容易事。我是连当痞子资格还也欠阙的。

本篇发表于1927年6月27日、28日《晨报副刊》第1984号，第1985号。署名璇若。

卒 伍

不是为任何希望，我就离开了家中的一切人了。

照规矩——我倒不明白为什么我们的这个地方有这种规矩。照这地方规矩，我就了小学毕业以后，要到军队上作兵，也不是打仗须人，也不是别的，只是全像那么办，一面自然为的是自己太不像是可以读书成器的人，所以在七月间就决定了。

六月间毕业考在第三，方高兴到了不得，每次见到阿姨她要为我作媒，还谁不应当考第三来找红脸机会，谁知到中元节以后我就离开了家中，从此是世界上的人，不再是家中的人了。

想起伤心，是我出门的年纪未免太小。比大哥，比六弟，还都小。照我的十三岁半的年龄论来，有些人出家到别处吃酒还要奶妈引带，但我却穿上不相称的又长又大的灰布衣服，束了一条极阔的生皮带子，随到我们家乡中的叔叔伯伯到外面来猎食了。

日子是七月十六，那一天动的身。

我永远不会忘记这一天的。是落雨，直到如今一落小雨我就能记起那第一次出门的一天！

先是十五，给人在十四约下来到河里去洗澡，就答应下来。

洗澡，不是任何人想得到的有趣！从早上，吃过饭以后，一直洗到下午三点，这是成了很平常的事情的。把身子泡到水中厌了，几个人又光身到浅滩上摸鱼。又并不是一定要摸一斤两斤鱼，即或把鱼摸得许多，谁也不敢拿回家去说是摸来的。把鱼摸来，那运气顶坏的鱼一到了我们手中，就在滩头上挖一小池，把鱼放到池子里去，用手为鱼运一些新鲜河水，回头又常常忘记释放这鱼，于是泰然的在估定应当回去的时候回去，鱼是就谁也不再理它终于成了涸鲋了。洗澡呢，互相比赛这泅过河的速度，互相比赛打氽子谁能潜在水中久一点，又互相比赛浇水，人是天真烂熳那么十个八个年龄相同的人，徼天幸在水中从不闻淹坏一个。

一个热天把身子每天浸泡到水中，泅水是特别进了步，正因如此却在这一件事上决定了我的此后命运了。

“又到洗澡了，不准吃饭！”娘或者大姐，见到回家的我神气就明白。

于是就分辩。这分辩明知是无用，显然的是皮肤为水泡成苍白，而脸上又为日头炙成酱色了，就说不吃饭也成。然而回头自然而然就又有那作好人的外婆送饭来空房中吃。

大哥在家时，那时有点害怕的。遇到在河中正高兴玩着各样把戏，大哥忽然远远的来了，就忙把功夫显出来，一个氽子打到河中间去，明知是近视眼的大哥就不会见到了。或者一个两个把身子翻睡到水中，只剩一个头盖在水面，正像一些瓢，那是纵留心在岸上检察也不能知道水中究是谁的。然而有时大哥可以找到我们藏衣服的地方，则事情不容易如此过去，必定是用手拈了我耳朵，一直拈到家，又得罚跪，可是这个顶大的仇人已出门有一年了，除了大哥我谁都不怕。

打，不是不挨，挨得太多了，反而不怕了。又不能把我关上一间房子里我总有方法出去，只要莫洗澡，省得家中担心我为水淹死，也许我还可以勉强再在家中呆一两年吧，可是这个比任何禁止还难过。水就是我的生命，除开是河中水过大，恐怕气力太小，管狎不着浪，则一个热天，在我同学中，谁都不愿有一天不把身子跳到潭里去过回瘾。

每早上，常常把买菜的钱输到一些赌摊上去，不敢回家，是常事，我是在洗澡以外又有这门武艺的。把钱输尽又悄悄的返到家中来同外祖母打麻烦，要她设法，也成了屡见不一见的故事了。我真奇怪我竟有这样一段放荡的过去。我也不明白这趣味究竟因何事养成，又因何消灭到无影无踪。

总之我是一个小痞子，完全的，一件不缺的，痞到太不成形，给家中的气愤太多，家中把我赶出来了。

到目下，我非常怕与水狎了。赌博与我也好像无缘。一切放荡的事也好像与我无缘。因了昔日的我形成今日的我，我是已经又为人称为“老成”了。

十五，那一天，是我“洗礼”的最末一次。到早上，如家中所命的把一张黄竹连纸胡胡涂涂写了一遍灵飞经，把饭一吃，家中就不见到我的影子了。我到了我们所约定的学校操场，几个人正爬在树上等我。

“还有四个不来呀！”

听他们所说的话，显然是不必忙到河里去，我于是也爬到一株杨柳树上去了。

在树上的同伴是八个，各人据在最高枝，那么把身子摇着宕着，胆子大一点的且敢用手扳着细条，好身下垂到空中。又来互相交换着昨天晚上回家分手以后的话，又互相来讨论到今天应当如何办法，来消磨一个整天。说话说到第三者，不拘是教员校长，总不忘在话前面加上一点“妈的”的助语。一些蝉，无知无识的飞来，停到这操场周围任何一株杨柳上，这杨柳若无人占据，则大家就追到这蝉叫声所在，争爬到那树上去把蝉吓走。这工作，是我们所能在这大毒秋日下唯一的工作！各人能把身体训练得好好的，也许这也不无用处吧。

大家既是那么耽下来，于是本来的几个人也全来了。

每一个人都会爬树，因此后来的人总不会就在场里站，即或见到我们已预备在下树，仍然也得爬上去一趟。爬到上面后，或使劲在树身上翻一次倒挂金钩，或从顶高地方跳下，意思是并不一定为旁人看，自己就是一个人在此似乎也有这样需要。

“去！”

“去！”

大家应和着，出了北门。北门实即学校的大门一样，到北门，则已见到汤汤河水了。

沿河上。上到一里多，要过一个跳石，或者不过这跳石，则须到上面时把衣裤缠在头上泅过河去才行。

时间虽然早，可是在那长潭上泗来泗去，以及在那浅碾坝下弯了腰摸鱼的已有些人了。

各人在一种顶熟习顶快捷的手法下，已把身子脱得精光，凡是那屁股白白的，被太阳晒的资格就浅，下水总慢一点儿，我们三五个人是把衣裤向头上一缠，如一群鸭子见水一样，无声无意的都早在水中游着了。

“不准打水！”你也喊。

“不准！”我也喊。

为的是各人头上有衣裤。其实衣裤同头全得湿了水。在大的毒的能够把河滩上石子晒得不敢赤足走过的日头下面，谁还怕衣服晒不干？然而规矩是不能打水，我们全是踹水去过的河，谁都不会忘记这一件本领！若不能踹水，则就是那类屁股还不曾晒黑的人，他们是只能从浅处过河了。

一切的事在水面上开始了。各人任意玩自己欢喜的，所欢喜的是什么就做什么。

我最爱蟋蟀，就像一个水鬼一样不必再穿衣服就追逐了一种弹琴的蟋蟀声音跑到高岸旁土坎下去。太阳越大则阴处的蟋蟀声音越好，这是只有河边有这情形的。

在一种顶精细的搜索中这个带了太太在唱歌的混帐东西立时就在我手窝中了。我欢喜到不愿说话。我叫他们来看这个我从不曾经见到过的大蟋蟀，于是我身边即刻就围了一堆水淋淋的小鬼。

蟋蟀是给一般同学都吃惊了。我综计我从养蟋蟀以来就不曾有过一次得到这样一头大东西，我不大愿再下水去洗澡了，想法子来安置这俘虏。得一个竹筒之类，则这个东西就不愁它逃跑了，各处寻找的结果，却又没有一件可以说是能安插这东西的。各处找大蚌壳到今天却不拘怎么设法也不见到一对较大的蚌壳了。

“唉，我不下水了！”为的是我不能让这东西跑去，我只能用手握着这东西在岸上呆着看这些人泗水了。

我实在又愿意下水泗一阵，又感到无法处置这手上东西。

凡是洗澡的初初不很会泗水，一到深处即下沉的，救济方法把自己裤子下脚用线捆好，将裤子先用水泡湿，再用一个人提到两只裤脚，一个人拿着裤头骤往水中一钻，将裤头用线捆好，则裤子即刻膨胀起来，成了“水马”。有水马在胸前，则深水中去也无妨了。我到后见到了他们的作水马的情形，才想起用我裤子来收容这蟋蟀的方法，我且采了不少树叶垫到裤中，好好的把这家伙放到裤子里去，各处用裤带捆上，以后是我也自由到水中去同他们厮闹去了。

又不知道疲倦又不记起肚子饿，到回家，已是许多人家烧夜饭时候了。

我手中捏着的东西简直使我欢喜到忘记回到家中又要受质问，到家后，走到书房去取盖碗安置蟋蟀，大姐跟到后边来，只好笑。

“为什么？”

“我看你样子是又到洗澡了。”

“只洗一点钟，并不久。我上午是到观音山玩的。”

“有人看到你，还扯谎！”

不扯谎，我是简直就无话可说了。大姐就望到我为蛐蛐洗澡，为蛐蛐喂饭，也不再说什么话，只告我夜间有一点儿事，莫出来去玩。

我答应她后，我却在她转到上面房里时，偷偷溜出大门，带领我新得的将军同人决战去了。打两次都是胜利属于我这一面，就高高兴兴回家吃饭。

我见到娘只是对我哭，是吃饭时候，还不明白是什么事。我并不心怯。这一两天我不曾同谁打过架，又不曾到米厂上去赌过钱，心里想不出有毛病给家中找出，也就坦然的把饭吃了。

吃过饭以后，娘却要我换一件长衣，且给我新鞋新袜，简直莫明其妙。这一个热天来全是赤脚的我，对于鞋子真感不到兴趣，然而是新的，也就好。到把一切穿得整齐时，娘却要我送她到一个亲戚家去。

是的，我去了。那地方我是愿意去而不常敢去的，那家有一个女儿，是一个时候曾同我住在隔邻，这女儿是装过观音菩萨当打大醮时抬着在街上走过的，看起似乎很给人舒服，且曾听到说过还没有人家。这次不是“看郎”吧，我疑心到这个时却不敢进这个亲戚家了。

“娘，我在这个地方等你吧。”

“为什么？”

“我不愿。”

“应当愿，这来是为你找事作！”

我不十分懂找事作是什么情形。我何尝想到作事？在我的年龄中我只想家中给我自由的玩，我决不会玩厌。听到找事的话倒茫然了。

“还是送我进去，你可以到花园去玩，莲姑或者在花园。”莲姑便是我所说的那个好看的女孩子，比我小，人却比我高。我就答应了。也不是像母亲所说同莲姑玩，我只是想到花园去看看她家金鱼也好，就从她家大院转到花园去了。

这花园很大，各样花全有。这时池子中全是莲花，金鱼极其多，我答应母亲到花园里来一面还有一种偷摘一个莲蓬的野心，倒以为那个莲姑不在此方便一点。

沿到了荷池跑去，这时晚风是很热。日头是快要落到山后去了，天空中有霞，又有无数的鹰在空中打团。

我把脚步声音加重，好使那一边，为牵牛篱笆隔开的地方有人则可以听去。没有说话的声音，因此我却胆大起来了。

我沿到荷池走就是为找那伸手可摘的莲蓬。把莲蓬找到，似乎是用手还不来及，就又折了一枝篱笆上的竹子去捞那莲蓬到身边来。很小心，不让声音扩大，然竹枝打在水上的声音却给一个人发见了，正当用我手把莲蓬抓着在扭那梗了时，忽然从那大花台子背后跃出一个人来。

“哈，是贼！”

这声音，一听就明白是那个女孩子。可是我给人这一声呼喝，非常的羞愧，手中的莲蓬也随便仍然恢复它的原来地位了。

我只好站起来腼腼腆腆对她笑。

“同谁来？”

“同母亲。”

“见我的妈了不？”

“不，我不到上房去，只在此等我母亲。”

“你是不是要这莲蓬？”

“恐怕吃是吃不得，我想摘回家去玩也好。”

问到说，想不想要这莲蓬？我真不好意思！不想，却费神来摘么？见到摘又还来问我想不想，这小女孩也就够天真了。她听到我说想摘一个玩玩，就忙跑到那角门上，不到一会儿，就拿来一把长长的钩子，又拿了一个小鱼捞斗来了。

她把捞斗交给我，却用钩子很熟练的去找寻那老一点的莲蓬。

“我告你，你刚才那个太嫩了，要选这样子的才有子。”这样的一下，钩子就把那莲蓬勾着了。“来！快用你捞斗接到它！”

莲蓬是得了。先说是拿回去玩，当然就不好意思剥来吃了。其实我倒非常愿意得一个莲蓬吃吃，拿回去也只是给六弟抢的。

“请你来这边！”说着就对我作一个白眼。这白眼作的俏皮，是曾给过母亲她们笑过，说是“怪伤心了”的。我于是让这白眼引到花园偏南一个地方来了。

原来是看她的小金鱼。鱼用小缸子装着，共五缸。这鱼还不到一年，颜色还是黑的，但看这形象是顶好的种，我欢喜极了。她又指点那一缸为她所有，那一缸为她小妹妹所有，那一缸归她堂兄。

“好不好，你瞧。”

我是顶懂金鱼的，且极爱金鱼，见到这个就不忍离开缸子。问到我那一缸好看，当然我是凭了拍马屁的本能说是她的那一缸极好。听到我的一句话，却把这女孩子乐疯了。

她说她曾同堂兄打过赌，请人告她究竟是谁的鱼好，别个又不很懂金鱼，就以为堂兄的鱼大一点为好，实则好的鱼并不在大，末了对我的内行，又免不了称赞，我是也顶痛快的。

“我们明天要下辰州了，这一去才有趣！”说到这个，她似乎就想起辰州来了。

“是下辰州吗？”

“是的。应当坐三四天的船，在船上玩三四天，才能拢岸。”

我忽然想起母亲同我说的话来了。母亲说为我找事情做，不是要我也跟到走吗？我就告她，——

“莲姑，我恐怕也要去！”

“谁同你去？”

“我也不明白。大哥在长沙，或者去长沙。”

“那是太远了。我听请饷的人说去长沙当过洞庭湖，湖里四面全望不见岸，可怕人。”

我们暂时就不说话又来看金鱼，看了这缸又那缸。天气热，虽然在白天，缸上全盖得厚的几层帘子，缸中的水也不很好，鱼是近于呆板了。我自己觉得我家中的鱼缸的水就比这个好得多。

我说：“莲姑，我家今年鱼也有几匹顶难得的！”

“可惜明天走，就见不到了。——我问你，你怎么知道你也要动身？”

“听到我母亲说为我找事做。”

“哎呀，那在一起才好！你若同到我爹一块动身，你到了辰州，我就可以引你去许多地方玩。那地方河边的船多到数不清，到河边去看船，那些拉纤的，摇橹的，全会唱歌！”她想起唱歌，就装成摇橹人一样，把手上那个竹钩子摇着宕着，且唱起来了。

我觉得这个也倒好听。但是我即刻惆怅起来了。从她这歌上，我似乎已经到了辰州河边，再不是在家中的情形了。我且明白若是真要走，则当然同大哥下省读书一样，就是一个人那么走的。我的蛐蛐，我的朋友，还有我的许多东西都将离开我了。我即刻怀着小小的乡愁了。然而我见到莲姑却又似乎对于下行非常高兴。听到她那唱摇橹人的歌就可明白她对于那些事情是如何熟习，我问她到辰州是不是可以随便玩的。

“好玩多了。那是大地方！”

“可不可以洗澡？”

“你们男人就只讲究洗澡。”她就用手指头在那嫩脸上刮着羞我。

我不怕。我是没有害羞的。我心中那时所佩服的只是蒋平石铸一类人物，这个那里是她们姑娘家所了解呢。

若不是洗十年二十年的澡，那个碧眼金蝉就不会有如此能耐。我把那个蛤蟆口的英雄为我自己的榜样，还在心中老以为到将来也总会有一天如他成名！

莲姑这个人，说话一天就不知道厌，见到我们的话停下来了，就又问我我的大姐近来怎么。我说大姐只每天逼到我写字。

“我的妈还不是勒到要我写字！我真不高兴。”

“但是我听我的大姐说你字很好！”

“才好！我气来了一天用一支新笔，随便画。气我的妈。”

我是知道莲姑平素极娇的。他娘就怕她，爹也是怕她，只听说她服奶妈管，听她说写字把笔乱涂，就问她，奶妈是不是要骂她。她说不。奶妈已到龙山去了。龙山出好大头菜，于是我又问她得不得过好味道的大头菜吃。

“你莫忙，让我去就来。”这个粉红衫子的女孩，便像一朵大荷花，消失到绿的荷叶中了。望到这背影，我就隐隐约约在我身上煽动一种欲望来，只觉得同这女孩子在一块是极舒畅的一件事。且我平素在学校时是以唱高音歌出名的，到她面前我就知道唱歌我是无分了。我比她年纪稍大，可是比她矮，这高一点的女子的淡淡的恋着的印象保留，乃形成了我成年以后对长大女子的倾心理由。把那发，四垂到眉下，白白的耳朵垂着那珠耳环，眼又是两粒宝石样晃着青光，这个记忆在心上是深的，然而当时却并没有那种抱搂她冲动在！

去了不久的她又来了，使我好笑的，是她拿了两个黑色龙山大头菜来，给我试，因为我问她吃不吃过味道好的大头菜，为证明她家并不缺少这个，就取了些来了。

我们就一同并排坐在鱼缸边石条子吃那大头菜，且数点天上那鹰的数目。

天的四垂是有暮色了。

一个声音从那绿色角门传来，是走着的人叫的。

“莲！莲！沈四少爷在园里吗？”是丫头声音。

这一边，莲姑却无事样子的懒声懒气说：“在的。”

“叫他来！”

我忙把还不曾吃完的大头菜丢到一边，走到角门进去，她是随到我身后来的。

见到了莲姑的爹妈，忙行礼，房子中已点灯了，这灯是在城中少有的白光灯，为这灯光耀得我眼花。

坐在一只矮木凳上的莲姑的爹，见了我就笑。

“嗨，一年不见了呀！我见到你是在文庙折桂花，不知同谁个小孩子在树上打架，是不是？”

我脸红，我记起那一次见莲姑的爹的情形，脸无从禁止它不红了。

莲姑的妈却让我坐。莲姑也就进来了，站到她妈身边轻轻的说。——“娘，他是不是同我们一起下辰州？”

“……”只见到她娘在她耳朵边不知说了些什么话，莲姑就不再作声了。

坐下了，我见到母亲想要同我说什么话又不说。

那团长，莲姑的爹爹，口上含了一根极粗的烟，过了一阵才说：

“你妈说你同我明天下辰州，好不好？”

“好。”我轻轻答应。

莲姑在一旁就高兴得跳：“好呀，一块呀，娘，娘，他刚才问到我辰州好不好玩呢，娘你说，辰州不是比这城里强多了吗？”

莲姑的妈却用眼睛瞪。

我的母亲说话了。她告我是如何与表叔这边商量，明天就随到他们动身，又同莲姑的爹说：

“是吧，只要这孩子听表叔的话，我也放心了。他爹既是这样不理，放到家里又镇天同坏孩子在一起，我想书就再读两年也无用处，倒不如这样……”

“那倒不要紧。”莲姑的爹又回头同我打趣，“军队里头可不能随便玩了！哈哈，我知道你必定舍不得北门河的长潭，这一去可不能每天洗澡了。你的水性我还不明白，若是泅得过长潭来去五次，我们到辰州我要萧副官就带你去大河里泅水。”

“每天洗，做梦也只喊泅过来！”母亲说到这里就笑了。

莲姑的妈也大笑，说是小孩多是这样。莲姑则只记到母亲说的话，只学到我的声气喊“泅过来”，“泅过来”，使我害臊到了不得。

“你告我，到底泅得几次？”

又不好意思不告给这个胡子，我只得含笑的说："三次是泅得过。"

"那好极了！我作小孩子时候也才泅过三次！"

"爹，你也能泅吗？我不信。"莲姑的怀疑我就同意。我也实在不敢相信这个瘦个儿胡子能有气力泅三次来回。可是他却说洞庭湖也洗过澡！

"我不信，我不信，爹爹吹牛皮！"

"什么牛皮，爹爹是马玉龙，比石铸还本事好！"

说得全房子人都笑了。我听他说才知道铸字不应当念为"涛"字，这个上司在作我上司以前，倒先作我一次先生了。

坐一阵，把动身的话说妥，天已断黑多久了。到回家，莲姑的妈一定要她家弁兵打灯送我们，在喊叫弁兵时节，莲姑却悄悄的把那个放在房门边的莲蓬给我，我就拿着这个莲蓬跟着母亲返家了。

见到母亲给我清理着一切东西，就在她身边痴痴的弄着那莲蓬。九妹见到我今天是特别不同，也听大姐劝告不再来同我争这莲蓬了。我记起了我的蛐蛐，就又到书房去看它，蛐蛐还是好好的在茶碗里，只用草一逗，就掉过头来，张开牙齿，咀咀的叫着。我见到这个样子，下决心要带它出门了，就又拿灯到厨房去找得一个小竹筒，预备明早一起来就装她到竹筒里去。

回到母亲房中去，则见到母亲正在那儿哭，大姐却在为我打包袱，眼睛中也似乎是有泪。九妹一声不作傍着母亲，见我进房就用小手摇摆，我还不明白是什么意思。

"四弟，你还舍不得你那蛐蛐吗？"

听到大姐的话我羞愧得哭了。我才明白我离开母亲去看望那蛐蛐时母亲伤心起来了。我立时且想起这一去的一切难过，我只觉得我的过错都是不应当，我即刻就走转到书房去把那蛐蛐捉到手中抛到瓦上去。回头时，就告给大姐说已经放了。

母亲对我望着，大的泪只从眶中涌。我生平只见到母亲哭过两次，一次是二姐死哭得昏死两回，这一次则是为我出门流泪。大哥出门母亲还是笑笑的，因为大哥是大人不必担心了，我则不过比一个茶几稍高。且我的身体又是这样的小，平常简直还不敢一个人睡一个床，若非外祖母作伴就不能睡觉，如今却是就要一个人去当兵，怎么能够使这个良善的老人放心？我的行为又是这样坏，在家中，虽然管教打呀骂呀总还是自己的人，如今则把他交付给别个人，错事又是免不了，那么给人打呀骂呀又定是作母亲的不堪设想的事？就是明明知道在一起的也总不外乎城中几个熟人，不过离家既已是这么远的路程，倘若有一点小病小疼，谁又能像家中人来照料？

母亲的心是碎到我这次动身的上面了。母亲为儿子打算的事，也总不是忍心说给我受苦。在家庭方面，既已到了把老屋字契到处借钱度日的情形，在我又还是如此胡作胡为，即或把我送进中学又有什么益处？不过见到我就是这么离开了家中一切的人，为我到外面以后生活着想，却伤心到极点了。

那么一个小小的人儿，也得为命运卷到生活漩涡里来尝味那生活的苦辣，在我自己倒正因为小却一点不知道！如今却只给我痛哭到这回忆上。有人从大族中把家从中落到破产么？有人在小孩子时正当着这个顶坏的命运么？从这个来的，他都能体会到那种情形。我的家，在我出世那一年，是还正给爹爹大抖特抖，让一个姓庞的抚台到家为我取名的，谁知这个名字却在他十四年后给人作副兵喊叫用！在口北的爹爹，也许还正在儿子身上做着那好梦，谁知儿子却应在十五岁以前来把时间消磨到供人使唤的下作中？

我当时，虽然不明白这一离开家中是怎样为难，在我前面等候我的又是一些什么，然而见到母亲的伤心，我也再不能忍我的眼泪了。我只明白母亲的泪是为我流的。母亲在儿子离开家中时，所有的爱是再不能用到眼泪的以外事物上了。在我弟兄姐妹中，我永远是给母亲难过。我的病体，我的行为上错误，以及我的好像对家中也特别爱的反应，一直买得了母亲的眼泪十一年。离开母亲十一年，我从我自己的行为上看就知道母亲没有一天不是用眼泪洗面。生活既是这样难，我又是这般无用，一时要同母亲在一起又总不容易，我不明白在我同母亲的命运中，还应给母亲以多久流泪！娘，我想起你我要努力活下来了。这世界上还有你这样一个人，我就应当活到这世界上了。我不要一切，只愿意将一切所得供献到你面前，我好好的作人，我找钱，我找名誉，都只是想把这些来给娘赔偿那用爱儿子而流得太多的珍贵眼泪！只愿能够从这些事上赎我所有的罪过万分之一。我就死得了。作儿子的即或永远是穷困下去，让娘长此随到亲戚飘荡，但娘你所给我的爱，我却已经把她扩大到爱人类上面去了。我能从你这不需要报酬的慈爱中认识了人生是怎样可怜可悯，我已经学到母亲的方法来爱世界了。

我是终于就把母亲同姐用眼泪洒在上面那小小包袱背起，来到世界上混入人群中，参加人类的活动，为扮演这时代人类的百年悲剧的角色一员了。

以后为生活的变动，把我揪过来，抓过去，无抵抗的就到了今天。

当我见到大姐为我把包袱裹好，就想睡。洗了一整天的澡的我，一到夜来不拘什么重大事情我仍然需要是睡！我哭也哭倦了。我在母亲未让我上床以前，已经就在母亲膝边从哭泣中把眼睛闭上了。

听到大姐喊我，又听到母亲叹气。

"让他去睡好了。这是只有这一次在家中放肆，回头就要随到军管中喇叭作一切事的人！"母亲似乎见到我这情形还作着苦笑。

为了预备明天的早起，这次是同大姐在一床睡。到上床，又似乎心中有事不能即睡，就听到母亲同大姐讨论我的事情，到后我且听我那只大蛐蛐在瓦上得了露水的叫声，那已经是在梦中，大姐什么时候睡，母亲又在什么时候睡，我全不知道。

醒来，竟是为大姐摇醒的。

我还以为是当夜，第一次明白的是的的确确那蛐蛐极闳大的声音正在叫。

"天亮了吗？"

"不，你起来的了。你是就要动身的人！"

我记起我是即刻要离开这个地方的人，心上便忽然加上一件莫名其妙的东西。这东西坠在心上发沉，在床却啜泣了，从此以后要自己揩擦这眼泪了，从此以后要自己穿衣服了，还有从此要……

"大姐，我不想去了！"

“我们也并不想要你去，但是你应当知道娘的苦处……”

起身了，第一件事是见到这陪我出门的包袱。包袱是大得可笑。

我也不明白我的包袱里究竟是些什么东西，只是我嫌这包袱重了点，因为要自己背就不很愿如此重。

“大姐，”我同这个代理母亲一样的姐姐商量，我说，“似乎太大了。”

“不。这个时候就快要冷起来了，你在冷天怎么不要棉衣？”

“我背不起，那又怎么办。”

“试一试，试一试。”

我于是就来试背这个包袱。包袱比我的腰大两倍，放在背后就如奶娘背小孩。我自己好笑这个奇怪的东西，我说：“我不要！”

“这不能说不要！你不是做客，是出门！”

“那么，今年不回家来过中秋节了吗？”

“但你可以转家过年，到过年时莲姑的妈总要回家的，你就跟到她转来。”大姐一面安慰我，一面为把包袱中一件缎子马褂取出，说，“这个不必要倒可以了。”

在把包袱重新打好时，天已经快见亮了。母亲问大姐是不是已经天亮，大姐却要母亲莫忙到起床。其实母亲似乎就整夜不曾合眼。

起了床的只是我同到大姐，还是大姐去喊张嫂起身烧水，到水烧好洗过脸以后，母亲同外祖母全起来了。

外祖母却扯我到另一个地方去，幽幽的同我说：“乖，要走了，我不知还能见到你不？且去你娘面前磕两个头，你是太麻烦倒她了。你这次出门，她的心也是在你身上！”往日外祖母从不说这些话，这时把我感动得太利害了，我就扯着老人的围腰擦我的眼泪。

我照到她说的话，到坐在一张琴凳上为我搓那草鞋上的耳子的母亲身边去，我只能说“妈”，就哭倒在她脚边。

母亲却是强忍悲痛，哽哽咽咽的，说：

“这时是到别人处去当兵，再不要像在家中淘气了。到家中挨一打总不什么要紧，到外面去淘气撞了祸，犯了军纪，那就非常丢家中的丑。你应当记到从前莲姑的爹是帮你爹当过差的人，这时你却去侍候莲姑，再不要以为是在家中的情形了。你好好的去作一个正派人，则我们也就非常放心！这一去，又并不是要你升官发财，只是你若不是这改变一下生活，你到家中也只有一天一天变坏。你也不要抱怨我，说我不送你读书，你是永远与学问不会发生感情的一个人了。你好好的去自己在你命运上作人，家中这一栋房子至少也总还可够支持五年。你能在五年六年后有机会能力救济到我同你九妹，则自然是好。若你仍然这样脾气，我也只好看你大哥同你爹去了。……"

"娘，我全记得到。"是的，我真一世也不会忘记母亲这话！母亲把我看透了。母亲知道我处比我自己知道的就还要多。我对母亲给我的一切只有感激。母亲给了我的新生机会，我对这第一段到世界上的机会就非常感谢母亲！

我跪在母亲面前，让这个好人来教训我，我把一个字一个字安置到心上，我告她我是决不会忘记。我综计我在这个好人身边十四年，只有过这一次是规规矩矩听过她的训戒。我只有这一次觉得我应当要遵守人家的话作人。就是这一次，以后这好人的脸，每一次为我想起，我眼睛就要红！我真能听娘这话，我真能在以后凡事遵守娘这话作人，也少要母亲在以后的岁月中为我原故流许多泪了。我并不缺少那向善的心，这是母亲明白的。我同时有那容易给一切诱惑摇动我心的短处，母亲对这个也很知道。前者使母亲永远相信我是好人，后则因这好人偏免不了作坏事，就更给我母亲无数伤心怄气机会了。

动身，是细落雨了。雨是天未亮以前落的。初以为或到天亮以后会止，谁知仍然落。听到街头已有人喊卖油粑粑，再不得不动身走了。

家中所有的人把我送到大门外，各人全是眼睛湿湿的。我是穿着那身在技术团学军事操缝就的灰甯绸军服，把那大包袱压到脊梁上，眼泪巴渣走到莲姑家的。

"来了，好极了！"一个副官姓周的，是我所认识的人，见了我就笑着说。

我为我的样子非常害羞。我又见到好几个马弁，全是比我稍大的人，然而人家穿的却是黄色制服，且领章肩章全不缺少。我看看我自己，衣服虽然是绸子作成，但不合式的样子，总像是一个可笑的乡下人。并且这些年青差弁马弁，那样子全是又大方又标致好看，在往天，见了吾时不理我，倒并不以为怎么难过，如今我却先给那周副官为我介绍给这一辈年青人，且说我是个少爷，别人又尊敬又和气的来同我说话，我真不好意思起来了，在每一个人的眼中，就都可以察出他对我是有点可怜的神气，就为这个原故我的心就酸到非流泪不可。我又不敢在这些人面前来哭，这个我还记到大姐说的话，“不能在生人前面流泪”，且当到我面前的几个人又全是那么欢欢喜喜的样子，结果我只好又走到那花园里去了。

又到那个荷池边旁。头上飞着毛毛雨，我却不顾它，就站在那池子边恣肆的流泪！我觉得我此后到这世界上是孤独的一个人了。我觉得我的未来已坠入到那做梦的一种情境里了。我觉得这在我面前扩张无垠的陌生生活太可怕了。我觉得我忽然太小，一个人独立着当不住这许多生疏事情的应付。

我不知道我是应当怎么办。为未来的眼前已来的新生活所恐吓，我流泪的意味是同怕鬼一样流的！又像是在往天做梦哭喊一样，可是那种哭喊以后即时就醒了，如今在什么时候是我醒转来取得我在小学校每天同人打闹的自由时候？

想起蛐蛐，想起河里的一切，想起看戏，想起到米厂上去掷六颗骰子，又想起同几个打架的同学的事情，以后是全不能得了。

然而小孩子，所谓悲哀，究竟是容易找到寄托这悲哀的事，我想起这里的金鱼，就走到那养鱼的缸子边前去。今天的鱼活泼多了，全浮在水面换气。我来细细的数那每一缸子里鱼的尾数，从第一缸数去到第五缸。在第四缸上，可是总不能得到一个确实数目。忽然在我背后有一个人咕咕的一笑。我吓得忙把头掉转去看望，便是这一缸鱼的主人莲姑！

“嗨，怎么这个神气！”

我就即时又把刚才忘去的羞愧找回来了。我背上还正压着那个大包袱，我不好意思说话就说到这包袱是我大姐勉强要我带的。

“难道你自己能背？”

“是吧，当然要自己！”

“我告你，路是并不近，有一天的路走，才能走到有船那个地方呀！”

“我想我走得起的。”

“我看你必定走不起。我是同我兰妹坐一顶轿子的。”

“下蛮总走得起吧。”自己这话是喔，下蛮做得去，我以后凡事都因为我勉强做过去了。我随即问她怎么知道我来，才明白她一起床就问周副官我来了不曾，问头一次还说不见我，到后又问到，才知我已经来了，来了各处又不见，所以猜到是必定在这个地方了。

我记起妈所告我的话，说我以后便应给莲姑当差，在母亲说时好像非常痛心，我却以为就是给这个女孩不拘作什么事也是很好的。我又来看莲姑的脸，是像看来顶受用，也不明白是什么受用。我想起观音菩萨的莲姑，我就笑笑的说，——

“莲姑，我记起你去年作观音游街！”

“再不作那个了，他们都笑我。还有人说——”似乎又想起一件事情，就不再说了。但稍稍默了一会，就用着她那天真的腻腻的腔调问我，“四哥，你名字是不是沈岳焕？”

“是呀。”

“昨晚上妈告我以后不能再喊你作四哥了。我应当喊你名字。我爹也说这才是规矩，我不知道是什么规矩。”

“我妈也告我，说以后我是应当侍候你，帮你装烟倒茶的！”

“别说这个！”又是那个俏皮的白眼，“谁要你装烟倒茶？我不吃烟看你怎么装法！”为这个话我们都好笑，但我看得出在这时候我们已经就不同昨天摘莲蓬的我们了。莲姑总还听到了她父母告的多少话，只是不好对我说罢了，然而在这很天真的胸中仍然藏不下，随即她就又告我说她妈曾告她以后不要再同我在一起随便说话，且告我她爹爹说我应称她为小姐。

“四哥，我是不信她们的话的。”为申明她仍然可以在无人时喊我作四哥，就又来给我一点证据。当然是不很相信爹妈的话，才把这话又来同我说！但以后事实给我们的教训只是使我守我作小兵的分，小姐也只好守她小姐的分了。

这一次，算是一次很可纪念的一次事情吧。我们却还能平等在一块，虽然已经穿上了当差的衣服，而仍然是作着那姣媚入骨的白眼逼我相信她的话是全无歹心，且见到我样子很难走六十里路，又说为我向她爹要了一匹小白骡子给我骑坐。

关于骡子，我拒绝了，我说这个恐怕不好。

“好的，你不见我家那白骡子吗？我就去问问。”

莲姑就走了。不到一会儿，一个马弁喊我去看马。我只好跟到这个人去。

“大小姐说为你找一匹骡子，是不是？”这个人提到大小姐给我找马骑就有点不舒服的意思。

“是的。”我看得出他这人的意思，却硬硬的答应正是。

我们就到了马房。他指点给我那一匹白骡子看。

“试牵它一下吧。”

我就如他所说去扯这骡子的笼头。

这骡子的鞍是小小的洋式鞍子，是红色牛皮钉有黄铜圆泡，骡子又是那么驯善，真给了我极大的欢喜！

因了这匹骡子我就把一切眼前的未来的忧愁全忘了。

本篇分4次发表于1928年3月12日，上海《中央日报·艺术运动》第4号，1928年3月20日，22日，24日，上海《中央日报·文艺思想特刊》第1～3号。署名沈岳焕。

爹　爹

一

在湖南保靖县城沿河下游三里路远近一个地方，河岸有座小小的坟。这坟小到同平常土堆一样，若非这土堆旁矗立的一块小碑，碑上有字，则人将无从认识这下面埋得有一个人了。说是碑，也只是一段刨光了的柏木罢了。木上用生漆写得有字，字不记这死者姓名籍贯，不写立这一段木头的人姓名。

碑词是这样的——

朋友们，你们拉纤从这里经过，
不拘是薄暮，是清晨，请你们
把歌声放轻。
这土堆，下面有一个年青朋友
的长眠，他死的是不很心甘。

这地方，是正在那所谓拐角的洑流高岸旁，拉船人到此是有愿吃苦的一段努力。为使载重的货船上前，拉船的人全是应在这个地方把身子趴伏下来，脚与手绷得撑撑[①]的。口上喊着“摇老和里”“咦老和里”才能使船前进的。在一些船夫们吆喝中，在一些船主蹬脚到舱板上有节奏的声音鼓励中，船于是如一匹大象，慢慢的摇摆着它那庞大的身体，分开白的浪沫爬上这个急流了。

谁能因这个木块上的半淹灭的文字把歌声稍稍放轻么？不，办不到。歌声早上有，晚上有，除了是河水过大，淹过了再下游数十里的纤路，船只无从行动，平常每一个日子里就都有这歌声！因了这歌声，住在上游一点的人才有各样精致的受用，才有一切的文明。这些唱歌的人用他的力量，把一切新时代的文明来输入到这半开化的城镇里，住在城中的绅士，以及绅士的太太小姐，能够常常用丝绸包裹身体，能够用香料敷到身上脸上，能够吃新鲜鲍鱼蜜柑的罐头，能够有精美的西式家具，便是这样无用的，无价值的，烂贱的，永远取用不竭的力量的供给拖拉来的。

这在河中有船行走时，大致也许就成了如此情形了吧，这歌声，只是一种用力过度的呻吟。是叹息。是哀鸣。然而成了一种顶熟习的声调，严冬与大热天全可以听到，太平常了。在众人中也不会为这歌声兴起一种哀感了，不会的。把呻吟，把叹息，把哀鸣，把疲乏与刀割样的痛苦融化到这最简单的反复的三数个字里，在别一方面，若说有意义，这意义总也不会超乎"渔歌欸乃胜过蛙鼓两行"的意义吧。但在自己这方面，似乎反而成了一种有用的节拍，唱着喊着，在这些虽有着人的身体的朋友躯干上就可以源源不绝的找出那牛马一样的力量，因此地方文化随到交通也一天一天的变好了。

睡到这高岸上三尺土下的年青的人，显然是非常安静，灵魂已离开了这里，不怕这些人在他头上踏着沉重的脚步与唱歌与喘气了。这一段柏木似乎是空立的。死了的是把这世界上一切事抛开，生前的苦闷，生前的爱憎，全撒手不要，很和平的闭了眼睛用那黄土作枕长眠了。若果当日立那段柏木的是一个拉过船纤的人，或者他将把这碑语是这样写：

地下年青人，吾不为汝悲！
汝今已长卧，应忘饿与疲。

谁能断定在这一条河上有那行船不用许多肮脏的汉子背纤的一天吗？这里有了这样一条河，天生就的又是许多滩，就已经把这个地方的许多人的命运铸定了。在这坟头上，长年不断的，来往的，全是在饥与疲的日子中度过着每一天的时光的，到消磨了骨里最后的一点力量时，则这类人才能同王侯将相平均得到这死亡的一份厚礼，早一点把这个得到，在自己还可说是一种不当的幸福欲望，不为有余憾吧。

但是，把一个健壮有为的身体，毁灭到一件无意而得的意外事上，这对生命仍然可以说是一种奢侈浪费。这年青的夭亡的朋友，对于生命挥霍的结果，把另外一个活着的人生活全变了。

二

我想问：你们住在凤凰县城那时节，认识到一个外科医生名叫傩寿先生的人不？这人姓吴，名字是吴成杰，但别人都只喊他作傩寿先生。

认识那就好。我也想，在那方呆过一年半载的人，当没有不知道洞井坎上那个门前挂有“家传神方”的医生家的。这又是一个药铺，傩寿先生便是这药铺的掌柜，日常靠在那个旧的脱了漆的硬木长铺柜上，玩弄着他的花猫，那是不必买药看病，只要有过一次打这儿过身，就可以瞻仰瞻仰这位先生的。

把一些起花的，微微返着亮光的，圆的长的，大小不等的，药坛作了背景，傩寿先生常常是像一尊罗汉一样坐在那铺柜里头，凡是这个样子给了不拘谁一个粗心人，也不很容易把这好的印象消失。

从药铺的招牌上看来，从那“家传神方”的文字上看来，我们可以估定这个药铺的年龄，或若已比药铺掌柜的年龄是多了一倍；傩寿先生年纪是四十七，那至少这药铺已将近八十个周年了。凡是老药铺，生意总不会极其萧条，这只看着另外一家在东门开铺子的益寿堂药铺，就可以完全明白了。何况药铺老板又是全县著名的外科医生，那这铺子的生意，不消说，很发达。

不过如今关门了，倒闭了。

不是赔本，也不是生意萧条来歇业。只是店上的铺柜板子再不全下了。铺板不下则从那儿过的，只能看到铺板上因过年贴的红纸金地的“开张骏发”的四个字，这字代了傩寿先生的圆圆的和气脸儿给人看了怅惘。

那是这当家门面上的人死了吧，这也不是。死是死了一个人，可不是当家的傩寿先生。傩寿先生还是活着，不过从前是“好好的活着”，如今可说“还是活着”吧，倒似乎并不“好好的”了。虽说到南门打从洞井坎上过身的人，已不会再见到这圆脸阔额双下巴高身材的好医生，但听人说若是要找他，到玉皇阁去，玉皇阁僧人打钟的地方，可以很容易的遇到傩寿先生。初初看，脸子已全走了样，但你仍然可以从那疏疏的眉与下巴认得这便是那个医生。他是在这儿镇天的随便哭，如同一个小孩子，傩寿先生并不死，倒把他的唯一的儿子死了。

上了年纪的人，常常把眼泪来当饭，那里算得是什么生活呢？但是中年丧子的情形，使人哀毁终是免不了的事。这儿子，死的时间是太不合式，要死也不应当到这个时候死。早死点，则傩寿先生可以再找一个伴，看傩寿先生不是再能养两个儿子的；迟到这老子归土以后再死，那就更妙。死得不是时候，则简直是同时死了两个人了。傩寿先生因了儿子的一死，自己至少也死了一半。这算一件最不幸的事。然而是无法。人要死，就死了，那死了的人，在生前想不到要死，则死后也总不会再担心到活着的父亲了。

作父亲的得到了儿子死去的信息以后，把大门前的匾牌摘下，把铺板关上，就到玉皇阁这平素相熟的老和尚处，来镇天悲泣，一些来得势子太凶的忧愁，把这老头子平空毁了。

人人可怜他。可是“可怜”这一件事那里能够抵得一个儿子的好处？为了儿女的一切，有些人是连别的什么好处都不要的。傩寿先生他也不是想到要人怜悯来活下度着这下半世的每个日子的。就是恨他，虐待他，假若是这样可以把那个儿子从死神的手上夺回来，他愿意。若是他一死，就可以使儿子活转来，也愿意。总之他认为儿子是有着那活到这世界上的权利，要死也只有像自己老年人死的，如今儿子却先死了，所以这是一种顶伟大的悲哀。

玉皇阁，是有着那所谓子尔钟，每天每夜有和尚在钟下敲打，到子午二时则把钟声加密，在钟楼的四面，全是那些本地人在异乡死去魂魄无归的灵牌子，地方算是为孤魂野鬼预备的。傩寿先生把儿子一死，也成了与孤魂野鬼相近的一个人了，所以来此。来此则自己反而好过一点了。不期然而来的事，应归于命运项下，傩寿先生命运是坏到这个样子的。行善有“好报应”，那不过是鼓励本不想行善而钱多的人，从“好报应”上去行善罢了，傩寿先生是曾经作着那真的善事多年，给了全县城人以许多好处，又结果如此，却并不怨天怨人的。

虽然药铺关了门，生意不作了，人是逃到玉皇阁与孤魂野鬼为邻，在长长的钟声下哭着过日子了，关于所谓好事，仍然推辞不来。一城中的人，知道傩寿先生的，家中儿子同人打架打伤了，或是玩毛马，骑高跷，无意摔伤了，扭了腰，破了皮，甚至于上楼梯碰伤膝盖骨，还是来请他帮忙调理。白天家中无傩寿先生影子，则到玉皇阁来找他。这老人，见到小孩子的娘带了鼻涕眼泪的孩子来到这个地方，就是在哀痛中也从不拒绝来人的请求。一面是疯子一样怀恋着已经埋到异地土里了的儿子，一面又来为人看病敷药。本来在平常时节，就不一定责人以报酬的傩寿先生，到近来，设或有人因为不好意思不得不设法将财礼备上，傩寿先生就叹气。他说：

“唉，不必要这个。这我是找不到用处的，把这东西拿回去，是不送铺子中钱的就退他们，有多的时候就拿送给穷人吧。”礼物是决不要了。

知道傩寿先生具西河之痛，又因着家中病人非傩寿先生亲来诊视不成的，这主人总每每具备许多礼物亲自带了仆从来到玉皇阁委婉的请他，同时且把礼物陈上去。结果当然是来，礼物却真无用处，全不要。

这老头子在哀痛中并不忘了他的本事，处治别人的病痛，总能够有很好的效果，只是对自己的心上的病就不会怎样调理了。

因为全不收受诊病的礼物，于是在城里知道他的人中才觉到他真是一个全好人，且所有同情也似乎比以前更多，这个我说及，更不是傩寿先生所要的！

人家的怜悯，虽不一定比送礼物来得不慷慨，却实在比礼物还无用的一种东西。傩寿先生不是为要人称他为好人才来为人治病施药，正像不要人为怜悯他才让这儿子死掉一样。人是天然好性格，儿子却意外的死去；这其间，不说有那命运存在，那在他是不行的。若说无命运，儿子决不会死。死是没有理由的死，正因为这样，无法来抵抗这命运所加于其身的忧愁负荷，所以傩寿先生也只有尽自己悲痛下来了。

遇到不拘一个作母亲的引带了哭哭啼啼的儿子，来到玉皇阁那殿外，把一个头伸进门隙探望傩寿先生时，即或是这老头子正流着身世无望无助眼泪，也会即时站起来。

“傩寿伯伯，这孩子又把手割了，告他莫劈甘蔗又不信我的话，瞧。”于是说着这些话的母亲，必定还装作很恼这孩子顽皮，出了事又要来劳动傩寿先生很不好意思的样子，把孩子的身上轻轻的拍打了两下。孩子这时本来要人安慰，还正哭丧着脸，经这一打当然又哭了。

“算了算了小孩子是这样的，在什么地方？让我来看。”于是傩寿先生就陪小孩坐到那殿前石凳子上，给小孩检查伤口，到玉皇阁厨房去舀水来为洗创，再敷上一点药末之类，再同小孩说两句笑话，小孩子是打架打伤的，就同小孩讨论一下打架时用脚去怎样套别个脚的技术，劈甘庶所伤则同小孩子研究用刀的方法，直到这小孩子嬉嬉笑笑说傩寿伯是什么都内行的话以后，作母亲的见是时候已够把孩子就带走了。傩寿先生就一个人站到这院子中出神。

“唉，老朋友，别这样子了！”那老和尚知道在外面的傩寿先生，为了见到别的小孩子，心上载不住悲哀，就在里边喊，“来，我们下盘棋吧。”

“我说，你是这样，就别给他们孩子诊病了。”

“办不到。你瞧他们多可怜。作娘的，作孩子的，都要我这两手来安慰，我好说我不干吗？”

说话要他不理病人的和尚，想起佛的慈悲为怀，就觉得自己火性不退，恧恧的不说话去想棋式去了。傩寿先生见无话可说，无端的又把同那小孩子说笑的话搬到回想上来痛心。

打架顽皮作一件不当作的事，是他自己小时经过的。到儿子长大，则儿子又每天到外面同人打闹给自己看。儿子在外面同人打架，管教是无法。或者儿子被人打流血，到家来，哭着要药，到上好药以后，又笑笑的说要爹爹交一两手拳脚好报仇，这小孩的麻烦事情，这个时候那里会再有？把别个人打伤了儿子，回家来答答讪讪不好意思说同别人打过架，到爹爹说明被打伤的人已经给爹爹给了伤药，又为他调解讲和了以后，儿子那种羞愧感激的样子，这个时候也不能见了。在爹爹面前撒赖，不上学，也不再有了。在爹爹身边走着，一面念自己作的诗给爹爹听，也成了过去的很久的事了。在离开爹爹以后，从四川寄回野山七来，谎爹爹说是从峨嵋山上采来的，直到为爹爹认识是假货，才又说是捡得的，这天真的谎话这个时候也不能够再听到了。这以后，又有谁能寄这个药来？儿子一死一切皆完了。什么也不有。儿子把作爹爹的所有快乐，以及一点小小脾气，也带到土里去了。

为别的人的儿子治点病痛，在施行手术时节，在谈笑话给这些顽皮孩子听时逗得这类孩子欢喜的时节，傩寿先生似乎稍稍好点了。可是一到别的小孩成了哭脸，这作父亲或作母亲的，就全不体会到傩寿先生，赶忙把这孩子从傩寿先生身边带回家去了。

傩寿先生在平常，就是常常为人所笑为那类近于傻的单身汉子，把妻死过后不续弦，这是给了一些人的谈助的。失了妻，不再娶，就只抱养到这遗雏把日子延长下来，许多人都说这男子讲的义道近于无稽。先是人劝他，说，医生年纪既不老，家中无一个女人也寂寞，并且家事也得人料理，就找一个相近的女人填房也不算罪过，他那时，总说这个不必。一面很有礼貌的感谢这为他设法的人，一面讷讷的说是自己行医的人是单身汉子也较方便点。

“那你太太在时节，别人三更半夜来敲你的门，要你起床也并不曾听到过你女人抱到你不准起身？”这样话一出，那忠厚人就给窘住了。

别人说医生你也随便点，不要太固执好了，听人说到这类话，显然是辩也无可辩的，医生就只好说慢慢的商议，把话才岔开。

劝医生续弦，其中不是无那贪医生小康，想从自己亲戚中选一相宜女人给医生，来结这一门亲，为自己打算的自利人。但医生，却并不疑心到这些事上。其所以不在三十岁以前续娶，只是记到妻在临殁时说好好待这四岁儿子的话。医生见到许多许多后妻待前妻儿子的薄行，怕新的妻一进门，这儿子就得受苦。到了后妻又产孩子时，则这小孩当更无人过问，为了这件事，所以凡是人来说到续弦的利益，无论如何说得怎么动听，也只有全拒绝下来了。到三十岁以后，则又以为倒不如再过几年主儿子讨媳妇，所以更不愿为儿子找那后妈了。

到如今，医生可成了正牌的单身汉子了。假如医生还能记起往年在为人劝他续娶时节拒人的话语，说是自己行医单身汉子也较方便点的旧话，会只有更伤心！如今的医生，把儿子一死，倒像凡事不方便。以前一颗心，像全寄存到儿子胸腔子里，作什么事都只为儿子，多吃一碗是为儿子欢喜，少吃一碗饭是为儿俭积，如今儿子既不再到这世界上，这颗心，已不知要放到什么地方去了。若说从前是春天，则如今已到了凄凉的秋，以后也永远只有这秋天吧。

这时节，是不是还想着再从一个妇人身上找寻一个小孩？不。医生自己觉得人已快到五十岁，不中用，迟早间就会平空死去，纵再有小孩子已不会见到这小孩子在自己面前来淘气的情形了。

儿子在，医生实以为纵有六十岁也仍然是四十岁的心，就因为儿子的成立使医生忘却时间在人身上的意义。如今是完了。如今似乎已有七十岁，把儿子的年龄也增加到自己身上来了。

若能随到儿子死，傩寿先生也愿意。此时但是半死半活。人家还说："老头子虽伤心，过一阵儿自然就好了。"这话只使他更苦。过了一阵儿便能够好？永不！

悲哀这东西，中于人，像中毒。血气方刚的少年，亦有不知这是怎么一回事者，这从许多许多例子上可以得到凭据。纵也免不了有一时中毒，抵抗力量异常强，过一会，复元了。有人说，发狂之事多半为青年人所独有，这发狂来源，则过分悲哀与过分忧郁足以致之。然而年青人，因中毒而能发狂，高度的烧热，血在管子里奔窜，过一阵，人就恢复平常状态了。老人到纵阳阳若平时，并不稍露中毒模样，可是身体内部为悲哀所蚀，精神为刺激所予沉重的按揣，表面即不露痕迹，中心全空了。老年人感情中毒，不发狂，不显现病状，却从此衰颓委靡不振下去，无药可治了。

医生是已不能发狂的人了，所以虽初初得着儿子噩耗时，也正如那少年人罹忧患模样，哭闹叫号不已，但这是最初一个月的事。稍稍过了一阵以后，即如别人所说的话一样，居然好了。

他不再去到玉皇阁大钟下哭了。

他只呆坐到家中度着萧条的每一个日子，帮工把饭开来就吃，在吃饭以外谁也不明白在这老头子脑中有些什么事情。

医生的精神，就在这种潜伏着的痛心里消磨着。每日让一种从回想上得来的忧愁啮食着这颗衰败的心，不知道在什么时候为止。他自己，则是这样算定到，总有一天心为这小虫啮空，自己于是忽然就撒手死了。

到医生重复回到家中时，医生的事又忙起来了。人家正如怀着好意不让医生坐在家里自悲自叹一样，请医生帮忙的每一天总有多起。

到别人的家中去，无心无意的喝着盖碗中的新泡雨前茶，不说话，或者说话就同小孩子说话，倒很好，至少暂时可以得到一点安慰。一到为主人用那好像是极同情的话谈到这个死在异乡水里的人时，傩寿先生可又要从眼中流泪了。他不愿人提到这个，而人家却总不了解偏又同他谈这个。这以为是一番好心的，只是增加医生的凄恻，可是这增加傩寿先生痛苦的一切在别人倒真以为是与医生要好咧。

三

傩寿先生又把铺柜门开了，是在三个月以后。

仍然是那么在一种坛子罐子的背景中我们可以见到这个医生的脸儿。来看病的人，凡是穷，我是装做忘了带药钱来的，这药总仍然得由医生这方面舍给，医生是全不在乎此。

医生样子似乎略略不同一点了。不是瘦，不是老，只是神气变了。

在对待来照顾生意或劳驾诊病的方面，这个医生笑容可掬的脸儿，仍然是如往天一样。可是这个笑，不是往天的笑了。若有一个人能稍稍注意到这脸上，就不忍心再看医生如此的笑脸。不过人家都说是医生已完全忘却了儿子，认为医生再不会在儿子方面伤心了，且俨然是医生就是为他们这些小孩子治病送药才活到这世界上的样子。人类的自私当然是各处一样的，他们实在已经就把“好人”的名声给了傩寿先生，也可以算是难得的一种慷慨了！

某一天，天快断黑了，街背后的坡上的树林已经听到有乌鸦喊着归林的声音了，傩寿先生忽然想起一件事，忽然又要走到玉皇阁去。

“先生，怕下雨吧。”这个作帮手有了七年的矮子，意思是要傩寿先生就在家里得了。

“不要紧。不会的。”

说着，也就不再作声，扬扬长长的走向玉皇阁去。

老和尚是正敲打着木鱼念那消食经的。这时佛堂中的常明灯已慢慢的有了权势。灯把一些碧绿色的光，给佛堂中照得如同一座坟，从这暗淡的灯光中看见的一切全是幽沉沉的可怕。和尚是习惯这个事了，傩寿先生也不是怕鬼的人，他们俩就在这殿中同这无数尊佛爷作伴。

这个老和尚，把念经事是看得并不比说话为有用处的。念经与其说修佑，不如说是无人谈话消除寂寞吧。虽然出了家有二十年，但一个平常人的爱情在这老师傅身上也找得出一份儿（然而一个方丈的好处他也并不缺少）；正因其如此，乃成了傩寿先生欢喜的朋友，也成了许多人都欢喜的师傅。傩寿先生能同老和尚合得来，是因这和尚并不全成一个和尚，不是一见到人就谈因果，更不是一见人就劝人念佛：这和尚最有道行的一点，只是不娇情，又没有势利眼睛。且这个和尚会作各种蔬菜，倒很可以说是一个懂味的高僧！

和尚见到医生来到，木鱼就停了。

“嗨，我老以为你到乡下去了！”

“我那里还有心思下乡玩？”说话的傩寿先生，就坐在那个跪经的蒲团上面，抱了膝只是摇头。

“还不能够放下么?”其实和尚自己也就有许多事放不下。他就常常念及这个死到异乡的人。他作了这年青人的寄父，是有过十一年了，这年青人在生时，和尚就教过他书，又教过他做诗，到后这年青人离开这个地方了，每一次给他爸爸写信来时又总不忘问候到寄爹，这一来，真也无聊！虽说相信死者凭了他念的三个月经，是已安然到了西天，但假若念一年经就可以复活，那这老和尚倒以为暂时莫往西天为好啊。

和尚见到医生不说话，知道是这悲痛在这个心上并不曾稍杀，就说“应当要快乐一点才好”。

“我是极力想找寻一点快乐的，办不到!”

“我见你这多久不来，还以为你为什么人请下乡去了。这几天来我也不知道怎么会事，心神恍恍惚惚。人老了，真是难。”

“我想请你来为他作一次道场，你看一个日子。”

“好，回头翻翻历书吧。”

他们俩人就在这些佛爷面前讨论起各样用项来。香，烛，黄表纸，以及鞭炮五供之类，和尚也不怕当到面前的佛爷发气，就只从省俭上开出数目。医生说这个未免太少，和尚就说决不会少。医生的意思，是为这死人热闹一场，则一切铺派来得大一点也不为过分，然而和尚对这个就否认。

和尚说:“亲家，这个是无益，用钱多是好了和尚，我这个和尚可并不想你这次法事上叨光!”

“那外面看来也太不像样!”

“是为给人看吗?”和尚对这个活就未免不平。

医生意思，就是给人看。从人的快活中以为自己也可以安慰这无可奈何的心，才是他作道场的本心，若说为死者超度，那是为有罪恶的死者而设，自己的儿子，并不足坏人，就死自然而然也就会到西天去!

结果顺到医生意见，只好加上一些花样，如像水陆施食燃天蜡等等，假使是别一个和尚办这件事，傩寿先生的胡椒，至少也会要用到五斤六斤。“一个姓黄的家大醮中，”和尚说，“那一次用胡椒末是二十斤，到最后还有一顿素面不下胡椒的。”

话正说到用胡椒的趣事，忽然听到山门外有一个人喊着进来。转过了韦佗殿，声音是更明白了。

“傩寿先生，傩寿先生，……”一个妇人气急败坏的窜进殿中来。明明白白是傩寿先生刚站起身来在她面前，这奶妈样子的妇人却并不曾见到医生似的，问和尚傩寿先生究竟在不在这里。

“我问你，什么事?”医生见这妇人已快疯，就拧着这妇人膀子问她。

“唉，天……”她也不再说什么，拉着医生的长袖子就去。

“究竟是怎么回事啦?”

“救命救命，快去快去!”

医生是踉踉跄跄便为这个妇人拖出玉皇阁了。若不是许多人都认识这个是傩寿先生，则这样一个年青妇人把这样一个中年汉子从庙里拖出，匆匆忙忙的，且深怕他逃走的模样，真有的是新闻笑话!

医生在街上时也察觉到这个真不很好看了，就问明了是在什么地方什么病痛，且要这个妇人先跑到洞井坎上去拿刀与药瓶之类。

“傩寿先生你快走！恐怕赶不及了!”妇人是鼻涕眼泪横流四溢的去了。医生望到这个情形只笑。他是常常就为人那么催促到了别人家中，到后又不过是鼻子流血一类小病的。

然而医生仍然照到妇人所告的街名胡同走去，忙得像充军。

别人的儿子，这样的关心，自己的儿子却见也不能见一面即为水淹死，医生的儿子死时，可有过一个本地方人这样关心过?在医生这一方面，本地方人所能唯一给这好人的好处，就只是麻烦。医生在忧愁中也只得这个。正因为太随便不讲究排场，像一县城的当差的医生，不拘何时都可以随喊随到，一般人把这个权利也就都不颇放松了。谁都不能说傩寿先生是他们有了儿子才来在这地方行医，可是谁一有了痛苦总就记起这个公差来了。并且，为了傩寿先生的药方，又神灵，又简便，那些作父母的遇事疏忽，尽儿子去玩刀打架也有之。医生在什么时候能为人忘记?除非每一个人都没有病痛，这个我们可以从许多人处知道这话是很对，在医生儿子死过后，来看医生或说是悼慰医生的人，全不是那类家中孩子无灾无难的人！家中孩子没有病，他们就知道不麻烦医生了。

医生这个时候已到了那妇人指定的家中了，一些人见了傩寿先生气吁吁的走来，也不说请坐一坐，把那通常的装烟倒茶礼数也简略了去，只是即刻就引带他到病人床边去。

作母亲的见了医生已来，就把一个哭过的已不成形了的焦急的眼睛望医生，“唉，傩寿伯伯来了！”

“到什么地方成了这个样子？”

“他们到叫作什么地方玩……”那个作母亲的也说不清楚。

还是另外一个女人来同医生说，才知道是刚才那位到玉皇阁去的奶妈，把这孩子在吃过饭后领到营堡上去玩，不知如何一失神，这孩子从奶妈的监视下逃出，走过到桥边去，奶妈不久就听到呱的一声喊，回头看小孩子已不见，再到桥边去，则桥下的小孩正抽搐卷成一堆。人是昏了。吮他咂他又不知道过了多久才哭出声来。于是抱回来家了。于是就想起傩寿先生了。

孩子只四岁，这一坍还不知是伤了什么。回到家来又不哭，又不喊，只把眼睛紧闭像一匹小猫儿的低低嘶着。医生非常怜悯的到床边去按揣孩子的全身，不到一会儿那奶妈到医生家拿来一切用具了，医生就开始把袖子挽到肘上来灌小孩的药。一面又安慰到那家中人说不要紧不要紧。

把药灌下去以后，约有十分钟，孩子忽然呱的哭出声来了。且不止，哭得声音非常长，医生搭着他的两只肥手，说这是气厥，既然喊得出声来，从声音中可以知道内脏还不伤，无妨了。

医生看那奶妈，见到奶妈在一旁只是作揖。“以后小心点好了，小孩子是本来也难照扶的。”那奶妈，因为医生对她的过错，既在小孩子那里补救，又来用言语在主人面前补救这过失是免不了的事，就非常感激的对医生望着，且在眼睛中流出那感激的泪。

孩子全身在哭喊时也动弹了，医生又去脱了孩子全身衣裳各处的检视，见外面只腕上划破了一点皮，臀部成了青色。

“不要紧，幸好是跌下的时候是并非横到下地，我看这样子还似乎是有意跳下去因为地方过高才筑坏了气的。”

奶妈在心中，可把医生佩服的了不得。原是奶妈就望到这孩子跳下桥的！她们玩，先只以为跳到第二级石段上面，谁知这少爷心太大，以为奶妈鼓励他从顶上那地方跳下，一面为了给奶妈一惊，就在奶妈不防备的当儿涌身向下跃，待到奶妈听到一种声音时，这少爷已如同那另外女人所说的卷成一堆昏过去了。

主人见到孩子已无大危险，又见到医生颜色很泰然，才想起喊丫头舀水给医生洗手，又才记起拿烟茶出来。

医生额上因走路匆促而出的汗，还大颗大颗贴在上面，洗手的水还不来，就用袖子去揩拭。这一家的人，只除了那下厨房去倒水的丫头外，全望到傩寿先生的额上的大汗以及扯袖子揩汗水的情形好笑。

四

傩寿先生死了。这作爹爹的，就为了不能让儿子一人在地下寂寞，自己生着也寂寞，要儿子复活既不能，于是就终于死了。

死是忽然的，如一般人所说很没理由的，然而当真死了。以后是当到每一个人家的小孩子，磕破了头或割破了皮，别人想起要止痛止血，作父母的就叹气说，“如今是傩寿伯伯已经死了。”就是那么来念到这个人的。

医生一死给了许多人不方便倒是真的。

本篇发表于1928年2月23日，27日，28日，3月1日上海《中央日报·摩登》第13、15～17号。署名沈从文。

①撑撑的，平直的样子。